W9-AUX-468

La Sumisa Insumisa

La Sumisa Insumisa

SUMA
de letras

La sumisa insumisa
D.R. © Rosa Peñasco, 2006

D.R. de esta edición:
    Santillana Ediciones Generales, SA de CV
    Av. Universidad 767, col. de Valle
    CP 03100, teléfono 54 20 75 30, ext. 1633 y 1623
    www.sumadeletras.com.mx

Diseño de cubierta: Joel Dehesa Guraieb
Lectura de pruebas: Dania Mejía Sandoval
Cuidado de la edición: Jorge Solís Arenazas

Primera edición: julio 2008

ISBN: 978-970-58-0395-6

Impreso en México

Para que todas las almas puedan salir
de su «alma-rio».

¡Ah!, y para la hermosa alma de Juan y sus besos
«animados».

Fdo: con trocitos de alma, desde la mía.

8/6/09.

Almas de blues, de cartón, mediocres, oscuras,
retorcidas, solidarias, frágiles, fuertes, viajeras,
egocéntricas, solas, luminosas, avejentadas,
enfermizas, grandes, saludables, sutiles, espirituales,
materialistas, aniñadas, traviesas, divertidas, mustias,
temerosas, poéticas, sensibles, en pena, duras,
acomplejadas, nostálgicas, frenéticas, escépticas,
ocultas, primitivas, evolucionadas, maquiavélicas,
curativas, emotivas, reprimidas, mágicas, simples,
con burbujas, frías, cálidas, con cuchillos, tolerantes,
simpáticas, anquilosadas, curiosas, recónditas,
represoras, sibilinas, escondidas o a flor de piel...
¡Ánimo, ánimas!

¡Triste época la nuestra!
Es más fácil desintegrar un átomo,
que un prejuicio.

(ALBERT EINSTEIN)

No encontrarás los confines del alma,
ni aun recorriendo todos los caminos.
Tal es su profundidad.

(HERÁCLITO)

Índice

Capítulo

1

Un viaje hacia la fusta

Si hace menos de un mes, alguien me hubiera dicho que hoy iba a estar en un tren camino de Oviedo, para ponerme en manos de un desconocido que encontré en la sala de "Amos y sumisas" del chat de Wanadoo, habría pensado que estaba drogado, que me estaba poniendo a prueba, que tenía mucha imaginación o que su aburrida vida erótica le hacía inventar cosas tan rocambolescas como ávidas de buscar, desesperadamente, la chispa que perdió su cama tiempo atrás...

Pero lo cierto es que aquí estoy, sin querer o sin poder escapar de mi aventura, mi perdición, mi secreto, mi curiosidad, mi gloria, mi lujuria o todo a la vez y, sobre todo, sin poder escapar del juego y la seducción de ese desconocido de Oviedo que se hace llamar AMOSAPIENS. Y conste que no digo Amosapiens, AmoSapiens, o ni siquiera AMO-Sapiens, sino AMOSAPIENS, ¡con mayúsculas! ¡Muchas mayúsculas! ¡Todo en mayúsculas! Mayúsculas —según dice— de AMO, mayúsculas de Dominante, y mayúsculas de Dueño y Señor de las riendas en materia erótica.

Es inevitable, pero todo lo que hago últimamente, incluyendo sobre todo este viaje, lo vivo con la extraña sensación de que mi aventura con AMOSAPIENS va a borrar de un plumazo el camino de vuelta. ¿Estará contribuyendo el avance del tren a esta sensación de vértigo? Sí, ya sé que es lógico que un tren avance, y por muy enajenada que haya estado y siga estando, ¡hasta aquí llego! Entre otras cosas, es normal que el tren avance, primero porque la razón de ser de cualquier tren es, precisamente, avanzar, y segundo, porque de lo contrario se caerían en un abrir y cerrar de raíles la Red de Ferrocarriles, el Ministerio de Fomento y muchas instituciones y organismos que, si soy sincera, ahora me importan nada y menos, y menos que nada.

Quiero decir que cada metro que recorre este gusano de hierro es un metro que me acerca a un AMO, experto en lo que para él es el arte del BDSM o, en palabras y expresiones de andar por casa, dominantes y dominados, sádicos y masoquistas, látigos, cuerdas, esposas, fustas y otros juguetitos con los que, dicho sea de paso, no sólo no he jugado en mi vida sino que, para más ironía, no los he visto ni de lejos salvo en algún especial de ese programa de televisión que presentaba una tal..., ¿cómo se llamaba?, ¿seré idiota? ¡Pero si lo tengo en la punta de la lengua...! ¿Era...? ¿Cómo era? ¡Ni idea! En fin. ¡Vaya memoria la mía!

Soy incapaz de analizar la razón, pero hoy, último viernes de marzo, me he atrevido a llegar hasta este Talgo que, según insinúa el boleto, se propone llegar a Oviedo entre la una y media y las dos de la tarde. ¿Será posible? Por mi cabeza acaba de cruzar la idea de que hasta el tren es sádico, ¿o no es sádico elegir las inhumanas e intempestivas ocho de la mañana, para salir de la estación de Chamartín? ¿No es sádico madrugar, el estrés por la ropa, la maleta, los atascos y esa zozobra nocturna que apenas me ha dejado dormir? En fin, una mala noche la tiene cualquiera, pero a este paso voy a empezar a preocuparme por el tema del sueño porque, entre chateos con Amos y sumisas, sádicos, masoquistas y conversaciones con AMOSAPIENS, hace más de un mes que apenas descanso.

No sé nada. Bueno, sería más correcto decir casi nada porque al menos sé que esta brillante frase es de Sócrates. Y no, no es que quiera copiar al maestro, es, sencillamente, que no puedo saber quién es esta mujer que debe poner sus posaderas en el vagón 25, asiento 74 con ventana, del Talgo Madrid-Oviedo, al tiempo que en una especie de arrebato literario sonríe pensando que, aunque de lejos y sólo en el sentido más abstracto del término, se parece algo a la protagonista de *Las edades de Lulú*.

Posaderas... ¿Seré necia? ¿Cómo es posible que mis neuronas decidan aterrizar en las posaderas precisamente ahora? ¿Cómo no recordar que en este mes, además de otros regalitos eróticos relacionados con mi trasero, me han dado cientos y cientos de golpes, latigazos y fustazos virtuales en esa parte de mi anatomía?

¡Bufff! Lo cierto es que me pongo mal con la idea de los azotes, la fusta y las habituales nalgadas cibernéticas; sobre todo si recuerdo cómo AMOSAPIENS me habló del BDSM o esas siglas que no conocía y que, solícito, pronto se empeñó en traducir: B, de Bondage o ataduras. D, de Disciplina o Dominación. S, de Sadismo. M, de Masoquismo. ¡BDSM! ARTE del BDSM, lo llamaba él. No práctica del BDSM. No afición por el BDSM. No técnica del BDSM. Ni siquiera arte del BDSM, sino filosofía de vida y ARTE, ¡con las mismas mayúsculas que su condición de AMO!

Ahora sé que, consciente o inconscientemente, la aparición de AMOSAPIENS marcó un antes y un después en mis curioseos cibernéticos. Me refiero a una especie de barrera en el tiempo que observo en pequeños detalles como, por ejemplo, el hecho de haber cambiado de nick cientos de veces, pero convertirme en Marta, y no dejar de ser Marta, justo desde que me encontré con ÉL...

Recuerdo que, al poco de dar con AMOSAPIENS en la red, me comentó que en el mundo BDSM, los símbolos, la estética y, sobre todo, los detalles eran muy importantes. Me fascinó. Reconozco que me fascinó ese universo nuevo, prohibido para tantos, oscuro para otros, y repleto de símbolos que se abría ante mí. Claro que también fue inevitable sentir ese vértigo cuando me percataba de que, además de ilustrarme, quería ponerme a prueba, captarme como si su filosofía de vida fuese una especie de secta, e intentar arrastrarme, poco a poco, al deseo de practicar su ARTE. ¿Será ésta la razón por la que nuestras luchas erótico-virtuales no nos han dado ni una pequeña tregua? ¿Por eso nuestras batallas cibernéticas han sido siempre tan excitantes y divertidas? Tanto los mensajes privados que brotaban desde la sala de Amos y sumisas, como después el messenger y su curiosa manera de estructurar y mostrar los diálogos, fueron fieles testigos de ello:

Marta: Bueno, reconozco que me parece muy atractiva la cuestión estética. En ésta y en otras cosas.

AMOSAPIENS: Bien, vas por buen camino.

Marta: ¡No seas iluso! ¿De verdad crees que has ganado un tanto en esta lucha sin cuartel?

AMOSAPIENS: Por supuesto: el AMO siempre gana.

Marta: Te equivocas. La estética me ha parecido importante siempre y no sólo ahora. Por ejemplo: un regalo cualquiera no hace la misma ilusión si el papel que lo envuelve es de una manera u otra.

AMOSAPIENS: ¡Estupendo! ¿Ves como serás una detallista e irresistible sumisa?

Marta: ¡A la mierda! Antes que sumisa, creo que sería una fantástica AMA-zona o AMA-pola o AMA-rilla... ¡Con lo mona que me veo yo con un corsé negro de cuero, la tanga a juego, las medias de rejilla y los tacones de aguja!

AMOSAPIENS: ¡Hummm! Esa indumentaria es perfecta para una sumisa que se pone a cuatro patas o de rodillas frente a la verga de su AMO...

Marta: Se te olvida un detalle: cuando hice la comunión llevaba un librito y, desde entonces, estoy acostumbrada a tener siempre algo entre las manos. Por eso no dejo de fumar, así que si tengo que ser Barbie BDSM, al modelito del corsé y la tanga, deberías añadirle una fusta, un latiguito o cualquier otro juguetito de los tuyos...

AMOSAPIENS: ¡Jajajajajajajaja! Crees que fumas para tener algo entre las manos, pero lo haces para tener algo en la boca. No te preocupes: yo te ayudaré a calmar la ansiedad, y te daré algo sabroso para que calmes tu vacío bucal...

El juego de palabras sobre AMA-zonas, AMA-polas o AMA-rillas siempre ha sido, además de provocador, totalmente incompatible con su condición erótica de AMO, pero Sapiens, paciente y dicharachero desde el origen de esas charlas que más que diálogos parecían estratagemas eróticas, nunca bajó la guardia ni de su chispa, ni de su afán por enseñarme el mundo del BDSM:

AMOSAPIENS: ¿AMA-zona? Bueno, si te portas bien te dejaré que cabalgues un poquito, pero sólo si te portas bien.

Marta: De sobra sabes que eso es imposible. Si yo fuera AMA-zona y tú un AMO, lo nuestro sería como lo de todas las parejas: una vulgar lucha por el mando.

AMOSAPIENS: Jajajajajaja... ¡Pero qué graciosa es esta sumisa mía!

Marta: No soy de nadie, ¿eh?, de nadie...

AMOSAPIENS: No te preocupes, eso tiene arreglo: Pronto serás MÍA.

Puedo afirmar, sin temor a equivocarme, que no hace mucho me habría escandalizado todo esto, ¡y hasta creo que me habría causado repugnancia la situación! Pero hoy no. No entiendo la razón, pero hoy no... ¿Será éste mi equipaje? ¿Será éste el verdadero camino que debo recorrer con la excusa de un viaje de tren? Intuyo que una buena parte de mí ha decidido acudir a esta cita para averiguar aspectos desconocidos de mí misma, a costa de buscar cosas tanto de AMOSAPIENS como de esta nueva realidad que, con una insolencia insultante, ha abierto un cajón prohibido de mi, hasta ahora, cómoda vida. En fin, ¡sólo espero que no quiera hacerme salir de algún armario que no conozco ni yo!

No sé si receptiva o desesperada por poner en su sitio a ese gusanillo extraño que lleva días alterado dentro de mí, al mismo tiempo que atravieso vagones en busca de mi asiento, también busco señales hasta debajo de las piedras: anécdotas, hechos, recuerdos o situaciones que me ayuden a entender todo esto o, mejor dicho, a entenderme.

Parecerá una tontería, pero la revista *Paisajes*, que nada más subir al tren he cogido de ese montón que, medio descuidado, se encontraba apilado en un rincón de la barra de la cafetería, en vez de ayudarme al no lo digo por las maravillosas fotos que he tenido oportunidad de ver en esas ojeadas compulsitvas que han durado décimas de segundo, o por esos reportajes sobre lugares hermosos que, como es natural, no he podido leer por una evidente falta de concentración y de tiempo, entre otras cosas porque hace escasos minutos que estoy aquí, pegada a un asiento que podría hacer el favor de parar mi loca cabeza y adormecerme con su nana de cha-ca-cha-ca-cha, hasta llegar a donde no sé si debo, o no debo, llegar.

No, aún no he tenido tiempo de leer, porque esas rutinarias tareas que llevamos a cabo todos los viajeros con más o menos gracia me han mantenido muy ocupada: recorrer el tren en busca de mi vagón, atravesar la cafetería y, de paso, coger o robar la revista *Paisajes*, caminar entre las tripas del tren intentando localizar mi asiento, hacer el esfuerzo de elevar la maleta en el portaequipajes sin aniquilar la cabeza de nadie, quitarme el abrigo, sentarme, descorrer la cortina azul añil salpicada de minúsculos logotipos de la compañía de ferrocarriles estampados en amarillo ocre, ver con mirada absorta, si es que esto existe, cómo el tren va cogiendo poco a poco velocidad a medida que atraviesa y se va alejando de las horribles afueras de Madrid, y cómo mi mente navega entre somnolientos y variopintos pensamientos que parecen ir moviéndose y mutando al compás del movimiento del tren.

Lo mejor, sin duda, ha sido comprobar que, de momento al menos, nadie me va a impedir dormir, pensar, moverme, levantarme, leer o poner el codo y estirar las piernas como me venga en gana porque, ¡y pienso cruzar los dedos!, no tengo ningún compañero en el asiento de la derecha. Es más: creo que seré mala a propósito y crearé una especie de extorsión visual gracias al bolso, el abrigo y varias revistas que pienso esparcir en el sillón vacío, para frenar a cualquier bulto que haga ademán de sentarse. Total, quedan un montón de sitios libres...

Lo que de verdad me ha causado tensión pese a haber estado tan ocupada, ha sido ese horóscopo que, plantado en la última página, sí he leído. No distingo si lo he hecho por distracción, por la brevedad casi tipo telegrama del texto con la que está redactado cada signo del zodiaco, o con ánimo de encontrar esas señales que ando buscando; claro que también es posible que simplemente lo haya hecho porque, aunque muchas veces tengamos la desfachatez de negarlo hasta delante de la máquina de la verdad, a las mujeres nos suelen gustar estos cotilleos astrológicos que, irónicamente, rara vez son lógicos.

Enseguida me ha hecho gracia que cada uno de los doce signos estuviese redactado con alusiones al mundo del ferrocarril, aunque también me han empachado esas reincidencias chirriantes, surgidas de la utilización abusiva de sustantivos como maleta, vía, billete, revisor, viaje, estación o equipaje. A ver, a ver... ¿Por dónde anda el mío? Aquí está: ¡Virgo! ¿Virgo? ¿Cómo que Virgo? ¡Socorro! Como por arte de magia me asalta la risa nerviosa, esa risilla que explota en momentos de descontrol y en situaciones inoportunas, como en un velatorio, por ejemplo... ¿Pero cómo se me ocurre emprender esta aventura sexual siendo Virgo?, me digo intentando parar un carrusel de no sé qué.

Pronto me tranquilizo pensando que, pese a no ser una experta en las cosillas de un erotismo normal, e incluso a pesar de no tener ni idea de eso que llaman relaciones sadomaso, de virgo, lo que se dice virgo, por suerte sólo me queda el horóscopo... ¡Y menos mal!, porque con treinta y dos años sería algo más que preocupante si ciertas cosas siguieran siendo virgo, aunque ahora que no me oye nadie podría decir, respecto a alguna de esas cosas, que hace años me dolió tanto cuando intenté hacer uso de ellas, que opté por no volverlas a usar. O sea: casi virgo por culpa de este rollo, ¿cómo llamarlo?... ¿neuro-anal, quizás? Sí, neuro-anal me parece una buena y hasta tragicómica expresión...

Cuando logro dejar atrás esas bromas baratas que no engañan a nadie porque sólo son el camuflaje de una desbordante inquietud interior, decido leer por fin mi horóscopo: VIRGO: No dejes pasar de largo ningún tren. Hoy corres el riesgo de perder el rumbo si das marcha atrás.

¿Perder el rumbo? ¿Pero no lo tengo perdido de antemano con esta aventura que pretendo vivir? ¿Marcha atrás?... ¿Marcha atrás? ¡Prefiero no pensar! ¡Prefiero no pensar! ¡Prefiero no pensar! Inevitable. Tren... Tren... Tren... ¡Bufff! ¿Tren? ¿Último o primer tren? ¿Tren que pasa? ¿Tren que no vuelve? ¿Tren que se pierde? ¿Tren que se coge? ¿Tren que se escapa? ¿Tren que no se debe dejar escapar?

¡Socorro otra vez!... De repente, además de un sudor frío me han entrado unas ganas tremendas de mandar a la mierda las recomendaciones del horóscopo y bajarme del tren, pero el muy canalla ya le ha cogido el ritmillo a la ruta. No sé por qué, pero este maldito armatoste me parece un caballo percherón que tarda en aunar fuerzas y empezar a trotar, aunque cuando se calienta, ¡zas!, se pone a galopar como el que más. ¡Bufff! No es por nada, pero parece que el caballo de hierro ya ha pasado del trote al galope y ahora va a toda velocidad.

¡Próxima parada!, por favor, la próxima parada... ¿Cómo era eso de...? ¡Sí! Yo me bajo en la próxima, ¿y usted? ¡Estás a tiempo! ¡Bájate, bájate en la próxima!, me grita esa voz insolente desde no sé dónde. Esa voz que se hace más y más potente cuando recuerdo que el AMO desconocido que me espera en Oviedo, entre las primeras conversaciones y el posterior envío de fotos, ya conoce mi cara y mi cuerpo con pelos y señales.

¿Pelos y señales? ¡Joder! ¿Qué le pasa a mi cabeza que a todo le ve relación con... con...? Luego les decimos a los hombres: Que si ustedes no piensan en otra cosa, que si tienen dos cabezas pero las neuronas están en la de abajo, que si siempre están con sólo con eso... Pero ¿y yo? ¿Quién soy yo, además de una cínica, si se me ocurre negar que, últimamente, y pese a no ser bicéfala, me está pasando algo parecido? ¿En qué no dejo de pensar yo?

¡Pelos y señales! ¡Pelos y señales! ¡Pelos y señales! Ya está otra vez esta endemoniada cabeza... ¡Menos mal que al final de la retahíla me da por pensar que de lo primero, o sea de pelos, nada de nada! Ayer me depilé de arriba abajo porque sé que a ÉL le gusta todo muy depiladito, demasiado depiladito quizás. Por cierto, ¿será que como ahora lo siento más cerca y más real, lo llamo ÉL porque no me atrevo a decirle mi AMO como en los juegos de teléfono o del messenger? Porque ésa es la gracia: entre broma y broma, poco a poco se fue saliendo con la suya y logró que lo llamara AMO, y yo, que estaba eufórica con el descubrimiento de una nueva realidad, decidí ponerme a la altura y empezar a jugar. La broma me ha puesto caliente varias veces, sobre todo gracias a los relatos que hemos ideado juntos, los diálogos y batallas eróticas que hemos mantenido AMOSAPIENS y yo, o los primeros fajes cibernéticos que se convirtieron en telefónicos y que, siguiendo la inercia de la travesura, hemos echado con una imaginación que rebasa lo desbordante, si es que esto existe sin caer en redundancias estúpidas.

No exagero con lo de caliente: las yemas de mis deditos y esa cosita que hoy tiene aspecto adolescente —porque ayer la depilé casi entera— son fieles testigos de las reiteradas subidas de mi temperatura. ¿Será éste un juego de fuego? ¡Socorro! ¡Como sea cierto que quien juega con fuego se quema, este Talgo me va a colocar en el centro de la llama! Además, hay un detalle que no se me va de la cabeza: si sólo es un juego inocente, ¿qué estoy haciendo aquí? ¡Uffff! Me pongo enferma si me da por analizar el dato y concluir que el primitivo poder del anonimato se está esfumando a medida que avanza el tren, tirando por la borda la teoría y acercándome, más y más, a la práctica de no sé qué.

Mi cabeza sigue empeñada en no dejar de pensar, elucubrar, evocar, fantasear o recordar cosas bien trascendentales, o bien tan triviales como la depilación de ayer. Por ejemplo: ¿Fue la depilación una iniciación de otras cosas que también se iniciarán más tarde? ¿Acudí como un corderito en busca de lo que le gusta a ese desconocido, de la misma forma que podría o podré acudir como un corderito en busca de otras cosas que también le gusten? Nueva tontería: ¿Fue el ardor de ingles la crónica de un sufrimiento anunciado?

Recuerdo la depilación y la espátula que untaba la rebosante cera caliente sobre mi piel, y vuelvo a ponerme enferma. Creo que es porque me viene a la cabeza la pregunta de otro AMO que me mandó un privado en el chat, cuando casi acababa de descubrir la sala de Amos y sumisas, y aún navegaba con el primitivo e inocente nick de treintañera. ¿Cómo se llamaba? ¿AMO-ABRASADOR? Sí, creo que fue AMO-ABRASADOR el fanático de la cera caliente:

AMO-ABRASADOR: Contéstame, sumisa...

treintañera: AMO-ABRASADOR, ¿me has llamado sumisa? ¿Por qué supones que soy sumisa?

AMO-ABRASADOR: Jajajajajaja... Primero, sé que eres mujer porque tu nick es femenino.

treintañera: ¡Obvio!, ¿hay segundo?

AMO-ABRASADOR: También sé que eres sumisa porque está escrito en minúsculas.

treintañera: ¡Vaya! ¡Mayúsculo error el mío!

AMO-ABRASADOR: Además, si fueras AMA me habrías dicho: ¿Qué quieres, abrasador?, en minúsculas y sin AMO por delante. De tú a tú, ¿entiendes?

treintañera: ¡En fin!, parece que hoy tampoco me voy a acostar sin saber algo nuevo... ¿Hay tercero?

AMO-ABRASADOR: Sí, tercero porque el AMO soy yo y quiero que seas mi sumi, sin más...

treintañera: Ahhhhhhhh, pues valeeeeeeeeeeee.

AMO-ABRASADOR: Contéstame, esclava.

treintañera: ¿Esclava? ¿Pero no se abolió la esclavitud hace tiempo?

AMO-ABRASADOR: Mira, sumi: en materia erótica nunca se abolió la esclavitud.

treintañera: Kunta Kinte al habla, dime: ¿qué quieres saber?

AMO-ABRASADOR: ¿Quieres que cubra tu cuerpo con cera hirviendo?

treintañera: Vale, jugamos: tú me cubres el cuerpo de cera hirviendo y yo...

AMO-ABRASADOR: Hummmmmmmmmmmmmm, ¡sí!... ¿Y tú?

treintañera: Yo voy a dejarte a dos velas. ¡Adiós!

Inevitable, entre tantas y tantas cosas, este temor incierto que me aflora al pensar en la cera hirviendo. ¡Bufff! ¡Cera hirviendo! ¡Cera hirviendo! Siento pánico imaginando que AMOSAPIENS pudiera proponerme algo parecido a lo de AMO-ABRASADOR, pero me reafirmo en una idea: si por lo que sea me atrevo a llegar al final de esta historia, no permitiré que me echen cera hirviendo sobre el cuerpo. ¡Bastante quemada estoy ya con los problemas cotidianos! ¡He dicho!

Hoy no tengo ni un pelo de tonta, claro que tampoco de lista, porque ni siquiera con lupa podría encontrar un pelillo insolente que sobresalga lo más mínimo de los minúsculos y variados modelos de tanga que compré en una sex shop del centro. ¡Dios mío, la sex shop! ¡Ésa es otra! Definitivamente, ayer la vergüenza se condensó en dos momentos bien distintos: la depilación y las compras en la sex shop. Reconozco que, respecto a la primera, fui incapaz de dejar en paz a la peluquera; sobre todo cuando le dije aquello de más, más, mucho más, quítame todo, bueno, prácticamente todo: piernas enteras, axilas y, por supuesto, la ingle y casi todos sus alrededores...

Es verdad que sudé, pero me da la sensación de que la profesional de los pelos sudaba más que yo... En lo que a mí respecta, creo que sudé por una mezcla de todo: la excitación de pensar por qué hacía aquello, mi secreto que tan bien conocían esos minúsculos cabellos rizaditos cercanos a mi sexo, la evocación de la turbación que he vivido este mes, el recuerdo de las múltiples contracciones vaginales por algunas proposiciones de AMOSAPIENS o por las de otros usuarios de la sala de Amos y sumisas, el propio calor de la cera, la pena que genera ese momento casi tan íntimo como la visita al ginecólogo, la necesaria abertura de piernas que me incita a pensar cómo las abriré, o si llegaré a hacerlo, atreviéndome a mostrar todo el esplendor de mi intimidad a ese desconocido del norte, la calefacción bochornosa que producen esos aparatillos portátiles, expendedores de un aire caliente que casi siempre molesta porque da de lleno en la cara, o ese sudorcillo frío que sólo produce el dolor y que, en este caso, fue generado por unos malditos tirones en, como dicen las abuelas, semejante parte...

Pero ¿y ella? Creo que también sudó lo suyo:

—¿Está así bien?

—No, depílame más...

—Es que me da cosa meterme ahí porque te va a doler mucho.

—Ya, pero es que a mi novio le gusta así —dije para zanjar el dilema, mintiendo más que Pinocho.

La cera caliente tan cerca de mis partes íntimas volvió a crearme un azoramiento desconocido hasta entonces. La peluquera, por cierto, no ayudaba mucho a enmascarar esa sensación:

—¿Seguro que quieres que siga?

—Sí.

—Pues esto ya es digno de cualquier bikini. Vamos, ¡incluso de uno de Ipanema!

—Sigue, por favor —ordené.

—Pero es que esto ya es labio.

—¿Labio?

—Claro, en fin, ya sabes que no me refiero al bigote —comentó la peluquera, queriendo hacer una broma para aligerar el trance.

—No te preocupes: este dolor tendrá su recompensa. Ya te he dicho que a mi novio le gusta así.

—¡Joder con los hombres! ¡Esos cerdos nunca se enteran de los sacrificios que hacemos por ellos!

—Pues sí...

Sonreí. Al observar mi sonrisa nadie hubiera pensado que la peluquera me estaba haciendo un daño atroz, pero lo siento: la situación se me antojó algo más que cómica. Ella intentando iniciar esa complicidad que se genera entre mujeres cuando criticamos a los hombres y, más concretamente, a nuestras parejas. Pero ¿y yo? Creo que fui malvada a propósito porque, mientras sentía cómo posaba lentamente otro rastro alargado de cera caliente sobre las ingles o, más concretamente, sobre el-los labio-s, pensaba: ¡Ay si supieras que a quien le gusta así es a un AMO fanático del BDSM que no conozco, pero que voy a conocer mañana para practicar juntos el arte de las ataduras, la dominación, el sadismo y el masoquismo! Me reí, claro: sobre todo porque tuve compasión con el ritmo cardiaco de la peluquera, y decidí callarme para que pudiera mantenerse concentrada...

¿Por ellos? ¿De verdad hacemos estas cosas por ellos? Ayer sentí claramente que no hacemos estas cosas por ellos, sino por nosotras. Porque en el fondo de todo, ¿es que no nos gusta gustar, tener buen aspecto, sentirnos queridas, guapas, y ver cómo el deseo explota en las pupilas de un hombre? ¡Bufff! ¿Parejas? ¿Novios? ¿Amantes? ¿Affaires? ¡Dios mío, Pedro!, perdóname... ¿Qué somos tú y yo? Sólo nos conocemos desde hace cinco meses y ya te comportas como si te debiera la vida, como si fuera tu jarrón, como si formara parte de tu colección de cromos manga. Y no, ¡eso sí que no! Ya te advertí que me agobiaba, que tenía que ir despacio, que necesitaba recrearme en el juego de la seducción porque acababa de cumplir treinta y dos años, y luchaba con uñas y dientes por salir de la maldita crisis de la década tres. Pero tú, ni caso: y vamos a amarrar, y a no jugar, y a no seducir, y a chantajear... Y lo siento, Pedro, lo siento, pero entre bronca y bronca, apareció ÉL...

A veces pienso que todo es fácil y complicado a la vez. Fácil porque la chispa es la chispa y, cuando asoma, es difícil no dejarse vibrar. Y, complicado, porque me cuesta digerir ciertas cosas como, por ejemplo, ese cinismo que me lleva a decirle a Pedro que estoy confundida, y necesito tiempo para estar sola... Sí, Pedro, sí... No quisiera tirar balones fuera, pero me pregunto si mi tristeza por ese injusto rapapolvo de hace un mes fue el detonante que me hizo pulsar, sin que me diera cuenta ni yo, ese botoncillo que va acompañado del letrerito portador de la anglosajona palabra CHAT.

Soledad y CHAT, soledad y CHAT, soledad y CHAT... ¿O sería más correcto decir sole-chat? ¡Curioso proceso éste!: rutina, hastío, incomprensión, tristeza, caos y crisis, para después pasar de la soledad al sole-chat, y allí, en este nuevo reducto, no dar crédito al descubrimiento que me invadió por completo: irrupción de un mundo repleto de luces, personas, nombres y nacionalidades diversas, irónica realidad cibernética, novedad a mares, juego sin límites, y hasta este telón que se ha abierto en un extraño teatro vital, incitándome a practicar BDSM.

Con los últimos tironcillos de cera, Pedro entró y salió de mi cabeza en un abrir y cerrar de ingles. Entró, inevitablemente, cuando la peluquera pronunció la palabra novio, aunque salió de mi mente como alma que lleva el diablo, quizás por pura supervivencia emocional tendente a huir de vestigios judeomasónicos y culpas extrañas. Porque con autoengaños y engaños, huidas o afrontamientos, compañía o soledad de sole-chat, tengo claro que esta experiencia con el AMO de Oviedo la vivo como algo que necesito a nivel personal, y muy al margen de que esté o no con alguien. Sí, ya sé que puede parecer egoísta, pero me siento como si para descubrir si soy o no homosexual, necesitara relacionarme con otra mujer, intentando disipar las dudas en la intimidad de mi alma, mi sexualidad y mi dormitorio, pero sin tener que pregonar en una pancarta lo que aún no está claro en mi interior. Lo siento, pero por mucho que él se empeñe en lo contrario, Pedro no es mi pareja, ni mi novio, ni nada: es sólo una aventurilla con delirios de ser lo que no es.

¡Qué vértigo! ¿Qué me está pasando? No sé si será eso que llaman madurez o el cinismo que se está apoderando de mí, pero me he dado cuenta de que, hoy por hoy y en contra de lo que pensaba cuando tenía veinte años, la sinceridad extrema, además de hacer daño, es agresiva y hasta de mala educación. Sobre todo si, con la coraza de la falsa sinceridad, quien pretende sincerarse ni tiene las cosas claras, ni quiere otra cosa más que volcar el peso de su conciencia, y de su culpa, en otro. Además, sé que con veinte años nunca me hubiera atrevido a coger este tren. No sé por qué lo tengo tan claro, pero mi interior sí parece saber la diferencia entre una aún niña y lánguida mujer de veinte, una ya desinhibida y madura mujer de cuarenta, y el término medio que supone una pícara, caótica y atrevida mujer de treinta. Es más, creo que en esto consiste la peligrosa y ya recurrente crisis de la década tres, al menos la crisis de mis treinta y dos. ¿Niña? ¡No! ¿Mujer hecha y derecha? ¡Tampoco! ¿Entonces? Miedo a que una década no sea suficiente para decidir por dónde encauzar bien la vida. Temor al mundo adulto y fobia a ese tránsito que se aleja de una etapa clave para dirigirse a otra más clave aún.

Después de ese microparéntesis que dediqué ayer a Pedro en la camilla de la peluquera, mi cabeza pasó rápidamente, y como queriendo quitarse a un pesado de encima, a analizar ese último y horroroso tirón que se me antojó anunciador de no sé qué: ¿de futuros tirones?, ¿dolores?, ¿cirios?, ¿velas? ¡Ni idea! Sin variar la tónica que ya parece general en este mes: ni supe, ni sé, ni podré saber.

Me fui del centro de belleza con un pubis de aspecto adolescente, además de esa sensación de liviandad que sólo pueden entender quienes acaban de depilarse; claro que mi cabeza, que no ha parado un segundo en este mes, volvió a hacer de las suyas pensando, entre otras cosas, que si después del dolor viene lo bueno, mañana —o sea hoy— tendría —es decir, tendré— un premio espectacular. No te preocupes: este dolor tendrá su recompensa, dije a la peluquera. ¿Será que todo dolor tiene su recompensa? Porque ayer, por ejemplo, tras la quemazón de la cera, anunciadora del dolor que supondría el tirón posterior, me invadió un tremendo bienestar cuando la peluquera posaba su mano, un segundo más tarde del correspondiente tirón, en cada milímetro de piel recién depilada. El gesto siempre fue aliviador, y hasta me atrevería a decir que curativo del dolor anterior, porque esa mano sanadora difuminó por arte de magia el escozor y el daño. Más tarde, y tras haber pagado con dolor el precio de la secuencia anterior, vino esa sensación de liviandad que compensaba todo el proceso, y nunca podrán entender quienes no se han depilado jamás...

Pero, un momento, ¡un momento! ¿Es tan raro el cuerpo que genera endorfinas después del dolor? ¿Lo hace para compensar? ¿Las producirá también el alma después de superar un malestar interior y una crisis? ¿Vendrá de esta sensación contradictoria la famosa y espiritual idea de curar y redimir a través del sufrimiento? ¡Bufff!, no sé... Porque, evidentemente, ¡el dolor duele!, y pensar que aparece la hormona del bienestar tras un profundo malestar me resulta muy extraño, la verdad.

Después de pagar a quien me agarró de los pelos, también pensé en el tipo de depilación que utilizarían, o bien las sumisas a las que sus AMOS dieran la orden de depilarse enteras o bien, y sobre todo, las actrices porno. Y la cosa, aunque trivial, no me parece ninguna broma porque la cámara que persigue a esos mitos eróticos en sus posturas acrobáticas es tan indiscreta que, a veces, parece que la lleva el tipo colgada de los huevos. ¡Láser, seguro!, se depilan con láser, pensé ayer. ¡STOP! Un momento o, mejor dicho, otro momento: tanto la sumisión como el cine porno existen desde que, respectivamente, existe el mundo o el cine. En cambio el láser, como aquel que dice, sólo lleva tres días en el mercado... Conclusión: no pienso ser yo quien no reconozca los sacrificios depilatorios de las sumisas y de las actrices porno. ¡He dicho!

¡Pelos y señales! ¡Pelos y señales! ¡Pelos y señales! De acuerdo: de pelos, lo que se dice de pelos, nada de nada, ¿pero podría decir lo mismo de las señales? Es cierto que no tengo ninguna, pero no es menos cierto que una parte de mí quiere bajarse de este tren porque sé, con toda seguridad, que no me voy a librar de tenerlas si llego al final del viaje. ¿Seré idiota? ¡Mira que ir a Oviedo a que me azoten! ¿Fue el marqués de Sade el que inventó y convirtió en exótico lo de matar cogiendo? ¿Tengo alguna culpa escondida en no sé qué baúles, que necesito que me golpeen para eliminarla como si fuese un fraile de la Edad Media, de esos que se oprimían con el cilicio cada vez que les dominaba la gula? En fin, ¿cómo puedo dejar en paz a esta loca cabeza que no quiere dejar de elucubrar, fantasear, idear tonterías, recordar y hasta visualizar aquel diálogo del messenger en el que AMOSAPIENS me explicó por qué no tenía sumisa, al tiempo que aprovechó para hacer su propia campaña pro azotes?

AMOSAPIENS: ¿Por qué crees que no tengo sumisa?

Marta: No sé: ¿ninguna te aguanta?

AMOSAPIENS: Primero: no tengo sumisa porque exijo mucho, tanto que todo lo que digo suena a chiste. Por ejemplo: creo que la complicidad entre el AMO y la sumi debe ser tal, que la primera orden que doy consiste en escribir un diario para que podamos ver dónde estamos y por dónde anda la relación... Segundo: si fueses mi sumisa, no te toleraría lo que has dicho.

Marta: ¿Lo de que ninguna te aguanta? Lo siento: creo que me he pasado.

AMOSAPIENS: Ya, pero aun así no te lo hubiera permitido.

Marta: ¿Y qué hubieras hecho? ¿Me habrías azotado?

AMOSAPIENS: ¡Seguro, Marta, seguro!

Marta: ¿Ves las ventajas de la insumisión? Me he librado de una buena...

AMOSAPIENS: No, bonita, no tienes ni idea: te la has perdido...

Marta: Jajajajajajaja. Espero que por lo menos te estés riendo como yo.

AMOSAPIENS: ¡Cuando te azote no pensarás igual!

Marta: ¿Ah sí? ¿Y qué vas a hacer? ¿Echarás el lazo a mi espalda por la compu? ¡Mira cómo tiemblo!

AMOSAPIENS: No, en la espalda no: las nalgas son mucho mejores para eso...

Marta: Qué amable: ¡una regresión a mi infancia a través del BDSM!

AMOSAPIENS: No creo que te excitaras cuando te azotaban las nalgas en tu infancia... ¿O ya eras sumisa desde pequeña?

Marta: Bueno, en fin, eso sí que es un corte en toda regla, o mejor dicho: ¡en toda nalga!

Salgo de aquellas frases, escritas medio en broma y medio en serio, y vuelvo a la realidad, al carpe diem y al aquí y ahora con la misma idea de antes: que se pare, que se pare esto. ¡Por favor!, que algún gracioso le dé a esa palanca roja y pare esta máquina, o mejor aún, que lleguemos pronto a cualquier estación y yo pueda volverme por donde he venido...

Y de nuevo: ¿Quién soy yo? ¿Adónde voy? ¿Quiero ir? ¿Quiero volver? ¿Último o primer tren? ¿Emprendo un viaje de vuelta o a partir de ahora no podré evitar viajar más y más hacia un punto de encuentro que aún no soy capaz de ubicar? No lo digo porque me vaya a pasar algo grave, pese a que ese riesgo se mantiene latente si pienso que me voy a quedar a solas en una habitación de hotel con un desconocido experto en sadomasoquismo que, irremediablemente y sobre todo si llego al final de este trance, no creo que se vaya a cruzar de manos, de verga, de fusta o de látigo. ¿Quiero? ¿No quiero? ¿Me atreveré? ¿No me atreveré? ¡Otra vez el tren! ¡Último tren!

Está claro que me falta la objetividad que sólo concede el paso del tiempo, pero me cuesta creer que, para una treintañera como yo, éste sea el último tren. Me inclino más a pensar que es un tren anunciador de una nueva etapa, quizás porque una fuerza extraña ha hecho que me atreva a subir aquí, quién sabe si para subirme a un carrusel de lujuria, sumisión, erotismo o perversión, o a una noria de novedad, encuentro, vida, dominación, descubrimiento y aventura. ¡Atención! Absurdo juego de palabras que inventa mi mente para la ocasión: ¿no será todo esto otra vulgar salida de mi alma-rio? ¿Pero por qué elegir?, me pregunto. ¿Por qué no intentar aprender gozando de todo?

Ahora no tengo un espejo cerca pero creo que me ruborizo... Sí, ¡qué mal!, me noto caliente, y conste que no me refiero precisamente al tipo de calor que he experimentado días atrás, sino a ese incómodo bochorno que va trepando por todo el cuerpo con ánimo de acampar y quedarse a vivir en la cara. ¿Será chivato el calor? ¡Chivato, chivato, chivato! ¿Y okupa? ¡Okupa, okupa, okupa! Seguro que esta inoportuna transparencia, empeñada en delatar lo que me pasa con todo tipo de indicios, utilizará al calor, a esta mierda de calor, y lo acompañará de unos coloretes que señalizarán como banderas todo mi rubor; un rubor que crece y crece cuando me asalta el egocéntrico pensamiento de que gracias a esta cara roja, los demás viajeros notan lo que siento, saben lo que me pasa, conocen adónde voy y, con toda esta información, en cualquier momento, se van a poner a tararear en voz baja aquello de *¿Qué hace una chica como tú* —o sea como yo— *en un vagón como éste?*

Intento respirar. Todo me resulta tan loco que sólo se me ocurre respirar. ¡No seas paranoica! Tranquila. No lo saben. Tranquilízate porque nadie sabe que vas a donde vas, y a lo que ni siquiera tú, al menos conscientemente, sabes que vas. Respiro. Respiro hondo, pero nada. ¡Bájate!, bájate en la próxima, sigue diciéndome aquella voz.

Ni caso... El tren no para, y no sé si sigue avanzando para ayudarme a saber qué clase de aventura he venido a buscar o si, cómplice con AMOSAPIENS, no tiene intención de detenerse hasta llegar a la ciudad que, rimando con miedo, me va a poner a su merced sin que yo pueda o quiera evitarlo. Me parece que he abierto una especie de caja de Pandora que, sin yo saberlo, vivía dentro de mí. ¡Dios mío! ¿Me atreveré a ver todo lo que hay dentro? ¿La cerraré en cuanto pare este tren y me baje? ¿Seré capaz de vivir lo que contenga? ¡Bufff!, ¡ya está otra vez este maldito *alma-rio*!

Agotada y sin siquiera fuerzas para abrir una caja de zapatos, intento relajarme antes de plantearme abrir, mirar, vivir o cerrar la caja de una tal Pandora porque, según cuentan, además de ser de un metal pesado, lleva varios siglos cerrada... ¡Pero eso sí!: al tiempo que apoyo la cabeza en esa ventanilla que previamente he vuelto a tapar corriendo la cortina azul con logotipos amarillos, mientras me coloco con la relativa posición fetal que permiten las circunstancias y las instalaciones del tren, cierro los ojos para evocar algunos de los primeros diálogos cibernéticos con AMOSAPIENS.

AMOSAPIENS: Mira, si en vez de tanta y tanta teoría tú y yo nos viéramos...

Marta: ¿Qué?

AMOSAPIENS: Que te daría más placer del que te hayan dado jamás.

Marta: Qué atractivo. ¡Hasta ahora nunca había cogido con fantasmas!

AMOSAPIENS: No te preocupes: las sábanas no son necesarias para practicar BDSM.

Marta: ¡Idiota!

AMOSAPIENS: ¿AMO-idiota? ¡Pues no suena demasiado mal!

Marta: No te imaginas las ganas que tengo de insultarte...

AMOSAPIENS: Sí, pero te las tragarás, igual que te tragarás otras cosas...

Marta: ¡Y una leche!

AMOSAPIENS: A eso me refería, reina, a eso me refería...

AMOSAPIENS... AMOSAPIENS... AMOSA-PIENS... ¡Bufff! ¿Sonrío? ¿De verdad ahora sonrío? Sí, creo que de repente sonrío cuando, junto al recuerdo de AMOSAPIENS, a mi cabeza le da por pensar en los lugares que he tenido que visitar, entender y descubrir, antes de encontrarme con ÉL por la red. No, no ha sido fácil llegar hasta este tren, sobre todo si me da por pensar que los últimos treinta días de mi vida han dado lugar a un mes, ¿cómo llamarlo?,

¿mes lunático? ¿Mes de lunas? ¿Mes metafóricamente lunar?

Eso es: ¡Metafóricamente lunar! Porque si me da por comparar las distintas fases del satélite con los acontecimientos que han aterrizado en mi vida en este tiempo, me parece que he vivido en mi propia piel las inercias, el influjo, los cambios y las hermosas cuatro caras, unas veces ocultas y otras no tan escondidas, de la luna...

2

Lunas de chat

El chat caliente apareció en mi vida con la luna nueva. Es curioso, pero aquella irrupción me resultó tan novedosa como cuando la pálida luna se muestra a través de esa minúscula lámina en un cielo que, más que cielo, parece la inmensa nada. Conscientemente al menos, no me atrevo a afirmar que mi vida tuviera lagunas, vacíos o nada de nada, pero sí sé que el día que coloqué el ratón, pulsé el botón izquierdo sobre la palabra «chat», seleccionando después la Zona Caliente y, en concreto, la sala de Amos y sumisas, esa atracción que sólo genera lo desconocido me invadió de golpe, tal vez por el excitante impacto de haber descubierto algo vibrante y tan adictivo que, inevitablemente y durante un tiempo, me iba a conducir al juego, a la risa y a la estupefacción constante.

Amos y sumisas, Amos y sumisas, Amos y sumisas: ¡esto sí que es fuerte!, pensé. Recuerdo que el primer día no daba abasto a leer todo lo que mostraba la pantalla porque, además de unos cuarenta usuarios que a la velocidad de la luz no paraban de hablar-teclear, debía contar con ese sinfín de mensajes privados que, en forma de ventanitas que se abrían y cerraban superponiéndose unas a otras, me acechaban sin parar con hermosos y sutiles saludos, tipo *vamos perra: ponte a cuatro patas; quiero tus nalgas a la vista que me está temblando la fusta; hoy nadie te librará de un buen enculamiento.*

Te cojo, te enculo, te violo, hoy te azotaré, me la chupas, te masturbo... ¿Pero qué es esto? ¿Dónde me he metido?, me pregunté una y mil veces ante los continuos y desbordantes misiles que portaban aquellos mensajes privados. Menos mal que, cuando me invadía la angustia, miraba la fila gris de arriba o la que, además de informar sobre el número de usuarios, me indicaba en todo momento que la pantalla de mi compu no era sino la puerta de la sala privada de Amos y sumisas.

Sin dejar de ser una presa fácil del estupor, durante los dos primeros días me limité, como buenamente pude, a pulsar la cruz de las ventanillas para cerrarlas y así poder estar al tanto de lo que se cocía en la sala. Y sí, ya sé que ahora es mucho más fácil analizar todo aquello, pero entonces, cuando era imposible racionalizar por la fascinación del descubrimiento, creo que todo tuvo que parecerme igual de impactante que a la niña que intenta conocer a sus compañeros y el resto de matices, colores, sabores y aspectos de su primer día de colegio, o como si un ludópata, que aún no sabe que lo es, acude por primera vez a un casino y se queda obnubilado con el bullicio, la variedad de juegos y las luces de neón que envuelven el recinto.

No comencé a reaccionar hasta bien pasadas aquellas cuarenta y ocho horas, aunque no comprendo por qué cuando pasé a la acción, en vez de dedicarme a otras cosas me dio por psicoanalizar, hacer mi propia estadística y excitarme creando grupos y subgrupos como si estuviera realizando una tesis doctoral e intentase averiguar el sexo, la edad, el trabajo y otros datos de las personas que accedían a la sala de Amos y sumisas. ¿Será posible? ¿Tan aburrida estaba? ¡Seré ilusa! Y listilla, prepotente y tonta. ¿Cómo no se me ocurrió pensar en la fábula sobre el cazador, cazado? ¿Cómo no tuve en cuenta que quien juega con fuego, se quema? ¿Hay mejor prueba de que me quemé que este tren con dirección a Oviedo que quiere colocarme en los brazos, el látigo y las artes de AMOSAPIENS?

Comencé mi singular estudio descartando a algunos usuarios. Primera excepción: mi estadística no

incluiría a los despistados y curiosos que aterrizaban
en la sala de Amos y sumisas por azar, entre otras cosas porque cada vez que me disponía a contabilizar-
los, ya habían salido del lugar. Segunda excepción:
tampoco quise tener en cuenta esa publicidad que
tanto me agobió, tipo ellos y ellas se buscan.com, o
los inconfundibles anuncios que se cuelan para em-
baucar con sus páginas a los usuarios del chat. Y tercera excepción: aunque en ningún momento me olvidé de su existencia, también opté por descartar a los
que denominé sujetos infantiles y soeces, porque sólo entraban en el chat para volcar su adrenalina in-
sultando a otros. Sí, es cierto que de esos cuarenta
usuarios, al principio hacía mucha gracia ver cómo
cinco o seis llenaban la pantalla escribiendo, sin venir a cuento, *putasssssssssssssssss*, *mariconesssssss*, *im-
potentessssssssssssssssssssssssssss*, pero después cansaba
tanto que entre insulto e insulto desviaran la atención, que todo el mundo terminaba haciendo caso
omiso de ellos a través de la tecla ignorer o la que, dicho sea de paso, tardé días en descubrir que permitía
seguir chateando, sin ver las barbaridades del usuario al que se acaba de ignorar.

Una vez descartado el trío «publicidad, despistados y soeces», me dispuse a realizar mi particular
estadística. La inauguré observando detenidamente
a los que, cada vez que entraban en la sala, me recibían

con los mismos saludos: *quítate las bragas, zorra, hoy voy a encularte como la puta que eres o sigue hablando con otros y verás cómo te castigaré*. Sí, es cierto que siempre me impactaban, aunque también es verdad que enseguida desdramatizaba la situación, riéndome con las frases de los que denominé kamikazes, con ánimo de diferenciarlos del resto de usuarios del chat. No era difícil detectar a los kamikazes porque, además de ser los más numerosos, se delataban ellos mismos presentándose con un nick o nombre cibernético más insultante y directo que sus terribles bienvenidas. ¡Increíble el contraste!: los kamikazes navegaban por el chat con nombres como TELAMETOTODA, ME LA CHUPAS, TU CULO ES PARA MÍ o POLVO FUISTE Y POLVO SERÁS, en tanto que yo, en esos primeros días de devaneos por aquel extraño chat, me amparaba en los inocentes e insulsos seudónimos de *treinteañera* y *raquel*.

A veces, sólo observando el título que daba nombre a ese recinto cibernético, conseguía cierta sensación de normalidad dentro de tanto aturdimiento, aunque nunca dejó de sorprenderme que, en vez de dar los buenos días o las buenas tardes, algunos usuarios siempre nos sometieran a un interrogatorio igual de ofensivo a todos los que navegábamos con un *nick* femenino:

—¿Eres sumisa?

—Dime, puta, ¿eres sumisa?

—Responde, perra: ¿eres sumisa?

—¿Ama o sumisa? ¡Contesta, zorra!

Normal, debe ser normal, decía para tranquilizarme. ¿Normal? Como normal que una mujer que no tenga idea ni de este mundo o submundo del sadomasoquismo cibernauta, ni del sadomaso real, y acostumbrada a ganarse a pulso la igualdad entre sexos y pelear en lo cotidiano para que así sea, responda lo que yo respondí:

—¿Sumisa yo? ¡A la chingada!

—Sumisa tu madre.

—¿Sumisa? ¡Ay qué risa! Yo soy insumisa, imbécil...

—¡Vete con sumisa o con tu misa a otra parte, pendejo!

Normal, debe ser normal, seguía repitiéndome una y otra vez. ¿Normal? Como normal es que, tras las miles de salidas de tono que vomitó mi boca en forma de minitextos, saliese por la tangente en plan reivindicativo y con provocaciones subversivas que, desde luego en aquella sala, estaban fuera de lugar:

—Chicas: ¡INSUMISIÓN! ¡INSUMISIÓN! ¡INSUMISIÓN! ¡INSUMISIÓN!

—Siglo XXI: ¡Las mujeres al poder! ¡Las mujeres al poder! ¡Las mujeres al poder!

—¡No a la tiranía de la testosterona! ¡No a la tiranía de la testosterona!

—Mujeres: ¡Romped las cadenas y los yugos de siempre!

Normal, debe ser normal, continuaba afirmando o afirmándome, en busca de no sé qué. ¿Normal? Como normal es que las reacciones no se hicieran esperar:

—¿Pero nadie va a azotar a esta puta?

—¿De qué cuadra se ha escapado esta perra?

—¿Es que la fusta de tu AMO es de mantequilla?

—¿Algún AMO le ha soltado el collar a esta zorra?

Por suerte, aquellas respuestas incomprensibles me hicieron recordar el antiguo dicho Ver, oír y callar. Y eso es, precisamente, lo que intenté hacer desde la metedura de pata de la insumisión, aunque me quedé con las ganas de saber por qué siempre insultaban de la misma forma y, sobre todo, qué significaban esas expresiones tan raras sobre cuadras, fustas de mantequilla, perras y collares...

Es cierto que vi, oí y callé, pero eso no quiere decir que me adaptase a todo. Entre otras razones porque los kamikazes sólo me producían carcajadas. La verdad es que cada vez que aparecían, me despertaban una especie de risilla quinceañera porque no podía evitar imaginármelos con menos de veinte años y cargados de tal cantidad de testosterona que, probablemente, necesitarían teclear con una mano y masturbarse con la otra, en busca de un orgánico y necesario reciclaje tan lácteo como liberador para sus hormonas. Otras veces, también los visualizaba jugando a creerse dueños —o mejor DUEÑOS— de una situación que sólo vivían en su imaginación; en concreto, la de tener a una mujer en el tiempo, en el momento, y para lo que a ellos se les antojase. Conclusión, me dije: ¡Que ninguno se come ni una miga en la vida real!

Reconozco que en algún momento puntual, sobre todo al segundo día de chatear o cuando ya me vi con más soltura para combinar ventanas, cierres, ojos y dedos, me reí de lo lindo gastando bromas, bien retadoras: *Ah, ¿sí?, ¿y me vas a pegar con el chupón, chiquitín?*, o bien mofas tan ofensivas como sus saludos: *Cuando quiera coger no dudes que lo haré, pero ten por seguro que no será contigo.* Algunas veces, hasta me atrevía a decirles *más, más, más, más...* Total: nadie hacía daño a nadie porque todo quedaba en casa, bueno, mejor dicho, en la soledad o sole-chat de una imaginaria, y a la vez real, sala de Amos y sumisas del chat de Wanadoo.

Sole-chat... Sole-chat... Sole-chat repleta de insultos, fanfarronadas y descripciones con pelos y señales. ¡Otra vez pelos y señales!... ¿Serán bordes? Más de una vez me he sentido como una vaca fotografiada y pegada en el catálogo de un lechero, sobre todo cuando he tenido que describir mi físico y mis medidas con esos pelos y señales. O como una yegua en la feria de ganado a la que el futuro amo, ¡en este caso minúsculo!, mira los dientes una y otra vez antes de decidirse a comprarla o no. Y es que no fue muy difícil observar que, tras la inevitable pregunta sobre la sumisión, las que seguían siempre estaban relacionadas con medidas corporales:

—¿Talla de brasier? ¿Cómo tienes las tetas, mami?

—¿Culona, plana, respingona, celulítica o un poco de todo?

—Seguro que tu culo es carnoso y de caderas anchas...

—¿Buena de abajo y plana de arriba o al revés?

¡Pelos y señales! ¿Pelos y señales?... ¡Socorro! Creo que después de aquellas medidas o un interés desmedido por la ropa que llevaba puesta, la tercera intervención ya no era otra pregunta y sí, directamente, esa acción consistente en señalizar a la víctima con variopintos estigmas cibernéticos:

—Dame tu culo, zorrita: te mereces unas nalgadas.
—Ponte a cuatro patas, ¡que me está temblando la fusta!
—Ese trasero hoy no va a pasar hambre: ¡zas!, ¡zip!, ¡zaaaaap!
—Contra la pared, esclava: mi látigo te busca desesperado...
—Vamos, pendeja, nadie te libra hoy de tus azotes.

De no ser por los juegos de palabras que me afloraban a la velocidad de la luz, y por esa ironía, que desde el principio me ha invadido gracias a los incentivos de los usuarios que encuadré en el grupo de los cachondos, como OTEÍLLO, PACO GERTE, TEATOCONMEDIAS, ROCKY, VERGONZOSO o ACTOR PORNO, creo que no hubiera podido soportar los alfileres que pretendía clavarme en el clítoris AMOSÁDICO, los arañazos o por llamar de alguna forma a las secuelas que hubiera dejado en mi espalda el rastrillo de TORQUEMADA, los latigazos en los pezones que me ofreció AMOAZOTADOR, los tres dildos o consoladores que ROMPECULOS quiso introducir en mi trasero o la propia cera hirviendo que intentó derramarme AMO-ABRASADOR.

Porque cuando mi nick aún era treintañera, TEATOCONMEDIAS, por ejemplo, me hizo reír a carcajadas más de una vez:

TEATOCONMEDIAS: Hola, te ato con medias.

treintañera: Ya lo dice tu nick: tampoco hay que ser reincidente, ¿no?

TEATOCONMEDIAS: Sí, pero te lo aclaro porque las que traigo son nuevas: las otras ya las rompí atando a las demás.

treintañera: ¿Y cómo son las nuevas? ¿Negras? ¿De colores? ¿De red? ¿Con costuras?

TEATOCONMEDIAS: No digas eso, no lo pronuncies, por favor..., no lo digas...

treintañera: ¿Por qué? ¿Qué he dicho?

TEATOCONMEDIAS: Demasiado tarde... Lo siento... Me voyyyyy a veeeeeeeeeniiiiiiiirrrrrrrrrrrrrrr...

En fin: está claro que estuve chateando con el campeón del fetichismo precoz, ¡y yo sin saberlo! ¡Menos mal que OTEÍLLO no se quedó atrás!:

OTEÍLLO: Por favor, tú sigue a lo tuyo. Yo sólo quiero mirar.

treintañera: ¿Mirar? ¿Y qué gafas utilizas para mirar por el ciberespacio?

OTEÍLLO: Yo lo veo todo, detrás de las cerraduras de cualquier computadora, lo veo todo...

treintañera: ¡OJONES!

De las carcajadas producidas por el voyeur del ciberespacio, pasé a las que me generó VERGON-ZOSO:

VERGON-ZOSO: Toc-toc-toc... ¿Se puede?

treintañera: Sí, hombre, no seas vergon-zoso, pasa, pasa sin miedo...

VERGON-ZOSO: Ya, pero es que aunque quiera pasar no voy a poder...

treintañera: ¿Por qué?

VERGON-ZOSO: Porque seguro que a ti tampoco te cabe mi VERGÓN.

treintañera: ¡Bufff! ¡Pues será verdad que el tamaño sí importa!...

Sin salir del grupo cachondos, me permití jactarme de distinguir entre los que entraban en la sala sólo para reír o hacer reír con las conversaciones picantes, de los que eran divertidos, sin más. Creo que entre medias de este caos lingüístico, cibernético y tragicómico, y dejando al margen a OTEÍLLO, TEATO-CONMEDIAS y VERGON-ZOSO, las mayores alegrías me las despertaron los que de por sí eran divertidos, sin necesidad de echar mano del recurso fácil del insulto o la picardía erótica. Porque en tanto que la mayoría se debatía entre látigos, torturas y cueros, ALBAÑIL, sin ir más lejos, no tenía reparos en entrar en una sala sadomasoquista de internet para hablar de futbol y comentar los últimos penaltis y goles de los partidos del domingo. No era difícil cogerle cariño a este especial maestro de la construcción si, además de sus goles autistas, nos hacía reír cuando por fin se atrevía a escribir su coletilla de siempre: *¿Hay aquí alguna mujer que me quiera poner un depaaaaaaa?* Claro que, si de cachondos se trataba, POLICEMEN no se quedaba atrás. Sobre todo cuando se levantaba especialmente divertido y se recreaba escribiendo aquellas frases que siempre me parecieron apoteósicas: *Quietooosssssssss todossssssssss, sádicos contra la pared, pongan las manos atrás y tiren el armaaaaaaa-duraaaaaaa. Y ustedes, sumisas, me tienen can-SADO, muy can-SADO, ¿entendieron? ¡Can-SADO! Se acabó. ¡Por las esposas!*

Inevitable vibrar. Inevitable el juego. Inevitable la risa. Inevitable engancharme a estas clases gratuitas de risoterapia. Inevitable utilizar la computadora del trabajo para chatear. Inevitable estar deseando acudir a casa por la tarde para seguir haciéndolo. Inevitable quedar algún día con Pedro y, por la noche, como una drogadicta que no puede pasar sin su dosis, tener la desfachatez de utilizar su computadora ¡mientras él hacía la cena! Inevitable atreverme a poner la excusa de trabajos que necesitaba terminar para que Pedro se marchase tranquilo a la cama sin mí. Inevitable, en fin, que me pusiera nerviosa y se apoderaran de mí actitudes y ansiedades tipo mono cada vez que se iba la luz o cuando daba problemas el ADSL de turno, y en la compu, en lo mejor de las charlas con algún usuario de la sala de Amos y sumisas, leía en mayúsculas: HAS SIDO DESCONECTADO DEL SERVIDOR.

En otro orden de cosas, fue también inevitable analizar la otra cara de la moneda, es decir, el lado serio del chat o aquellas proposiciones virtuales que pretendían ser reales y que, todavía en la fase de luna nueva, no podía admitir mi imaginación juguetona, aunque sí pude deducir que muchas de las proposiciones virtuales que buscaban encuentros reales venían del grupo de los solitarios porque, además de chatear con ánimo de pasar un rato entretenido, parecían albergar la esperanza de poder encontrar a alguien, en terminología de chat, *real*.

En cambio, no fue difícil encuadrar al bueno de SR. DEL TEMPLE en el sector de los adúlteros, entre otras cosas porque se quejaba una y otra vez del hastío de su matrimonio, de la rutina de su cama y, sobre todo, de que su mujer no quisiera oír nada que tuviera algo que ver con el mundo sadomaso. Nueva conclusión —de entonces y de ahora—: salvando las distancias, claro está, con internet y casi como ha ocurrido toda la vida con los burdeles, algunos intentan llenar el vacío producido en casa y acceder, aunque sólo sea con la imaginación, a lo que les gustaría practicar en la intimidad de sus dormitorios. Cuestión ineludible —de entonces y de ahora—: ¿era SR. DEL TEMPLE un adúltero cibernético en toda regla? Respuesta —de entonces y de ahora—: ¡ni idea!, pero como dijo no sé quién, ¡ojalá que todos los cuernos que nos pusieran en la vida fueran cuernos de internet!

Con carácter muy general y por ese paralelismo vital, casi todos los usuarios se me antojaron esquizoides o enganchados a esta doble vida real-virtual, quizás porque la ilusión de lo virtual servía para que lo real funcionase mejor, quizás porque podían dejar salir y expansionar aspectos del ser que, en la vida cotidiana, quedan ocultos por el temor al rechazo social, o quizás porque cualquiera podía ser quien no era, con la paradoja de que acababa creyéndose su propio juego, como si en realidad lo fuese. Sin embargo, otras veces, los chat-adictos me resultaban unos fantásticos actores que ni siquiera tenían conciencia de que lo eran porque, al menos durante el tiempo de aquel rodaje, el personaje que interpretaban invadía cada aspecto de sus vidas.

Aparte de esta lógica y divertida dualidad cibernética-real, existía otra dualidad patológica o, para ser más exactos, una auténtica, manifiesta y desorbitada esquizofrenia como la de LANDRO, que se conectaba con este nick en una computadora y con el de LANDRA en otra, para después insultar a sus propios personajes y pasar todo el tiempo haciéndolos dialogar. ¡Qué locura! ¡Qué soledad más grande! Creo que casi todos los usuarios descubrimos a LANDRO-A, claro que tampoco era muy difícil seguir ese diálogo de besugos y compadecer al dueño de unas computadoras que, sin lugar a dudas, no hacía más que demostrar sus traumas a través de aquellos delirios.

—LANDRO: Déjame en paz, Landra.

—LANDRA: Landro es maricón...

—LANDRO: Acéptame ya, carajo: yo no tengo la culpa de ser así...

—LANDRA: No me gustan los maricones...

Dentro de mi particular estadística, no me costó incluir a NANCY, ESTRELLA o MARA en el grupo de las funcionarias aburridas, porque utilizaban la sala del chat para entretenerse hablando de fotocopias y hasta recetas de cocina, con independencia de que se creyeran valientes si, en momentos puntuales, se atrevían a escribir y exhibir delante de todos los usuarios palabras como tetas, verga o trasero. Cuando NANCY, ESTRELLA o MARA escribían aquello de: *Por favor, no me manden privis, o gracias, pero porfa, no más mensajes privados, que estoy en el trabajo con el bloqueador de pop-ups y no se me abren las ventanitas...*, me parecían como aquellas antiguas y reprimidas señoritas, que guardaban las formas en las verbenas populares de época a costa de negarse a una segunda copita con la cursi frase de: No, otro anís no, por favor, que me pongo en estado inconveniente...

Sin lugar a dudas, una de mis preferidas era la sección de los usuarios ambiguos porque contaba con sujetos como LUJURIA, AUSENCIA o LIBERTAD. LUJURIA, por ejemplo, practicaba con una naturalidad increíble el doble juego de hacerse pasar por hombre o mujer y, para colmo de versatilidad, indistintamente y a la velocidad del rayo, también adoptaba el rol de Amo-a y sumiso-a, según le venía en gana. En este sentido, la verdad es que me he divertido como enana, primero observando, y ¡atreviéndome a jugar después!, con esta especie de reversible ambigüedad a través de los equívocos y, al menos para mí, almodovarianos nicks de ENERGÍA, DELIRIO o PECADO. ¡Hummmmmmmmm!, por cierto, ¡nada me fascinó tanto como jugar a ser pecado...! ¿Será porque siempre me pareció un seudónimo literario?

En otro orden de cosas, tengo que confesar que me divertí de lo lindo intentando averiguar el sexo, el trabajo, el estado civil, el lugar de residencia, la edad real y hasta las tendencias psicológicas y el comportamiento de los chat-adictos. Porque otra de las grandes pantomimas de este reducto virtual es que en él, ¡casualmente!, casi todas las mujeres miden 1.80, son rubias con ojos azules y gozan de un 90-60-90, en tanto que los hombres son jóvenes, atléticos, musculosos y morenos con ojos negros o verdes, pero eso sí, siempre parecidos, según decían, a algún famoso de la tele. Casi siempre me levantaba con aires investigadores y jugaba a ser una intrépida detective o una socióloga que realiza con seriedad una completa estadística y un contrastado trabajo de campo, utilizando métodos un poco canallescos, pero que personalmente me parecían muy eficaces para jugar a destapar las verdaderas realidades de quienes navegaban por allí.

El sexo era muy fácil de averiguar, o al menos reconozco que me hizo ilusión creerlo así, quizás porque también creí que una mujer no engaña a otra mujer en lo tocante a esos detalles relacionados con cremas, menstruación, medidas, expresiones y otras cosillas, típicamente femeninas, que pueden entreverse si nos mostramos especialmente atentas.

En cuanto al lugar de residencia, tampoco había que ser Albert Einstein para saber si los mensajes venían de uno u otro lado del Atlántico, aunque acertar en lo referente al país y la provincia, más que una buena investigación, era una lotería. Porque otro de los grandes milagros del chat, que cuando reparas en él sorprende y fascina en la misma proporción, radica en ser consciente de que, en tiempo real, varios individuos de distintos rincones del mundo están dialogando sobre Amos y sumisas, en una pequeña guarida virtual. Creo que ésta fue la razón por la que, además de encuadrarlos en el grupo de los internacionales, me reí de lo lindo con las frases de los sudamericanos, quizás porque las peculiaridades del lenguaje generaban equívocos más que divertidos:

NALGONSOTE: ¡Qué bien! ¡Mañana se juega la polla del presidente!

Carmen: ¿Cómo? ¿Sortean la polla del presidente?

Pilar: ¡Joder, qué fuerte! ¿Y qué le pasa a quien le toque? ¿Se la come? ¿Se convierte en presidenta?

Reina-miel: Nalgonsote, no seas pendejo: en la madre patria, polla es otra cosa...

NALGONSOTE: ¿Y qué cosa es polla para un gallego?

Reina-miel: Huevón: ¡Acabas de decir que se sortea la pinga del presidente! ¡La pinga presidencial!

NALGONSOTE: ¡Ay carajo! ¡Pero si yo quería decir que mañana se juega la lotería nacional!

Pedro: Jajajajajajaja. ¡Eso es un malentendido y no lo de estar en el candelabro!

El estado civil era una de las pesquisas más complejas, aunque debía exceptuar casos como el de SR. DEL TEMPLE, por la sencilla razón de que él siempre comenzaba a chatear pregonando a los cuatro vientos el suyo. Lo mismo ocurría con el que denominé sector de las amas de casa. No pude evitarlo: siempre me imaginé que, justo cuando el marido se iba a la oficina, estas mujeres inauguraban a diario el baúl más secreto, pícaro y prohibido de su existencia. Algunas de ellas, como MADRE43 o CINCUENTONA CACHONDA, lo decían directamente:

MADRE43: Por finnnnnnnnn. Libreeeeeeeee-eeeeeeeeeeeeeee.

CINCUENTONA CACHONDA: Yo también, ya se fue mi cerdoooooooooooooooooooooo.

MADRE 43: Cincuentona: ¿no me digas que eres sumisa?

CINCUENTONA CACHONDA: No bonita, no: yo soy ama... ¡AMA de casa! Jajajajajajajaja.

MADRE43: ¡Ay si lo hubiésemos sabido antes!

¿Eh cincuentona?: toda la vida aguantando a un cerdo, sólo para una mierda de salchicha...

Entre tanta risa, casi nadie lo comentaba expresamente, pero el chat, después de todo, no era un sitio tan privado como se cree al principio de navegar en él porque los mensajes particulares entre unos usuarios y otros volaban por el ciberespacio con las últimas conquistas y noticias, casi tanto como volaban por los entresijos de la prensa rosa los últimos romances de los famosos. Tal vez el mejor ejemplo de tanto y tanto vaivén fuera la experiencia de DOMINANTE, que andaba buscando a una tal CASADA48 por todas las salas porque, según contaba, el día anterior su marido volvió antes de tiempo y la pilló desnuda frente a la webcam. DOMINANTE decía que nunca iba a olvidar la última imagen que le llegó con la cara de pánico de esa mujer que, para colmo de ironías, se negaba a ser su sumisa, aunque por ese strip-tease cíber, iba a ser ¡sumisa por narices!, si al marido, en pleno trastorno de no se sabe qué, le daba por pasarse de la raya, ¡y de la mano!

El comportamiento y las reacciones jocosas, infantiles, tímidas o sarcásticas de algunos destacaban mucho más en un entorno en el que abundaban los morbosos que se excitaban leyendo palabras como coño, culo, verga o coger, o los exhibicionistas que, desesperadamente, pedían una y otra vez que los agregásemos al messenger porque sólo se calentaban ante la posibilidad de que otros los observaran con la verga dura. Claro que, entre el necesario anonimato de las amas de casa y el exhibicionismo de los anteriores, se encontraba un grupo digno de estudio. Me refiero a los fantasmillas que pedían que alguien les quitara la sábana porque, aunque su identidad era tan oculta como la del resto, al poco de empezar a chatear daban tal cantidad de pistas sin que se les pidieran, que parecían estar retando a los demás para que los descubrieran de verdad. A EMPRESARIO SOLVENTE, por ejemplo, sólo le faltó decirme el nombre y el número de la calle donde vivía porque el teléfono, la edad, sus estudios, la cotización de sus acciones en bolsa y sus peripecias como joven empresario de éxito, me los restregó a la primera de cambio. ¡Puaggggg!

Creo que otros de los momentos más divertidos tuvieron lugar cuando me disponía a averiguar la edad. No hacía falta, por ejemplo, intentar conocer los años de quienes chateaban con ese horrible «lenguaje celular» plagado de faltas de ortografía, porque en condiciones normales y salvando alguna excepción, es el que utilizan adolescentes y veinteañeros en sus blogs. Los kamikazes, sin ir más lejos, siempre escribían sus incontinencias sexuales con frases del tipo: kitat todo k voy a dart x kulo. La verdad es que más de una vez me sentí violenta pensando que en esa sala se estaban diciendo auténticas burradas, leídas por niños que, en la soledad de sus cuartos y engañando a sus padres con la excusa de hacer los deberes o de entretenerse con sus videojuegos, en realidad pasaban el tiempo chateando en una sala sadomasoquista de internet.

Porque otra de las cosas que más llamaron mi atención fue el comportamiento de quienes prácticamente no escribían una palabra, aunque eran capaces de aguantar horas y horas frente a la pantalla de su compu, observando los diálogos picantes de otros. Como PILOT, sin ir más lejos, que pese a tener nombre de pluma sólo se limitaba a poner dos puntos de vez en cuando. PILOT nunca pronunciaba-escribía nada, y la verdad es que me quedé con las ganas de cronometrar sus apariciones o asentimientos mudos. Unas veces pensé que PILOT era tímido, otras creí que era un voyeur y otras, en cambio, no pude evitar imaginármelo como un niño solitario, hijo de padres muy ocupados, que calmaba su soledad entreteniéndose de esa forma. ¡Pobre PILOT! La pluma que nunca escribía nada me producía cierta ternura; sobre todo cuando en mitad de esta jungla de Babel que daba lugar a diálogos más que delirantes, él o ella hacía notar su presencia, siempre de la misma forma:

PILOT: :
PILOT: :

Al margen del caso PILOT, o de los adolescentes y los veinteañeros, me divertía sobremanera con las trampas que tendí para averiguar la edad del resto. Muchas veces, bastaba con escribir una pregunta: ¿Alguien me puede decir cuál fue el último trabajo de Antonio Machín? O En la facu me han pedido que haga un estudio sobre Nacha Pop: ¿pueden darme alguna pista? Pese a que la planteé varias veces, la primera cuestión sólo obtuvo respuesta una vez, aunque como gracias a mi abuela conocía la discografía completa de Machín, me lo pasé fenomenal charlando sobre *Angelitos negros, Un compromiso, Mar y cielo,* y *Mira que eres linda* con una persona que con toda seguridad superaba los setenta y muchos años. ¿Qué me sorprendía más? Aún no lo sé. Creo que me impactaba en la misma proporción el simple hecho de estar charlando sobre Machín con un-a casi octogenario-a a través de internet o que el melómano diálogo tuviera lugar en la sala de Amos y sumisas del chat de Wanadoo.

Respecto a la trampa Nacha Pop, que por cierto también conozco gracias a que mi tío vivió la movida madrileña y bombardeó mi infancia con pop español, he de decir que resultó muy efectivo porque siempre había alguien que contestaba: ¿Qué necesitas saber? Yo tengo todos sus LP. ¡¡¡LP!!! ¿¿¿Ha dicho-escrito LP???, me cuestionaba con énfasis. ¿Acaso no son los de cuarenta años en adelante quienes siguen pronunciando las siglas LP porque ya no se acostumbran a sustituirlas por las siglas CD? Mira, reina, pensaba, ya puedes aparecer con el nick BARBIE-20: yo sé que «tu Barbie» tiene veinte años, pero veinte en cada pierna, bonita, veinte en cada pierna...

No obstante, para corroborar mi intuición sobre el tema de la edad, bastaba con tender alguna trampa más, y preguntar, por ejemplo, si era cierto que en los años ochenta salió en televisión un señor vestido de abeja dando cachetadas a algún funcionario. Entonces, la misma persona de los LP se sentía protagonista y delataba su verdadera edad, recreándose al contar, de pe a pa, las incidencias del famoso autor de la frase *que te pego, leche*. ¡Cómo nos traiciona el ego!, pensaba. ¡Otro que ha picado!, decía haciendo ademán de felicitarme: ¡otro que va al lote de la década cuarta en adelante! En fin, otro que, como en los libros de historia, pertenece al amplísimo capítulo de la extensa edad media...

El problema es que, aunque mi intuición me indicaba claramente que le había quitado la máscara a algún chat-adicto, no era posible contrastar aquella percepción de ninguna manera. Por tanto, ¿de qué servía jugar a los detectives? ¿Cómo averiguar las dudas? ¿Cómo creer en las respuestas? ¿Quién ponía el cebo a quién? Es más, ¿cómo evitar caer en la red de la RED?

En otros momentos, además del sexo y la edad, también jugué a averiguar el trabajo y hasta las aficiones de los chat-adictos. Lo primero que llamó mi atención es que del mismo modo que los kamikazes se entretenían escribiendo barbaridades como t komo el xoxo, otras personas escribían las frases completas. Y claro, fue inevitable intentar diferenciar entre los que escribían con faltas de ortografía y los que no, aunque reconozco que sólo en casos muy puntuales conseguí saber, gracias a un inoportuno cambio de *b* por *v* o *j* por *g*, la formación cultural del usuario.

Imbuida en esta tarea relacionada con la gramática y la cultura, no puedo negar que me enamoré platónica y cibernéticamente del único sujeto que ni siquiera fui capaz de encuadrar o clasificar en algún grupo. ¡Socorro! ¿He dicho platónica y cibernéticamente? ¡No me lo puedo creer! ¿Es que internet también ha cambiado la ancestral idea del amor platónico por el actual amor cibernético? ¡Vaya! Otra duda más para mi caótica y virtual colección de vacilaciones...

Mi amor platónico-cibernético apareció en la sala de Amos y sumisas con el nick de QUEVEDO.

Y no, la verdad es que no tuvo ningún mérito que lo idealizara como lo idealicé porque, desde el principio, QUEVEDO me pareció tan inteligente que no me permitió más que observar cómo se escurría entre literatura, frases hechas o inventadas para la ocasión y, en definitiva, en un universo que a veces nada tenía que ver con el submundo sadomasoquista de una sala de internet. Sólo un día me atreví a decirle algo, aunque fue tan surrealista y difícil aquella charla que, además de reírme, estuve a punto de caer en la tentación de vengarme, por ejemplo, saliendo de la sala para intentar provocar su ira, volviendo a entrar con el nick de GÓNGORA. ¡Menos mal que no lo hice!

treintañera: ¿Quevedo?

QUEVEDO: ¿Y qué ves?

treintañera: Jajajajajajajaja. Intento verte a ti. ¿Puedo hacerte una pregunta?

QUEVEDO: ¿Sex o no sex?: he aquí una cuestión de en-verga-dura.

treintañera: Jajajajaajajaja. No era ésa mi cuestión, pero...

QUEVEDO: ¿Doctor Libido, supongo?

treintañera: ¡Me matas!

QUEVEDO: ¡Oh!, he aquí una Bella Muriente: amor de cuerpo presente.

treintañera: ¡Jajajajajajajaja! ¡Necrófilo! Está claro que contigo no puedo. Me voy.

QUEVEDO: Mis vacías esposas pedirán una oración por tus armas.

QUEVEDO tenía tal agudeza que la mayoría de las veces chateaba sólo con versos. Soeces e irónicos, pero versos. Es más: tras descartar la idea de retarlo presentándome como GÓNGORA, decidí observarlo detenidamente para apuntarme sus geniales respuestas en un papel. ¿Cómo lo haría? A la velocidad de la luz, inventaba rimillas de temática sexual, y siempre relacionadas con lo que se estuviese tratando en la sala.

Así, de pronto, recuerdo su divertida descripción sobre la masturbación:

Cuando el deseo invade su huella,
se afana en el desperdicio,
de derramarse, con vicio,
pensando en ella.

O su adivinanza sobre esa práctica que llaman lluvia dorada:

Si no sabes lo que es,
te lo explico en ara-MEO,
no te rías que te veo

y voy a mojarte los pies.
¿Qué será este cachondeo?

Y hasta el verso sobre sexo anal que, como siempre, QUEVEDO inventó para la ocasión:

Tú lo llamas ANO-dino
y en cambio yo sé que, aunque fino,
el ano, sin desatino,
es la puerta de un camino.
De un camino que es perfecto,
además del más correcto,
pues siempre el goce es su efecto.
Si así no fuera, contesta:
¿Tú crees que se llamaría RECTO?

¿Cómo no iba a enamorarme de QUEVEDO? No me costó nada reconocer y admirar su inteligencia y su ingenio, disfrutar de ellos y asumir que esta humilde mortal no podía tenderle ninguna trampa a ese monstruo de la palabra. ¡Ni falta que hacía! Definitivamente, mi amor platónico era tan culto y genial que me excité muchísimo imaginándomelo como un famoso escritor, periodista, poeta o hasta como algún filósofo contemporáneo, de esos que adoran el reality show, y basan sus últimos devaneos de cabeza en el estudio del comportamiento en directo de las vidas ajenas.

QUEVEDO no sabrá nunca que, en parte por su personalidad y sus respuestas, me hice adicta al chat. Me pregunto si también, por no poder dejar de leer todo lo que escribía, ahora estoy aquí, en un vagón de tren con destino a Oviedo...

Sexos, circunstancias, nacionalidades, comportamientos, caracteres... ¡Todo cabía en la sala de Amos y sumisas del chat de Wanadoo! Pero si de verdad algo tenía cabida en este reducto virtual eran todos los que sólo por decir *eres mía y de nadie más, ahora harás lo que yo te diga* o *sí, AMO, soy tuya y haré lo que tú quieras...*, se creían auténticos dominantes o dominados, Amos, Amas, sumisos y sumisas y, en definitiva, expertos en cuestiones sadomaso.

Finalmente, en una proporción casi irrisoria y aunque sólo fuera por una simple cuestión estadística, en aquella sala también se encontraban auténticos-as sumisos-as en busca de Dueños y AMOS-AS fanáticos-as del BDSM que, como AMOSAPIENS, buscaban sumisas de verdad y no de dientes para fuera. Por último, dentro de la categoría de Amos y sumisas «auténticos-as», no tardé en distinguir entre la dominación y la sumisión mental-cibernética o aquella que utilizando los beneficios de las nuevas tecnologías no salía del messenger —con o sin micro y con o sin webcam—, y la que empezaba siendo virtual y terminaba convirtiéndose en real a través de un encuentro concertado por el chat...

Solitarios, adúlteros, cachondos, niños, kamikazes, amas de casa, tímidos, voyeurs, funcionarias aburridas, despistados, curiosos, esquizoides, soeces, exhibicionistas, inclasificables, Amos y sumisas... ¿Pero quién era yo? ¿A qué grupo pertenecía? ¿Qué estaba haciendo allí? ¿Por qué me propuse analizar a otros? ¿Necesité buscar una excusa para engancharme al chat? ¿Me aburría? ¿Estaba en crisis? ¿Quién atrapó a quién? ¿Qué se apoderó de qué? ¿Por qué nadie habla de lo que supone el influjo de la red, de la RED?

Ni llegué a saber quién fui, ni ahora, en este tren que se propone llegar a Oviedo, puedo saber quién soy. Sólo puedo decir que, a fuerza de chatear durante horas y horas en esos días en los que el satélite aún era una fina lámina, conseguí el rodaje necesario como para desenvolverme con soltura en el mundillo cibernauta, hasta el punto de caer, antes de que la luna dibujara en el cielo su cuarto creciente, en la irresistible tentación de jugar a aparecer por la sala de Amos y sumisas con diversos nicks o nombres portadores de edades, sexos, apetencias eróticas, vicios y situaciones personales de lo más variado.

La coraza del anonimato, el morbo, el carcajeo continuo y, sobre todo, el juego de ser quien me diera la gana ser en un momento dado me llevaron a representar, entre otras muchas personalidades, la de ramera o prostituta que descaradamente buscaba trabajo en el chat y hablaba de las tarifas de cada servicio antes de llevarlo a cabo; sumisa-sola o desconsolada solitaria que nunca encontraba a un AMO de verdad; AMA-zona o déspota que nada más entrar en la sala se dedicaba a dar órdenes y a azotar a todo el mundo; cincuentona insatisfecha o casada con hijos y férrea repulsión hacia su marido infiel; delirio, tristeza, pecado o transexuales con carencias afectivas y reversibles roles de Amos-as o sumisos-as; Clau o una descarada y blasfema mujer que se hacía pasar por monja de clau-sura, al tiempo que declaraba ser la esclava del señor y la su-misa de sa-cerdote; la tierna, torpe y atractiva treintañera del principio que quizás utilizó ese nick queriendo dejar a un lado la crisis de los treinta, y la también inicial e insulsa, más joven, guapa, inexperta e inocente raquel. ¡Y que viva la risa, el juego y la esquizofrenia cibernética!

Claro que tampoco me faltaba ese morbo en la sangre, cuando me conectaba sin ganas de inventar nada y me arriesgaba a ser quien verdaderamente soy en la vida real. Es decir: Paula, treintañera —y esta vez de verdad—, que vive en una bohemia corrala rehabilitada en el centro de Madrid, independiente y unas veces caótica y sin tiempo ni para respirar, y otras con bastante tiempo libre, siempre y cuando no me bombardeen con nuevos trabajos como lectora en una editorial por las mañanas y traductora freelance el resto del día. Mujer femenina, urbana, tierna, pícara e inocente a la vez, despistada, divertida, muy, muy pero que muy curiosa, y con ese atractivo tan típico de la treintena casi recién inaugurada: ojos marrones y pequeños, pero muy chispeantes. Ni alta, ni baja, ni gorda, ni delgada, aunque con ese michelín indiscreto que se empeñan en regalarme todos los inviernos: Bufff, ¡menos mal que compenso porque la vida me ha tratado bien en cuestión de tetas! En teoría, castaña de pelo largo, y digo en teoría porque a estas alturas me cuesta saber de qué color es mi pelo, ya que me encanta jugar haciéndome múltiples peinados y tiñéndolo cada dos por tres. Por cierto, desconozco si tendrá o no relación con algo, pero cuando me estrené en el mundillo virtual, había dejado atrás el moreno azabache para estrenar también esos reflejos caoba que, según dicen, unas veces me dan un aire sofisticado, y otras, pícaro e inocente: ¡sobre todo si lo iluminan esos rayos de sol que, según el ángulo, me convierten en pelirroja! Punto fuerte de mi cara: sin duda los labios carnosos y mi bonita sonrisa, aunque también me han dicho que tengo cara de traviesa, quizás por culpa de un diente descolocado que arrastro desde la infancia y, al menor descuido, sobresale hasta cuando me doy un punto en la boca: ¡y mira que es difícil! En definitiva, no soy guapa en el sentido más estricto del término, pero sí bastante pasable y, en contadas ocasiones, sorprendentemente agradable.

Cuando aparecía con el nick de Paula, pensaba que en el mundo cibernauta era indiferente decir o no decir «la verdad». ¿Qué más da? Lo importante no es quién sea, sino quién desee ser en un momento dado, aunque para que comience el juego sean necesarios algunos datos iniciales. Un juego que me ha llevado a relacionarme con esta variedad de personas que convierten el chat en una jungla pese a que, curiosamente, también se muestre como una gran familia en la que todos se conocen y tratan con cordialidad, cuando, unas veces educada y cálidamente, y otras con insultos y órdenes torturadoras, dan la bienvenida a todo aquel que entra por primera vez.

En fin, ¿cómo negar que en la misma proporción que la luna aumentaba su tamaño, también aumentaba el influjo que el chat ejercía sobre mí? Y si de verdad se trató de una especie de influjo lunar, ¿tuve alguna posibilidad real de escapar del mundo virtual?

Capítulo
3
Camas crecientes

Cuando la luna creció y llegó más o menos a la mitad de su esférica dimensión, a fuerza de haber chateado infinidad de horas al día y mantenido conversaciones variopintas y más desinhibidas y sueltas cada vez, fui capaz, además de no perderme ni una sola línea de lo que se decía en la sala, de simultanear charlas en varios privados. La rapidez de conversaciones, personajes y temas llegó a tal punto en esta etapa, que llegué a reírme de mí misma porque me sentía como una ludópata, concretamente como una binguera que podía estar al tanto de infinidad de cartones, sin obviar ni un solo número y sin perder las riendas del juego.

Creo que me excitaba más que nada la capacidad creativa del chat y de muchos de estos usuarios a los que, paradójicamente, imaginaba con vidas grises y tristes, aunque como por arte de magia conseguían transformarlas en picantes, dialogantes y excitantes, gracias a los prodigios de la informática y del anonimato que salpicaba cada rincón del cibersexo.

Definitivamente, con el cuarto creciente del satélite, la fluidez, el enganche a las conversaciones múltiples, el vicio y el descaro alcanzaron tal intensidad que no sólo descubrí cientos de aspectos personales y hasta más de un secreto confesado por alguno de los usuarios habituales que entraban en aquella gran familia internauta, sino que, además, mis variopintas identidades, tan anónimas como camaleónicas y chispeantes, me condujeron a volar más alto cuando me atreví con el más difícil todavía.

Me refiero, claro está, a la osadía de jugar a aventarme un sinfín de cogidas cibernéticas, tanto con hombres como con mujeres o, mejor dicho, con personas que aparecían con nicks masculinos o femeninos, y a veces hasta neutros tipo *pereza*, *crueldad* o *invasión*, o a quienes dejaba compartir mi cama internauta, sólo si me presentaba como *pecado* o con mi nick preferido en el ámbito de tanta ambigüedad.

¡Jugar al sexo cibernético!, ¿a quién se le ocurre?

La verdad es que durante esos días, y tanto metafórica como literalmente hablando, me lo pasé más que bien. Es más: creo que ni soñando hubiera podido imaginar que podía asaltarme una que otra calentura a través del chat. Y es que por muy surrealista que pueda parecer, me imbuía tanto en las conversaciones y me metía tan de lleno en el rol que representaba en un momento dado, que la interacción con el otro usuario llegó a veces hasta el punto de que jugando a seguir las órdenes de *dime qué ropa llevas puesta, quítate los vaqueros, tócate aquí, ahora acaríciate allá,* alcancé más de un orgasmo *real* gracias a los mandatos erótico-cibernéticos de un desconocido.

Me pregunté más de una vez qué era lo más excitante e increíble de esta historia, aunque nunca lo llegué a averiguar en su totalidad. Supongo que por todo y un poco de todo era la respuesta correcta: abrir la compu al tiempo que imaginaba quién me apetecía ser en ese instante e inventar rápidamente una identidad distinta de la mía; gozar, de repente, con la posibilidad de tener otro sexo, otra edad, otra vida; jugar con estos elementos hasta casi creérmelos de verdad; conectar con un desconocido partiendo de esas premisas que me hacían olvidar mi propia realidad; llegar al nivel de intimidad de revelación de secretos, anhelos, edad, medidas, situación, etcétera, sin miedo al juicio ni al prejuicio; seducirnos a través de unos roles falsos pero muy reales en la imaginación de ese momento; calentarnos poco a poco y seducirnos como si fuera un juego de niños; vibrar viendo cómo alguien está escribiendo y dirigiendo un faje que quería regalarme sin más; seguir las pautas en la vida real a fuerza de creerme una y otra vez la historia; tener un orgasmo auténtico y no sólo cibernético o de esos que siempre van acompañados de las divertidas onomatopeyas +++++++++, sigueeeeeeeeeee, mmmmmmmmmmm, aaaahhhhhhhh, yaaaaaaaaaa; despedirnos como dos buenos amigos que se han dado un revolcón en una noche loca, y hasta tener el cinismo de fumar el cigarro después, sin dejar de sorprenderme por todo lo que acababa de pasar...

¿Y más tarde? Más tarde, tan incrédula como sorprendida, analizaba lo ocurrido y llegaba, entre otras muchas, a una conclusión: mientras siga existiendo soledad y necesidad de vibrar con la imaginación, tanto los chats, las páginas web o los blogs sobre sexo, e incluso los teléfonos eróticos, serán negocios espectaculares... Desde luego: ¡y la mayoría de la gente preocupada por el desempleo!

Hablando de trabajo y desempleo: es evidente que durante este mes lo único que de verdad he traducido han sido las frases del chat, aunque pienso que para poder adentrarme en esta etapa cibernética que ha asolado mi vida ha debido de influirme el hecho de que no me entrase ningún trabajo nuevo, en unos días en los que aún estaba intentando eliminar la saturación de la última traducción, sobre *La verdadera historia de*

Ana Bolena. También me pregunto si junto a otras razones de índole emocional y afectiva, pulsé el botón «chat» para intentar olvidar al déspota barrigudo de Enrique VIII y a las pobres mujeres que tenían más de cinco dedos y terminaban sus vidas, sólo por respirar, recluidas en torres, quemadas en hogueras y degolladas o torturadas con métodos diversos. ¡Eso sí era sadismo y lo demás tonterías!

Claro que lo de las lecturas de la editorial ya es otra cosa... Y no lo digo porque deba emitir informes de lectura de varios manuscritos que ni siquiera he comenzado a leer y que, sucesivamente y a lo largo de este mes, se han ido apilando en mi despacho y hasta en mi casa... Lo digo, sobre todo, porque cada vez que he ido al despacho por la mañana para recoger los plúmbeos ensayos y novelas de los esperanzados autores noveles, en vez de leer o llevar a cabo la actividad por la que se supone que me pagan, me he dedicado a chatear e incluso, y sobre todo tras haber conectado con AMOSAPIENS, a cosas más graves o más descaradas que un inocente intercambio de frasecitas a través de internet... ¡Y eso que los fluidos no entran por la red, que si no...!

Creo que ya debía encontrarse bastante avanzada la media circunferencia del satélite, cuando viví en mi propia piel la inocuidad de estas conversaciones y me asaltó una especie de filantropía y ánimo de buena voluntad. Entonces me dio por, ¿cómo llamarlo?..., ¿hacer milagros eróticos? Sí, hacer milagros eróticos puede ser una ilustrativa expresión para describir mis espontáneos deseos de hacer felices a algunos usuarios del chat, a través de ese extraño entramado que me permitía dejarme coger sin problemas o calentarme con más de uno, a costa de hacer creer durante el tiempo que duraba el chateo de turno que yo era quien él o ella quería que fuese o que, en definitiva, era esa persona que, en sueños, imaginaban encontrar. Todo parecía perfecto: ellos felices gracias a la imaginación, y yo contenta de haber hecho la gran obra del día, jugando a que no podía dejar de imaginar una frenética sucesión de juegos. ¡Y sin condones, sin contagios, sin necesidad de esforzarme en parecer perfecta metiendo la tripa, sin comprar ropa interior nueva, sin identidades y sin el menor riesgo!

Solitario, por ejemplo, apareció cuando estaba chateando como ramera. Sin saber muy bien cómo ni por qué, ramera empezó a preguntarle por qué era solitario, qué le pasaba, cómo estaba ahora, dónde vivía o qué edad tenía. En un abrir y cerrar de privados, ramera se convirtió en una especie de psicóloga de solitario o, para quien lo prefiera, una prostituta a la antigua usanza, de aquellas que, tras la barra del bar, escuchan al cliente, lo aconsejan, calman sus penas o se brindan como un hombro en el que llorar y un pañuelo para sus lágrimas. Por cierto, las de solitario me parecieron muchas, quizás demasiadas porque, con sólo veintipocos años, me contó que se le había partido la vida en dos por culpa de un grave accidente de tráfico. Según decía, chateaba mucho porque se aburría, ya que se encontraba de baja laboral desde hacía más de quince meses y tenía que soportar esa rehabilitación diaria que se le hacía más cuesta arriba cada vez que recordaba cómo había perdido a su novia y a esos amigos que, al final, resultaron no serlo porque le dieron la espalda a él y a su enfermedad.

Cuando ramera salió con aquello de: *No te preocupes, solitario, hoy y sin que sirva de precedente, te lo voy a hacer gratis*, me sorprendí de cómo acababa de reaccionar aquel alien totalmente desconocido para mí o, quizás y con una expresión más precisa, esa personalidad que, pese a vivir en mi interior, no había podido ver la luz hasta entonces. ¡La bomba! Definitivamente, tanto la liberación como la esquizofrenia vital que generaba el chat eran la bomba. Ramera no dio tiempo a que solitario se expresara más que con aquellas onomatopeyas eróticas que siempre me han hecho mucha gracia. Y no porque él no quisiese hablar-chatear, sino porque ella no cejó en el intento de escribirle unas pautas que, con toda seguridad, solitario siguió a pies juntillas en la vida real:

—¿Me has dicho que estás en una silla de ruedas frente a la ventana, no?

—Sí.

—Bien. ¿Sientes cómo me acerco por detrás y giro tu silla para ponerte frente a mí? Estás sorprendido y muy excitado porque ves que, al ritmo de la música erótica que suena en tu estéreo, me voy quitando el top negro de cuero que hace juego con mi minifalda, y me quedo solamente con mi tanga negra de encaje, el brasier también de encaje negro que realza mis tetas turgentes y redondas, y esas sexys medias de rejilla que tanto te gustan cuando me pongo los zapatos de aguja...

—Hummmmmmmmmmmmmmm.

—Me suelto el pelo. Lo libero de esa coleta que me colgaba por la espalda y aparece ante ti una melena de leona, negra, rizada y salvaje que casi me llega a la cintura.

—Joooooooooooooooooooooooooooooooooooooooo.

—Empiezo a besarte la nuca, las orejas, el cuello y escucho tus pequeños jadeos que se van mezclando con una respiración ya entrecortada.

—Puuuuuuuuuuufffffffffffffffffffffffffffffff.

—Mientras te desabrocho la camisa, sigo besándote la cara y la nuca hasta que me centro en tu boca. Saco mi lengua y dibujo tus labios con ella; los rodeo de saliva primero, lentamente, y después, con fruición, los engullo y relamo una y otra vez...

—Hummmmmmmmmmmmmmmmm.

—Me dirijo a tu camisa; esa camisa que casi rompo y convierto en harapos para poder besar, acariciar y hasta arañar tu torso desnudo, fuerte, joven, bien formado y con esas formas de hombre que tanto me excitan.

—¿¿¿¿¿¿¿¿¿¿¿¿¿¿¿¿¿??????????????????????????

—No puedo evitarlo y te acaricio, sin dejar de besarte la boca, cada vez con más y más pasión.

—¿¿¿¿¿¿¿¿¿¿¿¿¿¿¿¿??????????????????????????

—Tú no puedes moverte, pero no importa. Cojo unas tijeras afiladas, largas y frías que tienes sobre la mesa y me agacho ante ti, mostrándote mi espalda y mi culo respingón. Primero te quito los zapatos, después los calcetines y, un segundo más tarde, sientes el frío cosquilleante de las tijeras sobre la parte interna de tus piernas y de tus muslos. ¿Lo notas? Te estoy cortando los pantalones, dibujando un corte recto y preciso que llega ya hasta tu entrepierna.

—¿¿¿¿¿¿¿¿¿¿¿¿¿¿¿¿¿¿¿¿¿¿??????????????????????????

—Allí me detengo y, con cuidado, sorteo las formas cóncavas y convexas que se esconden tras tu bragueta, para seguir con los dos cortes de tijeras hasta tu cintura. He rajado de arriba abajo tus pantalones y la tela sobrante la abro por los laterales para dejarte al descubierto tus piernas y tu pelvis o esa parte de tu cuerpo que está delatando tu verga erecta, dura como una piedra e insolente porque ha decidido subir y asomar por encima de los calzoncillos...

—++++++++++++++++++++++++++++++++++++

—Me pongo de rodillas y frente a ti, empiezo a lamer tus pies, dedo a dedo, despacio, recreándome en cada apéndice y abriendo mi boca para que seas capaz de ver lo que soy capaz de hacer con ella, al tiempo que tú, sin poder aguantarlo, te tocas la verga con impaciencia.

—Hummmmmmmmmmmmmmmmmmmmmmmm.

—Cuando termino con los pies, sigo recorriendo tus piernas con mi lengua, mientras utilizo las manos para coger tu verga y empezar a hacerla subir y bajar como tú sabes...

—++++++++++++++++++++++++++++++++++++

—Llego a tu pelvis y cojo de nuevo las tijeras, porque, con mucho cuidado, voy a hacer dos cortes verticales en tus calzoncillos, para dejar frente a mí lo único que debe quedar a la vista...

—++++++++++++++++++++++++++++++++++++

—¡Aquí está el tesoro! Lamo tus huevos despacio, los meto en mi boca y dejo que mi lengua juegue con ellos mientras te acaricio el torso desnudo. Al rato, paso de los huevos a la punta de tu verga, dura como una piedra, erecta como un obelisco y a punto de reventar...

—++++++++++++++++++++++++++++++++++++++

—La engullo, la lamo, la rodeo con mi lengua. No paro: por los laterales, por arriba, por abajo y de arriba abajo la oprimo con mi boca para hacerla bailar al son que marcan mis labios.

—Pufffffffffffffffffffffffffffffffffffffffffffffffffffffffff.

—Estás a punto de reventar, quieres derramarte y oprimes mis tetas con fuerza, dándome una idea que antes no se me había ocurrido...

—¿¿¿¿¿¿¿¿¿¿¿¿¿¿¿¿¿¿???????????????????????????

—Me quito el brasier y veo cómo la lujuria es una clara expresión en tu cara. Saco tu verga de mi boca y me elevo e inclino ante ti para poder ponérmela entre mis tetas, hacerle un nido en medio de las dos y excitarme cuando veo que tus jadeos se han convertido en aullidos.

—Joooooooooooodddddddddddddddddeeeeeeeeeeeeeeeeeeeeeeerrrrrrrrrrrrrrrrrrrrrrrrrrrrrrr.

—Pongo las manos al lado de mis pechos y tú los oprimes también con fuerza hacia el centro, hacia tu verga. Casi me rompes las tetas de tanto apretarlas hacia el centro y de tanto subirlas y bajarlas cada vez más deprisa, más deprisa y más deprisa, en tanto que mi lengua sigue lamiendo tu torso desnudo.

—+++++++++++++++++ uuuuuuuuuuuuuuuuuuu me voy a irrrrrrrrrrrrrrrrr.

—Rápido, cada vez más rápido: arriba, abajo, arriba, abajo... Tu verga está a punto de reventar. Tu verga ya no puede resistir mucho más ni ese ritmo frenético, ni esa cadencia salvaje de arriba y abajo. ¡Vamos, vamos! Dame lo que guardas, ¡vamos!, dame lo que tienes escondido y está deseando salir... ¡Vamos!

—Agggggggggggggg yaaaaaaaaaaaaaaaaaaaaaa sssssssíí.

—¡Eso es! Así, muy bien... Salpicando mi pecho y mi cuello de semen caliente. Eso es, todo tu semen esparcido entre mis tetas y mi cuello, dejando ese olor a sexo salvaje por toda la habitación... Eso es, mi amor, eso es...

—...

—¿Solitario, estás ahí?

—...

—¿Solitariooooooooooo?

—...

—¿Solitariooooooooooo? ¡Eeeeeeeeeeeeeoooo-oooooooooooo!

—Bufffffffffffffffffffffffffffffffffffffffffffffffffffffffffff.

—¿Te ha gustado, solitario?

—Ni te lo imaginas, ramera, ni te lo imaginas. Gracias...

—No hay de qué. Me encanta que te sientas bien. Por cierto, ¿se te antoja ese cigarrito de después?

—Jajajajajajajajajajaja. Entendido... Gracias otra vez.

—De nada. Un beso para ti, solitario, ¡y suerte!

—Un beso, ramera, suerte y gracias.

Pese a lo que acababa de ocurrir con solitario, por aquellos días de luna creciente mi nick como Clau fue mucho más habitual que ramera y que todos los demás. Clau, además de ser una piruja empedernida, era aguda y blasfema porque sacaba a relucir su vida como su-misa en el convento de clau-sura en el que la obligaban a orar de rodillas todo el tiempo y a oprimirse los muslos con el cilicio. Clau era divertida, rápida hasta desbancar a la velocidad misma creando juegos de palabras desternillantes, y una expansiva sin límites, que disfrutaba arrancando carcajadas diarias a casi todos los usuarios de la sala o quienes, por cierto, la saludaban con efusión y como esperando a que ella se conectase para empezar con aquella especie de risoterapia virtual.

Nunca entendí la razón, pero cuando notaba que mi mente era rápida, ácida y más aguda con Clau que con los otros nicks, resultaba inevitable pensar que, al menos en cierta manera y aunque me sonara a dualidad y desdoblamiento puro y duro, cada nick albergaba un ser con su personalidad correspondiente. ¡Esquizofrenia y magia de chat! Pese a la agudeza de ese otro alien llamado Clau, he de decir que siendo ella o estando poseída por ella, porque aún no distingo la diferencia, me llevé una gran sorpresa cuando ALBA, otra de las usuarias habituales, me pidió permiso en la sala general para enviarme un privado. Le dije que sí, claro, arrancando nuevas carcajadas con mi explicación: ¿Así que esta pecadora me pide ir al confesionario? ¡De rodillas, hermana!: haz un acto de contrición, y ya te dirá Sa-cerdote en su-misa cuál será tu penitencia, pero del cilicio no creo que te libres...

Abrí el privado enviado por ALBA, enterneciéndome a la vez que no daba crédito a lo que leía:

—¿Sabes que estoy enamorada de ti?

—¿Cómo? Pero ¿qué dices? Si no me conoces, no sabes quién soy ni cómo soy...

—Para empezar, sé que eres mujer y a mí me gustan las chicas, pero, en concreto, me gusta tu sentido del humor, tu chispa y tu ingenio...

—Son todo bromas, ALBA, ya sabes que son todo bromas...

—Bueno, pero entre broma y broma, ¿tengo alguna posibilidad? No sabes el tiempo que llevo soñando con echarte una cogida ciber...

—Te lo agradezco, ALBA, ojalá que me gustaran también las chicas...

—¿Qué quieres decir?

—Pues primero que no habría que conformarse con el 50 por ciento de posibilidades, y segundo, que esta amputación erótica me parece un desperdicio. Porque dime tú: Si el mundo es yin y también yang, ¿no es absurdo tener que elegir entre Jane y Tarzán?

—Jajajajajajajajajaja. ¿Lo ves? ¿Cómo no voy a querer hacerte el amor?

—En serio, ALBA: tendría que estar ciberborracha o yo qué sé.

Durante segundos hubo un silencio y, la verdad, pensé que ALBA acababa de llevarse una decepción que, si soy sincera, en el fondo de mi ser no terminaba de entender: ¡que todo es mentira!, ¡M-E-N-T-I-R-A! ¿No se darán cuenta de que aquí nada existe? ¿O soy yo la que no me entero de que el chat, con su vestido virtual, es más real y serio de lo que parece?

Nunca solucioné aquel dilema. Sólo sé que me equivoqué y me sorprendí gratamente cuando el mensaje privado enviado por ALBA se llenó, de repente, de divertidas y minúsculas copas o esos dibujillos que, junto a labios carnosos que simulaban besos, flores o caras de decepción, alegría o hastío, que también aparecían a menudo tanto en la sala como en los privados, siempre que el usuario de turno pulsase el botón con el que se dibujaban esos logotipos.

—Bébetelas, hazme el favor. Yo te invito —comentó ALBA casi ordenando.
—Jajajajajaja. ¿No querrás emborracharme? —contesté cuestionando la evidencia.

Sin dejar de sorprenderme porque esa barrera entre lo real y lo virtual se difuminaba continuamente, acepté la proposición de ALBA pensando que, al igual que todo lo demás, era parte del juego. Un juego en el que aquella supuesta mujer pronto me demostró que si su sexo no era femenino, al menos sí era una persona tierna y tremendamente envolvente, tanto que terminó por no importarme el dato del sexo de quien quería hacerme el amor a través de un chat. Porque ALBA, con cinismo virtual si es que esto existe con o sin virtud, comenzó a amarme —según decía—, derramando feminidad, erotismo, ternura y una belleza inimaginables en otros ambientes más fuertes o tan agresivos como la propia sala general de Amos y sumisas, por ejemplo.

Mi amante, con una creatividad tan desbordante que ya la quisiera para sí más de un escritor famoso, empezó su juego sin dejar de escribir frases hermosas, y recreando un ambiente de velas, música suave y olor a inciensos varios. Después me tapó los ojos con una venda y empezó a desnudarme despacio, muy despacio, al tiempo que recorría mi cuerpo con plumas y rosas frescas.

No daba crédito a lo que leía: esta vez parecía la protagonista cibernética de *Nueve semanas y media* o aquella mujer a la que también vendaron los ojos, quizás con ánimo de despertarle el resto de los sentidos. ALBA intentó avivarme el olfato, el gusto, el oído y el tacto con todo tipo de cosas: sabores, olores, frío, calor, bella música, silencios, contrastes variados, comidas, líquidos, sólidos o flores, muchas flores que mi amante cíber, después de haberme tumbado en una cama con sábanas de seda, no dudó en volver a pasar suavemente por todo mi cuerpo, deteniéndose con alevosía en mis intimidades para friccionar de arriba abajo la abertura vertical, y terminar presionando ese botoncito tramposo y juguetón, quizás para evitar a golpes de rosas que se escapara de sus pétalos...

Lo de después llegó solo: ALBA se empeñó en no separar su cabeza de mi entrepierna, al tiempo que se masturbaba y llegaba al orgasmo a costa de imaginarse que succionaba todos mis jugos.

Esta vez no llegué a excitarme en, para entendernos, el mundo real, pero sí es cierto que aquella cogida con ALBA fue una de las experiencias más hermosas de esta época de chat. Una experiencia que me mantuvo expectante y a punto de llorar cada vez que, en la pantalla de mi computadora, podía leer las sugerencias eróticas de ALBA a través de frases que parecían hermosos versos.

Sí, es cierto que me lo pasé bien, realmente bien, en la fase creciente de la luna, pero también es verdad que en la vida nada es eterno, y la excitación del cibersexo no fue una excepción. Porque a medida que la luna se iba colmando con ánimo de dibujarse casi entera, yo también me fui saturando de analizar la sala de Amos y sumisas y las situaciones personales de esos usuarios enganchados a unas conversaciones que, al menos en el sentido literal de hablar o permitir que saliese la voz por la garganta, nunca lo eran. Me cansé también de escuchar-leer sus problemas y, en definitiva, de hablar-teclear con desconocidos durante casi todas las horas de mis días. Sentí con claridad este cansancio cuando, de repente, me asaltó una frustrante responsabilidad, culpa y esa innegable sensación de pérdida de tiempo que se acrecentaba cuando miraba la ya inmensa pila de manuscritos sobre los que nunca informaba a la editorial, porque ni siquiera había empezado a leerlos.

Sin embargo, creo que lo peor de todo es que también me saturó jugar-coger a y con distintos personajes del chat porque me habían agotado los tropiezos de los kamikazes y otros sujetos con alegóricos nicks tipo EN-VERGA-DURA, quizás porque ya no me producían sorpresa o risa ni los creativos y casi insultantes nombres con los que aparecían, ni ese sinfín de privados que me enviaban para azotarme y encularme, cibernéticamente hablando, a todas horas.

Justo cuando la luna se llenó del todo, el chat me había hastiado a tal nivel que estuve a punto de abandonarlo. Aun así, el aburrimiento no consiguió frustrarme porque reparé en el aspecto positivo de lo que me había ocurrido en esos quince días: acababa de tener una nueva experiencia, y podría decir muy alto que ya no me moriría sin haber probado el cibersexo, o esa paradójica comunicación que surge por una incomunicación y una soledad alarmante que, sólo por unos momentos, se deshace gracias a la libertad y la desinhibición creativa que proporciona el anonimato.

Capítulo
4
Un AMO muy especial

Es cierto que la luna llena colmó el cielo, del mismo modo que yo me colmé y saturé de sexo cibernético, pero también es verdad que a la única cara redonda del satélite le debía la fascinante aparición de AMOSAPIENS, justo en el crítico instante en que me disponía a abandonar el chat...

No es que le fuera indiferente, pero AMOSAPIENS no pretendió conocer mi edad y mis medidas a la primera de cambio. Tampoco quiso cogerme, azotarme o torturarme nada más entrar en la sala. Ni siquiera intentó hacerme su sumisa cíber, colocando al lado de mi nick un guión bajo para demostrar, con un simple signo ortográfico, su trofeo o propiedad sobre «la sumi» recién conquistada. Porque, sin duda, ése fue uno de los mejores descubrimientos: la posesividad de las relaciones sadomasoquistas tenía su cabida tanto en la vida real a través de vestimentas negras en caso de los AMOS, y de anillas, collares, a veces piercings y otro tipo de iconos en el de las sumisas, como en el mundo del chat a través de unos símbolos que tardé tiempo en descubrir y que, en los primeros días de navegar, no fui capaz de asociar a esas extrañas frases sobre cuadras, perras y collares que me dedicó no sé quién cuando proclamé la insumisión.

Entre esos símbolos cíber destacaban, por ejemplo, los nicks de los AMOS porque siempre aparecían en mayúsculas, además de que también en mayúsculas escribían sus frases. Algunos, quizás para resultar aún más autoritarios, resaltaban sus textos en negrita. Por el contrario, las sumis que aún no habían encontrado AMO, además de aparecer con un nick de mujer, lo escribían en minúsculas y, sin negrita, claro. De esta forma, los que en verdad eran AMOS o jugaban a serlo tenían ante sí una pista irrefutable de por dónde y hacia quién debían verter sus artes de seducción, de tortura o de ambas cosas, según los casos. Más tarde, y cuando por fin la sumisa daba el sí quiero al AMO cibernético, bien durante el tiempo que durase el chateo, o bien, y como me gustaba decir de broma, hasta que las tenazas los separasen, aderezaba su nick original con un guión bajo, seguido de las iniciales mayúsculas del AMO que ya era «su dueño».

Éste fue el caso de merche, eva, estrella y otros usuarios que durante días navegaron con nicks femeninos escritos en minúsculas y que, al cabo de un tiempo, se transformaron como por arte de magia en merche_AC o propiedad de AMO-CÍNICO, eva_AS o supongo que sumisa de AMO-SADE, y estrella_AM o esclava de AMO-MACABRO, por ejemplo.

Me llamó la atención que AMOSAPIENS me comentara que no tenía necesidad de jugar a poner esas cadenitas-guiones, porque sólo le parecían un juego de niños. Tampoco me pidió desesperadamente que le diera mi dirección del messenger o me comprara una webcam para enseñarle las tetas detrás de esa fría cámara. AMOSAPIENS apareció, primero, con mucha educación, y segundo, con un aura cibernética, si es que esto existe, repleta de autoridad y ternura a la vez.

De entrada, hubo un dato de AMOSAPIENS que, tal vez por mi deformación profesional entre las forzosas lecturas de la editorial y mis traducciones freelance, me gratificó mucho. Me refiero a que Sapiens sabía escribir, y cuando digo saber escribir, quiero decir que en mi computadora leía las palabras con acentos, las frases con exclamaciones e interrogaciones, y las distintas expresiones separadas con los puntos y comas correspondientes. Porque hasta entonces había podido hartarme, y hasta enfadarme más de una vez, cuando veía que el chat, curiosamente, el medio en el que a la fuerza todo el mundo se relaciona por escrito, estaba repleto de faltas de ortografía, frases sin signos, puntos o comas o, lo que es peor, con ese lenguaje celular tipo ola xica wapa, ke tal stas?, ¿m djas q t d x kulo?, inventado por los más jóvenes, y tan hirientemente delator de cuantos ya habíamos pasado la barrera de los treinta...

Enseguida me di cuenta de que, pese a haber estado quince días chateando en la sala de Amos y sumisas, era la primera vez que me encontraba frente a un AMO de verdad, es decir, con una persona que buscaba desesperadamente lo que —según él— le faltaba a su vida para poder vivirla con la filosofía en la que creía. Tenía las cosas muy claras o al menos eso me pareció: le faltaba una sumisa o, más concretamente, su sumisa, y la filosofía de vida en la que él creía a pies juntillas quedaba resumida con las iniciales BDSM o arte del Bondage o ataduras, Dominación o Disciplina —según los casos—, Sadismo y Masoquismo. Un arte, en fin, que, en otras épocas, no fue precisamente un arte erótico, sino un temido método de tortura.

Fui sincera, muy sincera cuando me preguntó qué buscaba en esa sala y le contesté que divertirme, entretenerme, aprender, saber, conocer otros mundos, curiosear, no juzgarlos e intentar entenderlos. Fui también sincera cuando le dije que no distinguía si simplemente estaba aburrida o si algo se estaba moviendo dentro de mí para llevarme a buscar otros caminos que aún no había descubierto. En fin, que soy Mari Dudas, le dije, y él no tardó en contestarme con una de esas onomatopeyas cibernéticas que siempre me han hecho reír: Jajajajaajajajajajajaja, encantado de conocerte, Mari Dudas...

Creo que mi honestidad le gratificó, porque —según decía— estaba harto de usuarios chaqueteros que por pasar el rato o encontrar unos segundos de éxtasis se declaraban sumisas cuando, en realidad, ni lo eran ni tenían intención de serlo, o lo que es peor, de graciosos que se creían muy listos y fanfarroneaban sobre sadomasoquismo, pero no valoraban en absoluto lo que para él era un arte, el ARTE del BDSM...

Supongo que le produjo cierta excitación encontrar a una novata curiosa y deseosa de aprender, quizás porque para un AMO, que por una simple cuestión de Perogrullo es de por sí dominante y autoritario, no debe de haber nada más gratificante que coger un pedacito de barro para modelarlo, poco a poco, a su imagen y semejanza, y así tener esa sensación de superioridad y autoridad protectora que surge en las relaciones entre un buen maestro y su curioso discípulo.

—En las salas de Amos y sumisas hay mucho fantasma —me dijo AMOSAPIENS al poco de comenzar con nuestras lecciones—. Las que juegan a sumisas se conforman con ponerse un guión tras el nombre o hacer algo cíber y con eso ya se sienten «realizadas». Pero cuando realmente prueban la sumisión real y se entregan a un amo en verdad, entonces casi todas se marchan porque descubren que nada tiene que ver con lo que ellas soñaban.

—Lo que dices es como una especie de Darwin en el BDSM... Una selección natural de la especie sadomaso, ¿no?

—Sí, pero las que se quedan valen la pena. Son las sumisas de verdad y ellas mismas sienten cómo sin entenderlo su vida cambia, hasta el punto de que sólo el silbar de una vara manejada por un Amo hace que, literalmente, se vengan.

—¡Las cogidas con sangre entran! En fin, ¿andas por la sala buscando una aguja en un pajar?

—Sí, y es difícil, pero la ilusión de encontrar la aguja vale todo el oro del mundo.

—En fin, supongo que hasta que la encuentres, a PAJA y vámonos, ¿me equivoco?

—Jajajajajaja... ¡Más o menos! —contestó un desconcertado y divertido Sapiens.

—Oye, los AMOS, antes de ser AMOS, ¿aprenden primeros auxilios?

—¿Por qué?

—Porque si una sumisa se desmaya de dolor, de placer o de las dos cosas, no creo que a ninguno le beneficie ir a urgencias y reconocer que la acaba de moler a palos...

—Jajajajaajajajajaja. ¡Buena salida! De todas formas, recuerda que cualquier práctica relacionada con BDSM debe obedecer a las siglas SSC, es decir, sexo Seguro, Sano y Consensuado.

—¿Seguro, Sano y Consensuado? ¡Me parece estupendo!, pero no olvides que con la nueva ley sobre malos tratos es el supuesto maltratador el que debe probar que no lo es, así que si a una sumi le da por montar la farsa y aprovecharse de la situación, los AMOS no tienen nada que hacer.

—Pues no es ninguna broma. ¿Sabes que después de esta ley, en las reuniones de AMOS, algunos comentaban que ya no se atrevían a pegarle más a su sumi, ni siquiera cuando la sumi se lo pedía a gritos?

—Jajajajajajajajaja. Esa escena es para rodar un corto. Imagínatelo: todos los AMOS con sus tangas de látex, los antifaces y las fustas reunidos en círculo y comentando que ni aunque la sumisa se lo ruegue, se atreven a pegarle. ¡Qué divertido! Jajajajajajaja. ¡Qué visual!: es como aquel chiste en el que el masoquista le dice al sádico: Pégame, y el sádico, como colmo de sadismo, le contesta: NO...

—Jajajajajajajajaja. Pues sí, aunque poco a poco las cosas han vuelto a su cauce.

—¡Querrás decir a sus golpes!

—Fuera bromas. Mira, las cosas que me preguntas y el hecho de excitarnos juntos, porque sólo tú y yo sabemos de lo que hablamos, son únicamente la punta de un gran mundo. De un mundo apasionante que engancha como la más fuerte de las drogas ya que produce una mezcla de placer y dolor que lleva al éxtasis.

—¡Increíble!

—No creas que me estoy inventando un cuento de fantasía. El hacerte leer todo eso no es más que el deseo de un humilde Amo para que tú, una sumisa que quiere aprender y saber, sepas y aprendas, sólo eso...

—Gracias siempre. Mil gracias, aunque ni de broma soy sumisa...

—No tienes que darlas: lo hago para satisfacer mi ego personal.

—¡Encima honesto, Sapiens, encima eres honesto!

Con AMOSAPIENS perdí definitivamente todo el interés por el chat y por los mensajes privados del resto de los usuarios, hasta el punto de que para no tener que molestarme en pensar o imaginar nada, en aquellos días siempre entraba en la sala con el nick de Marta. Es cierto que accedía a diario a la sala de Amos y sumisas, pero sólo lo hacía como medio necesario para encontrarme con él. Eso sí, en cuanto coincidíamos y comenzábamos con los mensajes privados, ya no me enteraba de lo que me decían los demás porque me centraba única y exclusivamente en nuestras charlas y, sobre todo, en sus interesantísimas explicaciones sobre sadomasoquismo.

La necesidad de conectar a través de la sala de Amos y sumisas pasó a un segundo plano cuando, con sutileza mezclada con una gracia infinita, Sapiens me dio su dirección del messenger para que lo agregara y conectara con él cuando quisiera. Lo cierto es que antes ya se había encargado de darme la dosis necesaria de información como para hacerme picar y sentir que, justo en lo mejor, se había cortado una conversación interesante que me había dejado con la miel en los labios. Lo agregué, claro, y conecté con él diciéndole chulo, fantasma y prepotente unas cuantas veces:

—No dejas de decirme presumido, vanidoso y prepotente, pero lo único que me importa es que estás aquí —comentó Sapiens ante mi primer asomo de conversación instantánea por messenger.

—Bueno, en realidad te he dicho todo esto por la provocación que me hiciste tú.

—¿Qué provocación te hice yo?

—¿Te parece poco asegurar que ibas a domarme y decirme con tonillo de dogma de fe que yo sería tu sumisa? ¡A mí! ¡A una insumisa!

—¿Ah sí? Y si tan insumisa eres, ¿por qué me agregaste y te conectaste como yo te ordené?

—¿Ordenar? Jajajajajajajaja. ¿Ves como eres un pretencioso? En ningún momento me lo tomé como una orden, sino como una manera de poder seguir charlando contigo. ¡Si serás!

—Jajajajajajajaja. Los AMOS generalmente somos así. ¿Cómo voy a dominar a la sumisa que me gusta si no soy un jactancioso? ¿Cómo le voy a transmitir seguridad y confianza si no me muestro seguro?

—Pues eso: con «tu sumisa» muéstrate como te dé la gana, pero conmigo, que además de insumisa, no soy de nadie, no tienes por qué ser así.

—Todo lo que dices está por verse, bonita... Todo está por verse...

A poco de empezar a hablar-teclear, Sapiens, o para mí EL MAESTRO —de nuevo con mayúsculas—, pareció obsesionarse con el hecho de que mi actitud delataba que era sumisa y aún no lo sabía ni yo. Cuatro conversaciones como aquel que dice, y ¡zas!, ¿cómo un desconocido se atrevía a decir algo así de mí? Cuando pensaba que sólo era una táctica para ligar, me excitaba mucho más porque, entonces, era una guerra de cerebros lo que dominaba nuestros diálogos, una auténtica medida de las fuerzas del otro salpicada de inteligencia, resistencia, ingenio, inquietud y, por descontado, un juego repleto de morbo y sentido del humor.

—Mucho sapiens, mucho sapiens, pero... ¿no me digas que no conoces el refrán Dime de qué presumes y te diré de lo que careces? —le dije casi al principio en uno de esos arranques míos.

—Sí, claro, ¿por qué?

—No, por nada. Es que como te las das de sapiens por la vida...

—Yo no presumo de sapiens. Simplemente, no escondo mis virtudes...

—Jajajajajajajajajajaja. ¡Baja, Modesto, que sube Sapiens!

Esas actitudes de maestro paciente, padre protector, alfarero modelador de barros ajenos, tierno AMO que reconoce no ser nadie sin su complemento, orgulloso sádico en busca de su masoquista, hombre tranquilo con una filosofía de vida muy clara, sentenciador de éxtasis siempre condicionados a que yo entrara por su aro de feria repleto de fanfarronadas, no hicieron más que excitarme y provocarme mucho más las ganas de jugar, retar y derribar cada uno de esos modos con picardía e inocencia a la vez:

—Para mí, el homo-sapiens fue el auténtico pendejo de la historia. Y más en lo que a cuestiones de cama se refiere.

—¿Y eso?

—Fíjate si era imbécil que mató por los siglos de los siglos al erectus. ¿ERECTUS, te das cuenta? ¡E-R-E-C-T-U-S!

—Jajajajajajajajaja. ¡Eres genial, sumisa mía!

—Guarda los posesivos, ¿eh, Sapiens?, ya te he dicho que no soy sumisa sino in-sumisa, por tanto es imposible que sea «tu sumisa».

—Bueno, pero sé que lo serás...

—Grrrrrrrrrrrrrrrrrrrrrrrrr. Ya estás con la sentencia de siempre. Haré oídos sordos a lecturas necias y seguiré con lo mío: te decía que desde el histórico asesinato del ERECTUS por el criminal-idiota homo-sapiens, hay gatillazos en todas las camas del mundo...

—Jajajajajajajajajaja. Sigue, por favor, sigue...

—Ya sabes de dónde viene la frigidez, el mito del super-DOTADO y las pendejadas esas sobre si el tamaño importa o no...

—Jajajajajajajajajaja.

—¡Que te detengan por torpe y homicida! ¿Cómo se te ocurre asesinar al erectus y hablar de erotismo sadomaso al mismo tiempo?

—¡Jajajajajajaja! Querida sumi: todo eso me da lo mismo. Lo único que me importa es que, dentro de poco, tú serás capaz de matar y hacer renacer a mi erectus, más de una vez...

Entre vértigo, pavor, atracción y repulsión a la vez y tiras y aflojas varios, cuando me quise dar cuenta me vi enganchada a otra situación excitante que nada tenía que ver con el chat. Me refiero, en primer lugar, a estos juegos que se alternaban con unas lecciones que daban vida a mis bulímicas neuronas que, sin poder evitarlo, cayeron en su trampa por culpa de mi insaciable curiosidad.

—¿Consideras estas conversaciones como una seducción? —preguntó Sapiens.

—En parte no, porque es una información que tú quieres darme y yo quiero recibir, pero en parte sí porque, en el fondo, lo haces para...

—Para que termines entregándote como sumisa.

—¡Bufffff!, si ya lo dijo mi abuela: en la vida nada es gratis...

—No olvides una cosa: una relación de pareja, del tipo que sea, es una seducción constante, pero en el BDSM mucho más porque un AMO debe buscar nuevos juegos para satisfacerse y satisfacer a su sumisa. En fin, creo que ya casi he olvidado las seducciones del mundo convencional, aunque conozco a fondo las seducciones del BDSM o de ese mundo que, casualmente, tú estás deseando conocer. ¡Botón y ojal!, ¿te suena de algo?

—¡Buffffffff!, una y mil veces, ¡buffffffffff!

—Te aseguro que cualquier miembro de la comunidad BDSM siente un gran vacío interior si no aparece su complemento, ese botón o ese ojal que hace que nuestra vida tenga sentido, que seamos plenos. En fin, ¿sabes que el BDSM nunca podría existir a nivel individual?

—Otra vez ¡buffffffff!, una y mil veces, ¡buffffffffff!

—¿Por qué no reconoces que te encantaría decirme «sí, AMO, quiero pertenecerte»?

—Bueno, si te digo la verdad, a una parte pequeñita de mí, y aunque sólo fuese por juego o curiosidad, le encantaría decírtelo. ¡Pero soy una cobarde!

—Lo sé, pero no importa. Esperaré y haré que esa cobardía desaparezca.

—¡Eeeeeeeyyyyyyyyyyy! He dicho a una parte pequeñita y sólo por juego o curiosidad.

—Es igual: yo haré que el juego y la curiosidad se conviertan en deseo, y esa parte en todas las partes.

—Sí, claro, ¿y cómo venzo el miedo que me dan tus castiguitos?

—En primer lugar, en BDSM no se llaman castigos, sino correctivos. En segundo lugar, te diré que un buen AMO es aquel que debería haber probado personalmente los correctivos que va a emplear con la sumi.

—¡Lo que me faltaba! ¡Como el chef de cocina que prueba el plato antes de servirlo! En fin. ¿Tú has probado todos tus castigos?

—No, todos no.

—¿Qué no has probado?

—Eso sólo lo sabrás cuando seas mi sumi y nos conozcamos personalmente.

—Eres un tonto soñador, pero me caes bien, AMOSAPIENS.

—Pues no me lo digas mucho que me lo creeré.

—¿Y qué problema hay?

—Que hincharás mi ego y... Bueno, y otras cosas: me pones caliente, perrita, me calientas.

—¡Guau!, AMO, ¡guau!

Desde luego, ¡ya me vale! Hasta ese momento había constatado una y mil veces que llevaba una niña dentro, un ser curioso que sin dejar de jugar y preguntar tenía las antenas preparadas tanto para la respuesta de turno como para intentar asimilar cualquier nueva situación. Mi niña interior era incansable, y agotaba al agotamiento mismo si le daba por buscar la punta de una madeja, simplemente para tener la posibilidad de, o bien de seguir preguntando ¿por qué? ¿por qué? ¿por qué?, o bien de excitarse ante la opción de llegar hasta el final y deshacer del todo aquella madeja. Supongo que es bueno tener una niña dentro, de acuerdo, ¡pero no un colegio!; ni mucho menos un colegio con todos los niños saltando y jugando a la vez en el recreo o lo que, a fin de cuentas, creo que sin querer, mostré a Sapiens...

La luna seguía creciendo tanto como crecían nuestras interminables charlas ya repletas de archivos, imágenes sobre las mazmorras o los templos del BDSM, información sobre la vida de AMOS y sumisas, estética de la ropa y apariencia física, costumbres, aparatos variados, invitaciones a fiestas BDSM, rituales a seguir y hasta bodas con vestidos de época entre AMOS y sumisas... Todo era motivo de aprendizaje y de broma:

—Ya te veo, ya... Te imagino como a uno de esos médicos antiguos que iban de casa en casa —le dije.

—¿Por qué?

—Porque es inevitable que acudas a ver a «tu sumi» con un maletín lleno de juguetitos y aparatitos extraños...

—Jajajajajajajaja. Mi niña, con un maletín no tengo ni para empezar. Lo mío es una maleta, pero no te preocupes por el peso: tiene ruedas...

—Vale, AMO, me has planchao..., me has planchaooooo...

Entremedias, por no faltar, no faltaron los flirteos ni los sueños eróticos que AMOSAPIENS confesó tener conmigo:

—Te diré por qué sé que tú, y sólo tú, debes ser y serás mi sumi.

—¿Por qué? —le pregunté expectante.

—Porque siento que necesito estar contigo. No sé si es atracción o cariño, eso lo dirá el tiempo, pero sé que algo se está moviendo en este corazoncito.

—Hummmmmmmmm. Yo también te tengo mucho cariño, de verdad.

—Mira: aún no sé con exactitud qué siento por ti. Sólo sé que cada día te echo más de menos y hasta sueño contigo...

—¿Cómo? ¿Sueñas conmigo?

—Sí, anoche soñé contigo, perrita, y eso no me suele pasar...

—Oye, ¿te das cuenta de que ya van varias perritas y un sinfín de zorritas? Como sigas así, voy a pensar que en vez de un Amo, eres el encargado de redactar el horóscopo chino en el dominical de algún periódico: María es zorra, Juana perrita, Ana serpiente, Jacinta conejo... Y Sapiens, ¡el dueño del zoo!

—¡Jajajajajaja! Por favor, no te lo tomes a mal. Te aseguro que no te digo perrita o zorrita con mala intención; debes saber que, en el fondo y a su manera, un AMO te está piropeando cuando te dice esas cosas. Salvando miles de distancias, todo equivale, para que lo entiendas, a los empalagosos cielito y boquita de piñón del mundo convencional. OJO. ¡Salvando las distancias!, ¿eh?

—¡Puagggg! Ni un extremo ni otro. Si es como dices, creo que prefiero que me llamen perrita a la cursilada esa de la boquita de piñón. Vamos, que si para seducirme aparece un sujeto llamándome flor de pitiminí o boquita de piñón, creo que me evaporo entre carcajadas.

—Jajajajajajajajajajaja.

—En fin, Sapiens, sigamos. ¿Qué soñaste? ¿Me lo puedes contar?

—Sólo recuerdo que me desperté azotándote y partiéndote el culo.

—Si fuera sumisa, te contestaría algo así como «es gracia que espero merecer del recto proceder», pero lo siento, Sapiens: ya sabes que no lo soy.

—Jajajajajajaja. Del recto proceder, ¡qué bueno!

—¡Co-recto!

—Mira, reina, no sabes el arma que te pierdes. ¡Y no me refiero al látigo!

—Jajajajaajajajaja. Ya ves, para mí son dos novedades en una. Oye, ¿por qué no le añades otra y formamos una Santísima Crueldad?

—Jajajajajajajajajaja, ya me encargaré de eso otra noche...

—¡Pues qué ilusión! Oye, ¿me gustaba?

—Nos gustaba a los dos y mucho.

—¿Gritaba?

—Ni te lo imaginas: con cada azote y embestida te morías de placer...

—¡Me cago en Sadeeeeeeeeeeeeeeeeeeeee!

Claro que yo no me quedaba atrás, porque también estaba sintiendo un montón de cosas nuevas que, la mayoría de las veces, no me atrevía a confesarle para no darle alas y facilitarle su enésima sentencia sobre mi sumisión, aunque otras, sin saber por qué, se las comentaba a Sapiens como si más que un AMO en busca de sumisa, fuese mi mejor amigo:

—Te diré una cosa, Sapiens, pero no vale terminar con la afirmación de siempre... Mira, MAESTRO: tú también eres mi droga. Me encanta estar y hablar contigo, pensar en ti y hasta soñar contigo...

—Hummmmmmmmmmmmmmmmmmmmmmm, sigue, zorrita...

—Me encanta hacerte disfrutar y vibrar con estas conversaciones.

—Hummmmmmmmmmmmmmmmmmmmmmm...

—Me encanta ser tu droga también y me fascina engancharte a mí o, sin saber cómo, a esta droga que quiero ser para ti...

—Lo eres, perrita, lo eres... Luego dices que voy a lo de siempre: ¿sabes cuál es la principal fuente de placer de una buena sumisa?

—No, ¿cuál?

—La buena sumisa es la que se excita cuando excita a su AMO, tanto como tú te estás excitando, excitándome a mí. ¿Cuándo te vas a dar cuenta?

—Glups. ¡Pues si lo sé me callo!

Tampoco faltaron aquellos maravillosos revolcones que, pensando en Sapiens, disfruté y me di con Pedro, entregándome y abandonándome a una pasión sorprendente, excitante y totalmente desconocida para mi aventura. Claro que, más frecuente aún, fue el hecho de que me masturbara más de una vez, sobre todo si fantaseaba cómo AMOSAPIENS y yo poníamos en práctica miles de cosas, aunque de entre ellas no sé por qué destacaban esas fantasías que siempre navegaban entre fiestas en las mazmorras de

BDSM, a las que acudía vestida de cuero y negro riguroso, para que ÉL me iniciase en las prácticas de no sé qué.

Por descontado, y aunque tardé tiempo en confesárselo, también aparecieron mis propios sueños eróticos. Recuerdo que en el primero de ellos, Sapiens, con una pasión casi animal, decidió husmear por mis intimidades buscando el clítoris. La iniciativa, de por sí, ya me excitaba muchísimo, pero aunque deseaba corresponderle con un fantástico 69, no podía concentrarme en su sexo porque tampoco era capaz de aguantar el éxtasis que Sapiens me estaba haciendo sentir.

—Vamos, perrita: seguro que sabes hacerlo mucho mejor —decía mi onírico AMO, al tiempo que dejaba de lamerme el clítoris y me obligaba a ponerme de rodillas.

—Lo intentaré de nuevo —le decía con tono de súplica, dame otra oportunidad.

—Se acabaron los intentos —contestaba Sapiens, agarrándose la verga con una mano, para después introducirla por la fuerza en mi boca.

Es curioso, pero la violencia de la mamada forzosa no me molestó, sino que me excitó hasta el punto de esmerarme en mimar a aquel miembro con todos los sentidos: primero recorriéndolo con mi lengua, después manteniendo la punta y aprisionándolo con mi boca, y por último, sacando y volviendo a introducir infinidad de veces el capullo en ella, aunque sin dejar de ejercer una presión suave con los labios. Poco a poco, la verga de Sapiens iba creciendo hasta llegar a su máxima capacidad de estirarse y expandirse, tanto que parecían volverse elásticas las comisuras de mi boca.

—¡Eso es, perrita! A tu AMO le encanta cómo utilizas la boca y, de un momento a otro, notarás cómo te lo agradece en esas hermosas caderas que veo desde aquí. Vamos: ¡no pares!

Sin dejar de esmerarme en la felación y cuando estaba absorta entre las salidas y entradas de mi boca de ese capullo a punto de reventar, me distrajo de ese afán el hecho de sentir, de golpe, cómo aquel AMO dobló la espalda por encima de la mía para llegar con sus manos a mi trasero y cómo, un segundo después, el índice y el dedo corazón de Sapiens se introducían bruscamente en mi coño.

—Vamos, esclava: sé que te está encantando lo que te hago. Eres la más guarra de todas las guarras y eso me gusta. Sigue, esclava, sigue lamiéndomela así...

Los insultos de Sapiens, lejos de agredirme, me excitaban tanto que, a veces, hasta tenía necesidad de sacarme su mayor tesoro de la boca para poder agradecerle su actitud.

—Gracias, AMO, me encanta, AMO...

—Deja de agradecérmelo y ponte a cuatro patas. ¡Yo también voy a darte las gracias! ¡Yo también voy a intentar que nunca te olvides de lo que soy capaz de hacer!

Sapiens me penetró sin piedad, al tiempo que con una de las manos me daba unas nalgadas en el culo cada vez más y más fuertes, en tanto que con la otra pellizcaba y retorcía mis pezones, con tanta fuerza, que parecía que me los iba a arrancar. No sé qué me gustaba más: esta postura que de por sí siempre me había parecido animal y excitantemente guarra, cada una de sus embestidas rabiosas, los jadeos que se nos escapaban a los dos al compás de los bruscos movimientos, el dolor placentero y excitante de esos golpes en las nalgas, que, con seguridad, iban a quedar marcadas durante unos días, o esa violencia sobre mis pezones que, más duros ya que las piedras, parecían querer explotar y hasta salirse de las tetas...

Aunque fue importante el primero de los sueños que tuve con Sapiens, siempre me impactó mucho más el segundo, quizás porque reproducía a la perfección mis líos entre AMOS, AMAS, sumisos y sumisas, o quizás porque en los escasos diálogos con Sapiens, mi inconsciente no albergaba dudas respecto a la forma correcta de dirigirme a él o, a la inversa, la forma en la que habitualmente un AMO suele dirigirse a su sumisa. Por cierto: nunca me atreví a comentarlo con EL MAESTRO.

—Eso es, ¿ves cómo eres mi esclava? —comentaba Sapiens ante mis esfuerzos por obedecer sus órdenes eróticas.

—Sí, AMO: soy tu esclava, pero no olvides que también soy AMA-zona —dije en mitad de un sueño que parecía ser un perfecto calco de mis inconscientes enredos entre AMAS y sumisas.

Antes de que a Sapiens le cupiese la menor duda de que también me gustaba jugar a ser AMA, tomé la iniciativa y abandoné bruscamente la postura que me mantenía a cuatro patas o —según decía él— como una perra, para después, con un pequeño empujón, obligar a AMOSAPIENS a tumbarse. Un segundo más tarde, empecé a cabalgarlo haciendo caso omiso del calentamiento inicial del paso y el trote, para mover mis caderas frenéticamente al galope o como la buena amazona que tanto presumía ser. Mis embestidas fueron apoteósicas y cuando los jadeos de aquel AMO empezaban a rebasar los decibeles permitidos por cualquier autoridad, quise ofrecerle el placer añadido de la vista. Para ello, levanté mis piernas y giré la pelvis enroscada sobre su verga o ese obelisco brillante que parecía el eje de nuestro mundo. Después seguí cabalgándolo, pero esta vez dándole la espalda para así poder ofrecerle la perspectiva de cómo mi pelo largo y salvaje se movía al ritmo de mis caderas, que subían y bajaban por su miembro erecto cada vez a más velocidad. Una velocidad, por cierto, que aumentaba de intensidad con las palmadas que Sapiens, ya sin control y como si en vez de una amazona fuese una yegua a la que había que incentivar para que siguiera el ritmo marcado por la mano o la fusta del jinete, estampaba en mis nalgas generando golpes dolorosos y excitantes, secos y a la vez ya más sonoros que nuestros jadeos.

—¡Qué bien montas a tu AMO, puta, qué bien montas!

—Gracias, AMO, pero ya no aguanto mucho más. Me voyyyyyyyyyy, AMO, me voyyyyyy...

—Espera el orgasmo de tu AMO, perra.

—No puedo esperar nada. Me vengo, AMO, me vengooooooooo...

—Vamos, perra: dale a tu AMO lo que le pertenece, dale tu placer a tu AMO.

—Ayyyyyyyyyyyyyyyyyyyyyyyyyyyyyy. ¡Me vengo, AMOOOOOOOOOOO!

—Yo también me voy, perrita, yo también me vengoooooooooo. ¡Ahhhhhh!

En el tercero de mis sueños eróticos, Sapiens terminaba eyaculando sobre mis pechos y, a diferencia de lo que siento en el mundo real, aquel líquido viscoso y caliente no sólo no me asqueó, sino que se me antojaba como el mejor de los premios o la muestra del fantástico acostón que un AMO del norte y una sumisa-insumisa del sur acababan de echarse en el mundo de Morfeo. Era imposible entender nada: en sueños, disfrutaba siguiendo sin rechistar las órdenes de Sapiens y no aborrecía algunas prácticas que siempre rechazaba en la vida real, aunque el colmo de no se sabe qué es que mi inconsciente parecía haber aprendido y asimilado perfectamente algunas de las principales tendencias e inercias sadomasoquistas, en tanto que mi mundo consciente, ni las aprendía, ni las quería aprender y, ni mucho menos, las quería practicar...

—Voy a ser bueno y, sólo por hoy, no te voy a ordenar que me limpies la verga con tu boca.

—¡Puagggggggggg!, ¡qué asco! Me niego. Por favor, AMO, eso sí que no.

—Ya te he dicho que está bien para empezar, pero la excepción será sólo por hoy. Te has portado muy bien y no quiero asustarte...

Me enterneció la consideración onírica de ese AMO que agarró mi cara por el cuello, presionándolo ligeramente y como para no dejarlo escapar, al tiempo que sin dejar de mirarme con ternura a los ojos y a la boca, me dio un largo beso aderezado con el toque violento de morderme los labios una y otra vez.

—Te has portado bien. Tu AMO te lo agradece.

—No ha sido difícil, AMO: me han encantado las cosas que me has hecho —le dije antes de cerrar los ojos y de tomar la postura idónea que nos permitiera dormir toda la noche abrazados.

Nuestros sueños, los coqueteos mezclados con enseñanzas BDSM, la continua lucha erótica y mental y esa especie de sensualidad cibernética compartieron su protagonismo con las insinuaciones, la excitación sexual y una picardía sin límites:

—¡STOP! Deja ya de intentar excitarme, Sapiens: ya no sé si meterme en la sala a decir mamadas, escribir mis memorias o masturbarme.

—Hummmmmmm: ¡Qué bien suena lo de la chaqueta! ¿Sueles hacértelas?

—Sí, claro, ahora más dosis de morbo con el tema de las chaquetas. ¡Qué lata! Te encanta, ¿verdad, Sapiens? Te encanta haber agregado a tu messenger a una novata del BDSM para ilustrarla poco a poco, hacerla despertar de su letargo, hacerle descubrir todas las mujeres que hay en ella, hacerle sentir lo que nunca antes había sentido, hacerle sacar la zorra que lleva dentro, hacerla vibrar ideando cosas y hasta que se masturbe pensando en ti. ¡Te encanta!, ¿eh?

—¿Quién te lo ha dicho? —preguntó un divertido y expectante Sapiens.

—Un pajarito.

—¿Este pajarito que tengo ahora en la mano derecha?

—Sapiens, te aseguro que si estuviera contigo no lo tendrías en la mano.

—¿Ah no? ¿Y dónde estaría?

—No lo sé. El Amo eres tú y además se supone que eres sapiens, ¿no?

—¡Buena respuesta! Aprendes rápido, perrita, muy rápido...

—¡GUAU! Ni te lo imaginas, Sapiens, ni te lo imaginas...

Poco a poco, Sapiens fue sonsacándome información sobre mis apetencias eróticas, mis costumbres sexuales y otro tipo de detalles íntimos que, conscientemente y sin dejar de jugar, yo le revelaba a ese ser que me resultaba tan extraño y conocido a la vez.

—¿Cómo te masturbas? ¿Te tocas sólo el clítoris o te gusta meterte los dedos? ¿Utilizas algún juguetito?

—¿Qué? ¿Ya estamos indagando en cuestiones de amor propio?

—¿Amor propio?

—¡Claro! ¿Qué crees que es una chaqueta, sino una cuestión de amor propio?

—Jajajajajajaja. ¡Claro, amor propio! ¿Y qué me dices de tu amor propio?

—¡Que estoy muda!

—Bueno, cambio de tema porque sé que algún día me lo contarás y hasta me lo mostrarás.

—Si te refieres a la cam, ¡olvídalo! No encuentro nada más patético que enseñarle a un tipo las tetas por una cámara y que no me las pueda tocar. ¡La cam es antinatural y me sabe a sardinas en lata! En fin, debajo de esa cámara veo más soledad que en el sole-chat.

—No me refería precisamente a la cam, pero da igual... Dime: ¿has sentido alguna vez una doble? —preguntó Sapiens, consciente de que no tenía ni idea de lo que me estaba hablando.

—¿Estás loco? ¿Doble? ¿Pero cómo iba a soportar el mundo a otra insumisa como yo?

—Jajajajajajajajajajaja. Me refiero a si has sentido una verga en tu culo y otra en tu coño; bueno, o algo que las sustituya, claro...

—Te odio. Te odio porque sabes que acabas de dejarme con la boca abierta. Pues no, no he sentido una doble y me maldigo por la respuesta: primero, porque me lo he perdido, y segundo, porque sé que encima te pone más caliente.

—La sentirás, no te preocupes que la sentirás.

—¿Es una amenaza?

—No, es una sentencia. Por cierto, ¿te gusta la leche?

—¿La leche? ¿Te refieres a esa... leche? ¡Puaggggggggggg!

—Hummmmmmmmmmmmmmmmm.

—¿Hummmmmmm o Uffffffffff? No me digas que te gusta que no me guste la leche. ¡Y yo que creía que había perdido cien puntos! ¿Por qué te gusta que no me guste?

—Mira, hay cosas que son retos, tienen más ciencia... Si todo fuera demasiado fácil pierde interés.

—O sea, que te gusta que no me guste para darte el gusto de que termine gustándome la degustación... ¡Ya te veo, ya!

—Jajajajaja. ¡Premio! ¡La bici para esta señorita que además de poeta y ludópata gramatical es jodidamente lista!

Entre fantasías y revolcones oníricos, la luna llena parecía querer explotar, igual que explotaba mi aguante respecto a esos pulsos que nos echábamos de continuo, para saber quién sería el vencedor o el vencido en esta extraña guerra sadomaso:

—Mira, Sapiens, tú estás todo el tiempo diciendo que soy sumi, pero se te olvidan algunas cosas: por jugar podría jugar a darte el avión y decirte sí, AMO; te adoro, AMO; la tuya es la más grande, AMO, y etcétera.

—Jajajajajajajaja. No es para tanto: la mía está dentro de la media.

—O sca, ¡pequeña! En fin, cambio de tema: quería decirte lo que le dije a una persona una vez: si el mundo es yin y también yang, es absurdo tener que elegir entre Jane y Tarzán...

—Jajajajajajajaja. ¿Y?

—Para mí todo es un juego, así que también quiero jugar a ser AMA-zona, aunque tenga que enamorarme de un faquir masoquista y de su cama de clavos.

—Jajajajajajajaja. Me encanta tu inocencia... El problema es que el BDSM es muy jerárquico. Esto quiere decir que nunca puede haber relación entre dos Amos porque siempre debe estar claro dónde está el mando y dónde la obediencia...

—Sí: el mando a distancia siempre es una lucha a muerte, ya te digo.

—Para lo que tú dices está la figura de la switch o una persona que adopta los dos roles.

—Hummmmmmm. ¡Qué divertido! ¡Ésa quiero ser yo! ¿Quieres ser mi esclavito, AMO? ¡Vamos, sumiso! ¡Ponte de espaldas que vas a probar mi látigo!

—Jajajajajajajaja. ¡Me muero de risa contigo!, de verdad que me matas... Mira, perrita, yo no puedo ser tu esclavito, pero tú puedes ser sumisa y tener una esclava, claro que, si yo fuera tu AMO, ella también sería esclava mía. ¡Qué bien!: ¡otra perrita para mi cuadra!

—GUAU, ¡pero qué morro! Yo prefiero un esclavo...

—Lo siento, pero no te permitiría un sumiso porque no me gustan los hombres.

—¿Y a ti qué más te da? ¿No sería sólo para mí?

—Sólo si yo te lo autorizase: puedo darte permiso para disfrutar sesiones a solas con ella o sesiones conmigo delante.

—Ya, claro, y me imagino que sería lo segundo, ¿verdad?

—Sí. Me encantaría ver cómo te coge o cómo te la coges tú.

—¿Tantas vueltas para esto? Tú, como todos, sólo quieres ver cómo se enrollan dos mujeres... ¡Haberlo dicho sin excusas de BDSM!

—Es cierto, pero no olvides que aquí también se utilizan los juguetes...

—¿Y cómo los consigues? ¿Se los pides a los reyes todos los años? A Baltasar, supongo, porque el negro es el color del BDSM... Venga AMO, te ayudo a escribir la carta del próximo año: Querido Baltasar: mi AMO quiere unas esposas de Famosa, un látigo de Playmóbil y una fusta de Toy-saras... ¡Ya estás AMO, ya estás!

Entre juego y juego, no se quedaron atrás esos pensamientos eróticos, y hasta amorosos, que secretamente me invadían antes de dormir, por culpa quizás de las tiernas despedidas de un AMO que, más que un AMO en busca de su sumi, parecía un hombre enamorado, un AMO enamorado o un enAMOrado, sin más:

—Esta noche, cuando cierres los ojos, no los abras.

—¿Por qué?

—Yo estaré a tu lado, susurrando a tu oído, acariciando tu pelo y besando tus cabellos.

—¡Qué hermoso, AMO!

—Que descanses bien, perrita.

—¡GUAU! Hasta mañana, Sapiens.

Capítulo
5
Eclipse sadomaso

En medio de esta excitación continua que tuvo lugar en la fase de luna llena, tampoco le faltó a este lunático proceso BDSM su correspondiente, ¿cómo llamarlo?... ¿Eclipse lunar? Sí, eclipse lunar puede ser una buena expresión aunque, en términos menos metafóricos, lo lógico sería decir que nuestra divertida y didáctica relación casi estuvo a punto de desaparecer por culpa de mis miedos. La oscuridad apareció en el momento en que EL MAESTRO, solícito ante mi voracidad de saber y conocer cada vez más cosas, me envió unos archivos sobre BDSM que me hicieron llorar de verdad. Es más, aún me dan ganas de hacerlo si recuerdo el nudo que se me instaló en el alma, cuando leí cosas que me resultaron tan atroces como que una esclava firmara un contrato, renunciando completamente a su voluntad.

Un contrato, por cierto, que casi me aprendí de memoria de tanto y tanto leerlo, en busca de una explicación que me ayudase a comprender algunos hechos inasimilables para mí:

Por el presente documento, al que reconozco valor contractual, me entrego plenamente a mi Amo, Dueño, Señor y Maestro y acepto servirle como esclava y sierva por todo el tiempo que él requiera mis servicios.

Es bajo mi identidad legal que firmo al pie del presente documento, cuyo contenido acepto en su integridad de forma plenamente consciente, sabiendo y aceptando que en cada uno de sus artículos se establecen normas propias de una relación BDSM y que mi condición dentro de este marco de relaciones no será otra que la de una obediente sumisa a merced de los deseos de mi Amo y Señor.

Lo que leí no era un juego de niños: era un contrato en toda regla que, aunque supongo que no tendría validez legal, sí gozaría del respeto y toda la seriedad del mundo en el entorno BDSM. Porque a partir de ese contrato que firmaba la esclava con su auténtica y primitiva identidad, voluntariamente también renunciaba a aquella identidad para poder convertirse en una propiedad de ese AMO y Señor:

Por este mismo acto renuncio por completo a mi anterior identidad, que repudio, y paso a llamarme «esclava», «zorra», «perra», «puta», o como mi Amo y Señor desee llamarme.

¿Renunciar? ¿Voluntariamente? Cuando reparé en el asunto del nombre, entendí perfectamente por qué Sapiens me llamaba una y otra vez zorrita, puta y perrita. Entonces me asusté de verdad, por mucho que en otro de los archivos se ensalzara una y otra vez a las sumisas y la labor que llevaban a cabo, hasta el punto de elevar su entrega, al menos según ese texto titulado *El arte de la entrega*, a la categoría de arte.

¿Pretendía Sapiens hacerme llegar a esos extremos?, me preguntaba una y otra vez. Porque a partir de la firma del contrato, el AMO podía utilizar a la sumisa como le viniera en gana, y la gana del AMO podía manifestarse de muchas formas: desde usarla como felpudo, mueble, cenicero, hasta cagarse y mearse encima y hacerle comer los excrementos, pasando por controlar sus deposiciones, hacerla dormir en el suelo, interrumpirle el tiempo de sueño o marcarla con un hierro candente al tiempo que la obligaba a hacer todas las labores del hogar, sin dejar, claro está, de ser un objeto sexual que podía ser utilizado en la manera, tiempo y forma que el AMO quisiera.

Por cierto, no sé por qué, pero de lo que leí se me quedó especialmente grabado el fetichismo de los tacones de aguja y la feminidad de los corsés, aunque me sorprendió mucho más la puesta del collar, quizás porque también me pareció un rito iniciático o puesta de largo de la sumisa...

Para las puestas en escena, tu Amo y Señor decidirá las prendas que debes lucir en cada situación. Por regla general se consideran imprescindibles un collar de perro y zapatos de salón o sandalias que estimulen su fetichismo. Cualquier otra prenda no deberá dificultar el acceso inmediato de tu Amo y Señor a tus orificios. Por eso están prohibidos los pantis y se recomienda que los bodis, corsés, etc., dejen los pechos al descubierto y los realcen.

No entendía nada, quizás porque el proceso de «entender» tiene un innegable carácter mental y yo no estaba para racionalidades. Más bien al contrario: una víscera escondida en algún rincón de las tripas vomitaba mi repulsión y mi consecuente malestar, que parecía agravarse cuando me percaté de que, tras firmar en aquel contrato, la sumisa parecía haber pasado a la categoría de esclava... ¡Esclava! ¿Quién era una esclava en BDSM? ¿Qué la diferenciaba de una sumisa? ¿Por qué uno de esos archivos se titulaba *Las 55 reglas de oro de una esclava*?

Mi niña interior se encontraba atormentada y saturada por su interminable secuencia de ¿por qué? ¿por qué? y ¿por qué?, pero, a su vez, el horror que le brotaba de dentro tampoco le permitía acosar a Sapiens en busca de respuestas a ese sinfín de interrogantes y como si nada hubiese ocurrido.

En aquel momento, y matizo expresamente lo de *aquel momento*, todo me pareció patológico, enfermizo y, por descontado, repulsivo, abominable y hasta delictivo y contrario a los derechos fundamentales de las personas. Me resultaba imposible parar la cabeza y dejar de elucubrar por qué un ser humano tiene necesidad de subyugar a otro de esta manera, o por qué el contrario necesita que lo anulen y lo subyuguen así. Y lo de la subyugación no era teoría porque una de las cincuenta y cinco reglas de oro de una esclava trataba el tema del padroteo o el ofrecimiento de la esclava a otros AMOS, a cambio de dinero. ¿Cómo podía ser? ¿No era esto un claro ejemplo de prostitución y proxenetismo?

Pero, por otro lado, lo cierto es que la esclava no acudía con engaño a prestar su cuerpo a cambio de un precio que cobraba su AMO... ¿Acaso Sapiens no me había repetido mil veces que el BDSM siempre se corresponde con las iniciales SSC porque nunca hay BDSM, si no es Sano, Seguro y Consensuado? ¿Es que la idea de «Sano» y «Seguro» es distinta en el mundo sado que en el mundo «no sado»? Y por otra parte, ¿podría decirse que la idea que tienen los AMOS de sexo consensuado es hacer que alguien renuncie a su voluntad para emputecerla después?

¡Nada! Sólo sé que, por más que me esforzase, era incapaz de entender nada...

Por si fuera poco, todo el intríngulis sobre el emputecimiento, las extrañas prácticas consensuadas y otros asuntos igualmente difíciles de asimilar se legalizaban al sellarse con la firma de la esclava y un distintivo de humillación muy especial: la orina que el AMO derramaba sobre ella como símbolo de aceptación de su nueva sumisa. ¡Desde luego! Ya sabía que el BDSM tenía una estética peculiar y estaba repleto de símbolos, pero de ahí a que la firma del AMO consistiese en una buena meada, ¡iba un abismo!:

Y como prueba de aceptación de todo lo estipulado en el presente documento y de mi entrega y sumisión absoluta a mi Amo, Dueño, Señor y Maestro, me entrego hoy totalmente a él, arrodillada le expreso mi sumisión besando sus pies y lamiendo sus genitales, e inscribo mi nombre de sumisa a continuación.

La conformidad de mi Amo y Señor a este pacto me será dada en el momento en que él derrame su orina sobre mi cara.

Lo mirase como lo mirase, era imposible entender nada. Porque una cosa es que se adopte el rol de mandar y azotar, en tanto que otra persona adopta el de obedecer y dejarse azotar, pero otra muy distinta era todo aquello que me parecía horroroso y patológico, aunque reconozco que siempre me confundía el matiz de la voluntariedad y el acuerdo de ambas partes, quizás porque precisamente el acuerdo era lo que diferenciaba este extremo del BDSM de otras situaciones tan inaceptables como los malos tratos, por ejemplo.

Miles de ideas se cruzaban por mi mente. Estaba frente a un caso que me inspiraba cierto respeto, aunque desde el fondo de mi ser lo aborreciera, entre otras razones porque, siempre que no se haga daño a terceros, cualquiera puede hacer lo que le dé la gana y pactar lo que quiera con otro en la intimidad de su dormitorio. Hasta ahí llegaba, y hasta ahí creí que cualquier persona debía llegar siempre. Sin embargo, la plena aceptación de esa intimidad erótica no me impedía seguir planteándome miles de cosas. Por ejemplo, ¿tanto vacío existiría en el mundo emocional de un AMO, que sólo ejerciendo autoridad, maltrato, humillación y subyugación a estos niveles y sobre otros, podía colmar aquellas lagunas? ¿Podría decirse que cuanto más cruel era un sádico, más complejos arrastraba? ¿Había sido una persona a quien habían maltratado en la infancia y por esta razón liberaba su rabia subyugando a su esclava? ¿Su trabajo le generaba tanta adrenalina y estrés que las relaciones «no sadomaso» le resultaban sosas? Un artificiero, por ejemplo, ¿después de desactivar una bomba necesitaba calmar aquella adrenalina con un látigo, porque no era capaz de equilibrar sus hormonas haciendo el amor como todo el mundo? ¿Las mazmorras del BDSM, el mundo sadomaso en sí y sobre todo este tipo de acuerdos resultaban tan ocultos precisamente por el temor de no ser comprendidos por los no sadomaso, al igual que ocurrió en su época con el marqués de Sade? ¿Aunque las relaciones BDSM habían existido siempre, no arrastraban también ese halo de misterio para evitar que recayese sobre quienes las practicaban la misma acusación de locura o libertinaje que condujo a Sade, primero a un psiquiátrico y, en sus últimos días, a la cárcel de la Bastilla?

Y respecto a la esclava, ¿se sentiría tan culpable de algo, que sólo anulándose y sometiéndose así podía liberarse de su culpa? ¿Una jefa mandona, retorcida y déspota, equilibraba su tiranía laboral dejándose humillar y obedeciendo los mandatos de otros? ¿O una esclava era tan solitaria y vulnerable, que con tal de que alguien la tuviese en cuenta, aunque fuese a costa de consentir recibir malos tratos físicos y psíquicos, era capaz de aguantar todo eso y mucho más? Y si así fuera, ¿no parecía una especie de secta aquella unión sadomaso? ¡Qué rara era una esclava!, pensaba una y otra vez. Es más, ¿por qué querrá formar parte de una secta de uno?

También me planteaba la opción de que todo podía ser un juego más o una fantasía que, aunque rebasaba casi todos los límites, no dejaba de ser un anhelo erótico que dos personas, en un momento dado, decidían hacer realidad a través de un acuerdo. Cuando elegía esta opción, me tranquilizaba si además leía otra de las reglas de oro que aludía expresamente a las fantasías como esclava:

> *Si deseas satisfacer plenamente tus fantasías de esclava, debes concentrar todas tus energías, absolutamente todas, en adorar, complacer y obedecer ciegamente a tu Amo, tu único Dueño y Señor.*

La verdad es que lograba calmarme en momentos muy puntuales, pero la mayoría de las veces ni leyendo aquella estipulación que hacía referencia a una inocente y simple fantasía, conseguía serenidad por mucho tiempo. Más bien al contrario: analizar como una psicóloga de pacotilla aquel extremo del BDSM sólo me conducía a una zozobra imposible de calificar. Y ello por no hablar de mi particular conclusión, nuevamente relacionada con una salida del alma-río: el Bondage, la Dominación, el Sadismo y el Masoquismo llevado hasta aquellos términos que siempre habían de pactarse ¡voluntariamente!, podía funcionar entre los contratantes —y al menos me pareció que aquí residía el intríngulis de la cuestión— a modo de purificación de culpas, purga y superación de complejos o sentimientos dañinos o, en otras palabras, como una limpieza del alma, sin más...

Pese a que casi era para mí un imposible, intenté no juzgar, quizás para poder conocer, aprender y, sobre todo, para no sufrir en exceso; pero también es cierto que tenía pleno derecho a repudiar la situación y, de paso, a despedirme de Sapiens diciéndole que ni quería, ni podría ser nunca una esclava, por mucho que él se hubiese empeñado en decir que yo era sumisa.

Además, le dije que no quería hacerle perder el tiempo porque, con seguridad, él buscaba otras cosas que jamás podría darle. Insistí en que ÉL se había equivocado conmigo, y yo llevaba razón desde el principio: nunca podría ser sumisa porque en otro de los artículos del contrato se hacía hincapié en que la obediencia ciega de una sumi era su principal virtud. ¡Qué mamada!, pensé. Vamos: ni siquiera jugando estaba dispuesta a decir sí *buana* o *beeeeeeee* como si fuese una cordera y, en definitiva, entrar por el aro de un montón de cosas que había leído en aquellos archivos:

> *Una de las características fundamentales de una buena sumisa es la obediencia. La obediencia es la manifestación conductual de la necesidad que tiene la persona sumisa de sentirse controlada. Ese sentimiento de que «alguien organiza su vida», de «pertenecer a alguien», de «no pertenecer a sí misma», es la base sobre la que descansa la virtud de la obediencia.*

¿Organizar mi vida? ¿Pertenecer a alguien? ¿Sentirme controlada? Pero si en treinta y dos años no ha podido hacer eso ni mi madre, ¿cómo va a venir ahora alguien que se haga llamar AMO a traerme corta? Todo en mí eran dudas y rechazo, pero curiosamente y siguiendo con esa simbiosis tan nuestra, sentí que Sapiens sufrió con mi dolor y se identificó con la cantidad de miedo que estaba aterrándome y paralizándome hasta el punto de no querer saber más de ÉL. En cierta manera, creo que también se sintió herido por el hecho de que yo generalizase al pensar que él era un AMO, y como a todos los AMOS, sobre todo después de leer los archivos que me envió, también tenía que faltarle un tornillo. Sapiens me repitió una y mil veces que, si bien es cierto que cualquier AMO fantasea con el hecho de tener una esclava, no era menos cierto que ÉL catalogaba como inadmisibles algunas de esas prácticas, y ese extremo del BDSM que quedaba resumido con los números 24/7, es decir, una esclava para veinticuatro horas, los siete días de la semana.

—¿Y del Estatuto de los Trabajadores ni hablamos, no? —le pregunté.

—¿Por qué lo dices?

—Pues porque una esclava 24/7 ni siquiera descansa los domingos.

—Jajajajajajajajajajaja. ¡Ésta es mi sumi alegre! —respondió Sapiens.

Además de ese humor ácido que emanaba de mí como única manera de sobrellevar una situación del todo insostenible para mi corazón, intenté ser lo más receptiva posible y escuchar de nuevo las aclaraciones de Sapiens. El AMO de Oviedo me explicó con claridad aquella realidad, diciéndome que ÉL, ni de broma, quería algo así para su vida, aunque como

AMO que era fantasease a veces con ello. Simplemente había pretendido complacer mi curiosidad voraz, enviándome toda la información que tenía al respecto: desde el extremo más ligth del BDSM, hasta el que yo acababa de leer.

—¿Sabes? Existen muchos tipos de sumisión. Existe la dominación física y la dominación mental, pero también existe la esclavitud. Todo lo que te envié es BDSM de esclavitud, y sé que tú jamás llegarás a eso. Lo sé y soy consciente de ello desde el primer día que hablé contigo. En cambio, también soy consciente de que eres una estupenda sumisa mental y sobre todo física, si se diera la ocasión.

—Deja ahora ese rollo, por favor.

—De verdad, siento mucho que te hayas sentido tan mal. No era ésa mi intención.

—Lo sé, pero no puedo evitarlo. De verdad que intento no juzgarlo, pero no lo entiendo.

—¿Qué no entiendes?

—No entiendo casi nada, pero lo que más me atormenta es no saber qué mueve al alma humana para llegar a esos extremos...

Gracias a Sapiens recordé que en la vida todo es cuestión de grados, y situarnos en unos u otros en determinados momentos depende de cosas que el resto de las personas no deberíamos juzgar, por muy difíciles, desconocidas y hasta deleznables que nos parezcan algunas realidades, elegidas libremente por los demás. Supuse que en estos grados influye el hecho de que el ser humano necesita inventarse la vida cada día para vibrar, romper sus rutinas o esas inercias que nos matan poco a poco. Supuse también que en uno de esos momentos de hastío anímico y emocional, alguien podía toparse con el BDSM o un mundo lleno de símbolos, de estética y de pautas de comportamiento que no conoce. Y, entonces, ¡zas!, la curiosidad se dispara porque ha encontrado algo que le hace vibrar y le engancha como a un mosquito que revolotea ante un imán luminoso, y termina atrapado entre esas luces de neón.

Supuse además que aquella vibración interior le hace husmear por ahí y acercarse más y más, hasta que un día decide probar y se revela, para su sorpresa, una parte que dormía dentro, quizás porque todos tenemos dentro de todo, aunque sólo nos atrevamos a tirar las corazas necesarias como para descubrir un solo aspecto de nuestro interior... Y ahí, justo en ese instante, es posible que comience ese carrusel que gira alrededor de distintas etapas y grados, de la misma manera que, cuando, por ejemplo, se empieza a fumar, llega un momento en el que ya no vale un cigarro, y se necesita otro y luego otro y más tarde muchos más porque la novedad del principio se ha convertido en rutina otra vez. En este amplio abanico BDSM, volví a suponer que desde una primera cita en la que se descubre que el dolor y el placer están tan unidos como el amor y el odio, porque te pegan y te excitas o te sodomizan y te excitas mucho más, hasta las lecturas sobre la esclavitud que me habían herido en algún rincón de no sé dónde, sólo hay grados...

Pero eso sí, yo era libre de aceptarlos o repudiarlos y de rechazar, si así me lo pedía el alma, ese extremo radical del arte de las ataduras, la dominación, la disciplina, el sadismo y el masoquismo...

Ese punto de inflexión se fue deshaciendo poco a poco con más conversaciones, información, tiras y aflojas y, sobre todo, con aclaraciones continuas a mis infinitos ¿por qué? ¿por qué? ¿por qué? Aclaraciones que partieron de las básicas diferencias entre AMO y AMA, AMO-AMA y sumisa-sumiso, sumisos y esclavos, sádico y masoquista, etcétera, hasta llegar a la descripción minuciosa de experiencias extremas vividas por Sapiens como, por ejemplo, la de pactar con una sumi su enjaulamiento durante un fin de semana en una mazmorra BDSM, por no hablar de otros castigos o «correctivos» que siempre conseguían dejarme con la boca abierta... Algunas veces, ciertos matices, extremos y peculiaridades que iba conociendo alcanzaban tal nivel que, según decía Sapiens, formaban parte del sobresaliente que sólo se merecen los alumnos aventajados... En definitiva, y como venía siendo habitual en él, en ningún momento faltó el cariño y la paciencia de Sapiens para explicarme, como si fuera una niña que está aprendiendo a leer, todo tipo de detalles.

Reconozco que quizás por mi fascinación ante el significado de los símbolos, la estética y las señales, de entre esos detalles me encantó el análisis del trisquel o el emblema del BDSM. De lejos, era fácil asociarlo con el distintivo del yin y el yang pero, en realidad, se trataba de un círculo dividido en tres, y no en dos partes. Tres triángulos curvos, ondulados y de borde metálico que, a su vez y a modo de botón antiguo, estaban taladrados por un agujero que dejaba entrever el fondo.

—Un símbolo, del tipo que sea, nunca tiene adornos gratuitos —comenzó a explicarme Sapiens, haciendo acopio de su didáctica paciente—. Por ejemplo, en BDSM, el círculo significa la unión de una comunidad, cuyos miembros se preservan y resguardan entre sí.

—¡Vaya, todo queda en casa! Pero «esta casa redonda» está dividida en tres partes, ¿o no?

—Claro. No olvides que el número tres es mágico en muchos entornos. Para empezar, en el mundo BDSM, el número tres alude a las distintas versiones del ARTE: Ataduras y Disciplina, Dominación y Sumisión y Sadismo y Masoquismo.

—¡Ahhhhhhh! ¿Y el número tres no tendrá algo que ver con aquello que me dijiste sobre las prácticas SSC, Sanas, Seguras y Consensuadas?

—¡Estupenda deducción! Por supuesto que tiene que ver con eso, aunque también tiene que ver con los tres roles que admite el BDSM: AMOS y AMAS, sumisos y sumisas y switches.

—Y los puntos situados en cada una de las tres partes del círculo, ¿qué significan?

—En un trisquel, no hay simples puntos, sino huecos. El fondo ha de verse siempre a través de esos agujeros que, para algunos, no son más que la muestra del terrible vacío interior que sufre quien no ha encontrado a su complemento.

—¿Y para ti?

—Para mí también. Recuerda que yo no busco a una sumisa, sino a mi sumisa. No busco una mujer, sino a la mujer con la que podré sentirme completo, igual que ella podrá sentirse completa cuando me encuentre a mí. Botón y ojal, ¿recuerdas?

—En fin, cambiemos de tema, ¿existen más significados en el trisquel?

—¡Claro! Hay quien dice que el hecho de que el círculo sea metálico alude a las cadenas, a la posesión, a la propiedad. Para otros, no es casualidad que, tras ese marco metálico, el fondo sea negro. En fin, ¿te había dicho que el negro es el color del BDSM?

—¡Vaya! Me temo que hoy tampoco me voy a acostar sin saber algo nuevo...

Sus ilustrativas enseñanzas, además de cariño y admiración, me producían una ternura infinita, sobre todo cuando no escatimaba fuerzas para proporcionarme todo tipo de respuestas a mis miles de dudas sobre el mundo del sadomasoquismo; dudas que o bien guardaba escondidas desde hacía años en algún baúl del inconsciente, o bien me iban surgiendo a lo largo de tantas y tantas novedosas y fascinantes conversaciones.

Parece que el punto de inflexión, además de evaporarse con el cariño, la paciencia, esa tierna protección que tanto me gustaba, y la didáctica creativa de Sapiens, quedó eclipsado totalmente con nuestro habitual sentido del humor. Me gustaba, más que nada, imitarlo dando órdenes:

—Sapiens: ¿Cuántas veces tengo que decirte que yo no soy sumisaaaaaaaaaaaaaaaa? ¿No te das cuenta de que esto parece una lucha libre?

—Ya ves, tengo la espalda llena de arañazos y me gusta más hacerlos a que me los hagan —comentó

EL MAESTRO, mostrando estar de acuerdo con mi afirmación.

—Ya, ¿y cuándo te los hacen? Ya imagino lo que pasa si te los hacen.

—¿Qué? —preguntó aquel AMO de modo expectante.

—Que empezarías a decir: perrita, te vas a enterar. Eso no me lo haces dos veces. Necesitas una buena doma, zorrita... ¡Y no sabes que estás ante el mejor domador de fieras del mundo!

—Jajajajajajajajajajaja. Sería algo más fuerte, pero más o menos...

—¡Tú no sabes a quién acabas de arañar, putita, tú no lo sabes!

—Lo siento, cuando ya tengo sumi, nunca la llamo con diminutivos.

—Vale, matizo. Mira, puta: es la última vez que haces lo que has hecho. ¿Entiendes? ¿Ah, no entiendes? ¡Pídeme que te lo explique!

—Lo siento otra vez, pero no se pide... La sumisa siempre ruega al AMO.

—¿Rogar? ¡Pero qué jodidamente egocéntricos son los AMOS BDSM!

—Sería algo así como: ¡Suplícame que te lo explique, puta perra de mierda!

—¡Vaya! Me temo que he sido benévola —dije, ironizando para disimular mi estupor.

—Y otra cosa, perrita: generalmente los azotes, caen en la segunda frase.

—O sea que te cae el golpe encima, encima que te dan un golpe. ¡Carajo!

—Nunca mejor dicho, perrita, nunca mejor dicho.

Definitivamente, aquel punto de inflexión que eclipsó nuestra historia dejó de existir gracias a la paciencia, la ternura y el cariño de Sapiens. Paciencia, ternura y cariño que formaba un tándem perfecto si a esas cualidades se unían mi curiosidad, receptividad, inocencia, morbosidad y agradecimiento.

Eso sí. Todo el lote siempre estaba cubierto de ironía, ingenio y mucho sentido del humor.

Capítulo

6

¿Quieres ser mi sumisa?

Como a cualquier tipo de relación que ya sobrepasa ciertos límites, a la nuestra también le faltaba una nueva ilusión, una chispa o un impulso que, sólo unos días después, conseguimos gracias al envío de fotos. Cuando pensaba fríamente que había enviado mi foto a un desconocido que, para colmo, era un AMO que buscaba sumisa, me echaba a temblar, además de reprobarme continuamente mi metedura de pata. Menos mal que esta sensación de imbécil sólo llegaba a mí si analizaba la situación con la fría razón o esa armadura que no deja entrar la vida y la chispa en el corazón: el resto del tiempo, mi intuición, el corazón o cierto sexto sentido me decían que había hecho bien porque el hecho de presentarnos físicamente había añadido aún más morbo a esta historia. ¡Y eso que la morbosidad ya rebasaba unos límites más que dignos!

Hasta el momento de enviarle la foto, le había dicho a Sapiens que me faltaban los dientes delanteros, que era medio calva, que mi culo era enorme, celulítico y repleto de cráteres lunares o que las tetas me llegaban a la cintura. ÉL, además de reírse, me decía que no le importaba porque una sumisa o, en concreto, su sumisa, tenía que ser mucho más que un cuerpo, ya que, al fin y al cabo, el acceso a un cuerpo, lo que se dice a un cuerpo, hay quien lo consigue pagando en un momento dado. Para ÉL, su sumi tenía que ser inteligente y saber complementar su personalidad con la de su AMO, para así alcanzar juntos el éxtasis. La sumi, su sumi, debería disfrutar del arte del BDSM en toda su magnitud y no sólo en la cama porque, precisamente, el BDSM, en contra de lo que pensaba la mayoría de la gente, era una filosofía de vida y no unos cuantos fajes revestidos de aparatos, cuero y una estética determinada...

Debo reconocer que me gustó el aspecto de Sapiens y hasta me pareció que se correspondía con lo que había podido conocer, o más bien intuir de y sobre él, a través del messenger. Cuando observé que AMOSAPIENS tenía el pelo ligeramente canoso por esos —según me dijo— cuarenta y ocho años que, dicho sea de paso, me parecieron muy atractivos, pensé que tenía la edad ideal para ser ese buen maestro, o mejor dicho el MAESTRO, que tan paciente y brillantemente había ejercido su docencia conmigo.

También pude ver la ternura de EL MAESTRO en su estatura media, aderezada con esos kilillos de más porque, sin querer y aunque casi pasaban inadvertidos, denotaban bondad, paciencia y ese cariño que más de una vez pude leer entre líneas en tantas y tantas frases. Eso sí, tras aquellas gafas redondas y de armadura moderna, se escondían unos ojos brillantes y oscuros que se me antojaron portadores de perfeccionismo, autoridad, precisión, belleza, gusto por la estética, minuciosidad y hasta posesividad y control al mismo tiempo.

—Tienes cara de buena gente que no te la crees ni tú. Vamos, si veo a este tipo por la calle, no me imagino yo que es un AMO en busca de sumisa —le comenté después de recibir su foto.

—¿Y qué creías? ¿Que los AMOS llevamos un letrero en la frente?

—Hombre, tanto como eso...

—Vamos, nenita, ¿cuándo te vas a quitar la idea de la cabeza de que los AMOS y las sumisas somos unos tarados?

—No, si yo... En fin... ¡Glups! Enésima plancha, AMO, acabas de aplastarme con la enésima plancha...

En cuanto a mi foto, aún no sé si fui idiota o demasiado lista; el caso es que me parece lógico que cualquiera que va a enviar una, mande aquella en la que está más favorecido de entre las que tiene a mano. Y eso hice yo: enviarle la instantánea que me habían hecho unos amigos recientemente, queriendo dejar constancia de mi nuevo color de pelo. Lo cierto es que salí bastante guapa en esa foto, a pesar de que no soy nada fotogénica. Además, parecía tener cierto aire cosmopolita en ese primer plano en el que sólo se alcanzaba a ver un jersey de cuello alto, por supuesto negro, y en el que la sonrisa encorsetada en los labios pintados con un carmín entre rojo y marrón parecía llenar todo el plano junto al pelo largo, lacio y ligeramente rojizo, recogido en esa coleta muy alta que tanto me favorecía, en parte gracias a los grandes aros de plata que adornaban mis orejas...

—¡Joder con mi sumi! —dijo cuando la recibió.

—¿Ya estamos con lo de siempre? ¡Que no soy tu sumi!

—Te juro que, sobre todo después de lo que estoy viendo, no te voy a dejar que no lo seas... ¡Estás para mojar pan, niña!

—¿Ah sí? ¿Y qué vas a hacer? ¿Me vas a atar?

—No lo dudes: atarte, vendarte los ojos y azotarte serán las primeras cosas que haga en cuanto te vea.

—¡Grrrrrrrrrrrrrrrrrrrrrrrrrrrrrr!

Parece que la fase de luna llena se empeñó en llenarme de información, curiosidad y una nueva chispa adictiva, que no era sino el poder encender el messenger y verificar que AMOSAPIENS estaba en línea, esperando a que yo me conectase. Nunca ese letrero naranja avisador de que el otro usuario estaba conectado me compensó y extasió tanto. Nada, en fin, pudo gratificarme más que ese casi imperceptible sonidillo, parecido a un ding-dong, avisador de que Sapiens también acababa de poner en marcha su messenger. Porque a partir de entonces, lo demás caía por su propio peso: comienzo de unas infinitas charlas sin voz que, a veces y por supuesto salvando millones de kilómetros de distancia, se me antojaban tan iniciáticas, apasionantes y extensas como los diálogos del gran maestro Sócrates con su joven y curioso discípulo Platón.

¿Espectacular la fase de luna llena? Sí, espectacular por la obsesión de EL MAESTRO de que era sumisa y no lo sabía ni yo; espectacular por recordarme continuamente que estábamos hechos el uno para el otro y no para que uno castrase y partiese al otro por la mitad, a través de la salvajada esa —según decía— de la media naranja; espectacular por contarme su vida y cómo le había cambiado por completo desde que descubrió el BDSM hacía ya años; espectacular por su afán de convertirme en su sumisa cibernética y, quizás con el tiempo, hasta sumisa con experiencia en el mundo real; espectacular por mostrarme sus secretos, su lado más humano, su alma de hombre necesitado de su complemento; espectacular cada vez que yo decía que no podía ofrecerle nada y él me aseguraba que tenía todo lo que le faltaba a su vida; espectacular y paralizante cada vez que me comentaba que lo único que quería era ¡llevarme al éxtasis! y, en definitiva, espectacular por su personalidad apabullante y lejana de solitarios, acomplejados, funcionarios aburridos, adúlteros y niñatos que pasaban las horas diciendo tonterías en la sala de Amos y sumisas.

Lo cierto es que, del mismo modo que siempre me produjeron vértigo muchas de sus frases, no dejé de pensar en ningún momento que había tenido mucha suerte al encontrar a Sapiens:

—Un amo sin sumisa es como un jardín sin flores —me repitió una y otra vez por aquel entonces.

—Bueno, sabes que me caes bien y te deseo suerte: espero que encuentres lo que buscas.

—Por fin he tenido suerte: te he encontrado a ti.

—Bueno, pero yo no soy tu sumisa...

—Mi intuición nunca me ha fallado en estas cosas. Tú aún no lo sabes, pero eres un diamante en bruto que a mí me encantaría pulir y poner al servicio del BDSM.

—¿Te refieres a las siglas de Bobadas, Delirios, Sandeces y Mentiras?

—Mira, ni de broma, por favor, ni de broma te mofes del BDSM...

—Bueno, perdona si te he ofendido. No ha sido mi intención...

—¡Perfecto! ¿Ves? ¡Pero si te sale de manera natural una actitud de sumisión!

—Te equivocas, es sólo respeto y educación.

—Míralo como quieras, pero a poquito que me hicieras caso yo estaría encantado de ayudarte a descubrir esa parte de ti...

Por mucho que lo camuflase con bromas, en el fondo me quedaba perpleja cada vez que decía estas cosas, y aunque la mayoría de las veces pensaba que todo era parte de la eterna táctica que se utiliza para ligar con alguien, no es menos cierto que también llegué a plantearme la posibilidad de que una persona con experiencia y hasta con cierto sexto sentido, o si acaso un sentido muy desarrollado en algunos círculos como en este caso era el ambiente sadomaso, pudiera saber o intuir cosas de mí que aún no conocía ni yo misma.

Es más: todavía me pregunto si por haber concedido aquel beneficio de la duda, esta historia pudo crecer y dar un paso definitivo a partir de entonces. Porque cuando AMOSAPIENS ya me había contado infinidad de cosas sobre el BDSM, aterrizó, dentro de esta fase de «luna llena», otra microetapa que consistió en un punto aún más excitante que el anterior. Me refiero al juego de la seducción más intenso, al tira y afloja en su punto más álgido o a la guerra de corazones y cerebros que, sin saber, mantienen los amantes que aún no lo son, pero que no tardarán en serlo...

Claro que en esta batalla sin tregua, el AMO del norte se ayudó de tácticas no demasiado limpias, aunque yo hice lo mismo cuando, tras descubrirle el juego, me callé e hice como si nada hubiese pasado. Quiero decir que después de un día cualquiera de chateo mañanero por el messenger, AMOSAPIENS me dijo que tenía que irse, pero que si me parecía bien podríamos reírnos un rato y recordar viejos tiempos, encontrándonos por la tarde en la sala de Amos y sumisas.

—Intentaré estar en la sala sobre las seis —me comentó.

—De acuerdo, Sapiens. Será divertido volvernos a ver por allí, y reírnos otra vez con las ocurrencias de la sala.

A las seis en punto y con el nick de Marta, entré en la sala de Amos y sumisas. Lo cierto es que me produjo ternura recordar cómo había conocido aquel recinto cibernético y cuántas cosas me habían pasado desde aquel día en que se me ocurrió colocar el ratón y pulsar su botón izquierdo sobre la palabra «chat». Fue emotivo, y hasta un poco nostálgico, observar que OTEÍLLO, TEATOCONMEDIAS o VERGON-ZOSO seguían por allí. También me di cuenta de que, en esos días, no habían encontrado sumisa ni AMOABRASADOR, AMO-SADE o TORQUEMADA, aunque también me sorprendió que algunos nicks femeninos y escritos en minúsculas ya estaban aderezados con guiones bajos seguidos de la A de AMO, más una o dos letras mayúsculas indicadoras de la identidad del nuevo propietario, de la también nueva sumisa. Me resultó un poco patético que SR. DEL TEMPLE siguiera quejándose de su matrimonio o que las funcionarias de siempre, e incluso las casadas que querían desmelenarse, contaran el mismo tipo de historias. En fin, parecía que nada había cambiado cuando, en realidad y al menos para mí, habían cambiado infinidad de cosas...

Casi sin darme cuenta, pronto el reloj marcó las siete de la tarde. Entonces, extrañada porque AMO-SAPIENS no había pasado por la sala, deduje que algún percance cotidiano le habría impedido ser puntual. De repente, me sorprendí aburrida porque ya no fui capaz de encontrar ningún incentivo en las conversaciones picantes de los kamikazes y sentí, con una certeza espectacular, que era una absurda pérdida de tiempo quedarme un minuto más por allí. Entonces decidí marcharme, pero cuando me estaba despidiendo con educación de los usuarios de la sala, me sorprendió que una tal ANAPAULA35 me pidiera permiso para enviarme un privado. Se lo di, claro:

ANAPAULA35: ¡Hola, Marta! Hacía mucho que no entrabas aquí, ¿no?

Marta: Sí, hacía mucho tiempo, pero no recuerdo tu nick. ¿Nos conocemos?

ANAPAULA35: Quizás si te digo el que utilizaba antes sí te suene, pero no debo hacerlo. Verás: estoy camuflada porque mi AMO es muy celoso y no me deja entrar en la sala.

Marta: ¿Acaso es un dictador? ¡Mándalo a la goma!

ANAPAULA35: Jajajajajaja. ¡Qué va, Marta! Sólo se me antoja hacer la travesura de desobedecerlo un poquito. En realidad, todas las sumisas hacemos cosillas así.

Marta: ¿Cómo? ¡Repite! ¿Has dicho sumisa? ¿Desde cuándo eres sumisa? ¿Eres sumisa cíber o sumisa real? ¡Cuéntame, por favor! —increpé, bombardeando a mi interlocutora con una ráfaga de preguntas.

ANAPAULA35: Jajajajajajajaja. ¡Qué curiosa eres! Imagino que estás llena de dudas, ¿no es así? Tranquila, a todas nos pasa la primera vez.

Marta: ¿La primera vez? ¿Tanto se me nota? Mira, no sé qué soy ni dejo de ser: sólo sé que, hasta ayer, como aquel que dice, no sabía nada de BDSM, y en sólo dos días he aprendido un montón de cosas y conocido a un AMO, ¡empeñado en que yo sea su sumi!

ANAPAULA35: Jajajajajajajaja. Mira, Marta, esa decisión sólo la puedes tomar tú. Sólo te digo que ser sumisa es maravilloso, si tienes la suerte de encontrar a un AMO de verdad. A mí me ha cambiado la vida, te lo aseguro, y me atrevería a decirte que, aunque sólo fuera por curiosidad, te permitieras el lujo de probar la experiencia: ¡nunca sabemos la de cosas que tenemos dentro hasta que no rompemos los miedos y nos atrevemos a vivirlas!

Marta: Sí, en eso llevas razón, pero, dime: ¿por qué te ha cambiado la vida?

ANAPAULA35: Por muchas cosas: siento que quiero estar con él, que me excito haciéndole feliz, que me encanta provocarlo para que me haga feliz a mí. En fin. ¿Te imaginas? ¿Quién me iba a decir que me iba a venir sólo con escuchar silbar su látigo tras de mí?

La última frase, de repente, me situó frente al verdadero interlocutor de ese interminable e instructivo mensaje privado: ¡AMOSAPIENS! ¡Era AMOSAPIENS! ¿Será canalla? Claro, pensé, ¿cómo no se me había ocurrido, si él nunca se había retrasado ni faltado a sus citas? Además, la frase del látigo la había repetido Sapiens más veces que un abuelo cuenta sus batallitas a sus nietos. ¡Vaya juego sucio! Me di cuenta de que EL MAESTRO no dudó en utilizar otro nick, con ánimo de recrear una complicidad de mujer a mujer e intentar persuadirme de nuevo con el tema de la sumisión. Definitivamente: el chat no era tan privado como le parece al novato que acaba de entrar en él, y si, por ejemplo, en su día y para jugar, yo cambié mil veces de nick, ¿por qué no iba a hacerlo ahora Sapiens para conseguir sus propósitos?

Me pareció retorcida y a la vez canallesca su última jugada de nombre y sexo falso, aunque también, de nuevo, volvió a enternecerme aquel AMO del norte que parecía no guardar muchas más tácticas y trucos en los bolsillos para hacerse, ¡por fin!, con una sumisa insumisa. Aquella ternura me condujo a evocar un bolero, pero después de memorizar su letra pensé que los AMOS, para conquistar, nunca cantarían aquello de: *No hace falta que te diga que me muero por tener algo contigo. ¿Es que no te has dado cuenta de lo mucho que me cuesta ser tu amigo?* Claro que también me planteé que los AMOS podían cambiar las letras de las canciones para su beneficio: *Ya me quedan muy pocos caminos y aunque pueda parecerte un desatino, no quisiera yo morirme sin tener SADO contigo...*

Me despedí de ANAPAULA35 con palabras de agradecimiento y mucha cordialidad, al tiempo que me reía por dentro cuando escribía la frase: *Adiós, querida desconocida y conocida de siempre.* Al día siguiente ni le comenté nada de este encuentro a AMOSAPIENS, ni tampoco ÉL hizo otra cosa más que justificar su plantón cibernético, contándome no sé qué leyenda urbana...

Nunca supe si fue o no una casualidad, pero a raíz de la anécdota de ANAPAULA35, en la siguiente conversación sin voz que mantuvimos por messenger, de repente y sin venir a cuento, a AMOSAPIENS le dio por llenar un montón de espacios destinados a los diálogos con una única frase: ¿QUIERES SER MI SUMISA? Y al segundo otra vez, y luego diez veces más: ¿QUIERES SER MI SUMISA? Y más tarde, de nuevo: ¿QUIERES SER MI SUMISA?

Enmudecí cada vez que la pregunta aparecía por la pantalla de mi compu, porque la repetición continua de la misma cuestión me condujo al vértice de otro punto de inflexión, aunque el actual no tuviese nada que ver con los ya antiguos archivos sobre BDSM que tanto me escandalizaron en su día.

El problema es que pese a la insistencia de AMOSAPIENS y esas batallas que me mantuvieron más viva que nunca, durante unos días que más que intensos debería calificar de infarto, me seguía costando entender por qué se me alteraba el pulso cada vez que recibía un mensaje suyo o por qué cuando me comentaba que, en cuanto fuese su sumisa, debería escribir un diario o, a fin de cuentas, por qué y de dónde saqué el ánimo y la fuerza para decirle que sería su sumisa cibernética.

Lo cierto es que durante días y días, él me lo pidió más veces que un pretendiente de esos que, a principios del siglo XX, a caballo y con coplas rondaban las ventanas de su amada a todas horas. Su insistencia fue tal, que incluso me asusté con la excitación de este tira y afloja mental que me llevó a dar mi brazo a torcer. Eso sí, antes de «dar el sí», y como venía siendo una tónica en mí, protesté un poco más.

—Ya sé que un AMO sin sumisa es como un jardín sin flores. Y no me extraña. ¿De qué te sirve la autoridad si no tienes cómo, dónde, ni con quién aplicarla? Sin sumisas, sus fustas, sus látigos y, sobre todo, sus esposas estarían vacías.

—¿Y a qué viene eso ahora? Yo sólo te he hecho una pregunta: ¿QUIERES SER MI SUMISA?

—Bien. Viene a que necesito matizar algunas cosas porque siempre, desde pequeña, he sido muy dócil cuando no me han mandado las cosas «por narices». De lo contrario, sólo me daban ganas de no hacerlas...

—¿Me crees con tan poco estilo como para tener que mandarte las cosas «por narices»? Mira, el buen AMO es quien consigue que la sumisa haga las cosas casi sin tener que ordenárselas. Es quien conoce tanto a su sumi, que sabe hasta dónde debe ordenar y hasta dónde no, cuánto debe presionar o a qué límites podrá llevarla. En fin, ¡pura psicología!

—Bien, entonces sabrás que si te digo que sí es porque en el fondo estoy jugando a dejarme someter por ti, para que tú, creyendo que me sometes, seas en realidad el sometido por mí.

—¡Sobresaliente para ese trabalenguas! —dijo Sapiens, alabando mi última ocurrencia.

—Es decir, ¿qué es antes, la gallina o el huevo? ¿Quién manda realmente aquí? ¿El AMO o la sumisa que juega a dejarse someter, para someterlo a él? —comenté con una de esas filosofías interminables.

—¡Acabas de plantear la eterna discusión! Yo creo que en una relación BDSM la clave está en la sumisa, y desde el principio, te dije que eras de las mejores aunque no lo supieras ni tú. ¿Sabes por qué? Porque nunca te entregarías a cualquiera: necesitas saber y saber más para después entregarte más y mejor...

—¡Basta ya!

—Mira, estoy seguro de que un revolcón casual sólo te gusta de vez en cuando. Sé que si tu cama siempre es igual, terminas cansándote porque eres inteligente, curiosa, juguetona, empírica, divertida y morbosa... Lo siento, sumi, pero ¡necesitas muchas cosas!

—Grrrrrrrrrrrrrrrrrrrrrrrrrrrrrrrrrrrrrr...

—Por cierto, no sé si leíste en los archivos de antaño que las sumisas son mujeres sexualmente complicadas: necesitan de un nivel de excitación y activación muy altos para lograr el placer. Sin embargo, una vez que encuentran un Amo que sepa someterlas lo alcanzan a un nivel casi místico... ¿Te suena de algo, reina?

—¡Probablemente!, pero garantizar ser un buen AMO que promete el éxtasis me parece presuntuoso, por no hablarte de cómo me recuerda a una especie de publicidad bancaria sobre planes de pensiones que aseguran la liquidez...

—Jajajajajajajajaja. ¡Ya basta de burlas! Por enésima vez: ¿QUIERES SER MI SUMISA?

—.........................

—¿QUIERES SER MI SUMISA?

—.........................

—¿QUIERES SER MI SUMISA?

—.........................

—¿QUIERES SER MI SUMISA?

—.........................

—¿QUIERES SER MI SUMISA?

—.........................

—¿QUIERES SER MI SUMISA?

—.........................

—¿QUIERES SER MI SUMISA?

—¡Buffffff! OK, AMO, te lo has ganado: seré tu sumisa hasta que las tenazas nos separen...

Nada más escribir por messenger aquello de: Seré tu sumisa hasta que las tenazas nos separen, AMOSAPIENS, además de reírse con la ocurrencia, me agradeció el hecho de haber dado mi brazo a torcer y haberle hecho el hombre más feliz de la tierra. Eso sí, al segundo siguiente, ya me dio la primera orden:

—¿Estás en el trabajo, verdad? ¿Qué ropa llevas puesta?

—Sí, estoy en el trabajo y llevo vaqueros con botas y jersey rojo a juego.

—¡Estupendo! Ve al baño y arráncate las bragas.

—¿Cómo?

—Tu AMO te ordena que vayas al baño y te arranques las bragas.

—Sí, claro, y si quieres te las mando por correo urgente...

—¡Pues mira, no es mala idea!

—Des-em-braga, AMO: una cosa es que te vengas pensando en mis bragas y otra que te corras a costa de correos. ¿No te parece?

—De correos y corrernos ya hablaremos. Ahora, ve al baño, ¡y arráncate las bragas!

Capítulo
7
Ya soy tu sumi

PRIMER DÍA COMO SUMISA
(miércoles 8 de marzo)

Es curioso, pero me convertí en sumisa el día de la mujer trabajadora, es decir, el 8 de marzo. Parece una de las mías: una ironía, una rebeldía o un llevar la contraria, pero ÉL y yo sabemos que no es así. La sumisión no tiene nada que ver con la lucha por la igualdad en el mundo laboral, en la vida cotidiana y en los derechos de las personas... Vamos: si me encontrara a un pendejo con otros humos, no lo iba a permitir yo. Es, aunque todavía no he descubierto prácticamente nada, otro modo de sentir, de vivir, de respirar, de vibrar al compás de otro que también vibra en la misma intensidad con el compás de uno mismo. *Me lo imagino como un micromundo creado entre dos, en el que el dolor y el placer físico y psicológico pueden llevarte a un éxtasis que no se da en la... ¿llamémosla vida normal? ¡Pues eso!*

¿Que por qué estoy aquí? ¡Eso quisiera saber! ¿Por probar otras cosas? ¿Por verificar que existen otros mundos? ¿Por curiosidad? ¿Para compensar carencias? ¿Para conocerme mejor? ¿Para conocer otras formas de vivir y sentir? ¡No lo sé! Lo cierto es que aún no lo sé, aunque quizás lo más interesante es que, sabiéndolo o no, hoy he dado el primer paso para estar donde estoy...

No sé ni cómo se llama ÉL, pero no me importa mucho, la verdad; tampoco él sabe cómo me llamo yo, aunque no creo que le importe lo más mínimo. Lo único importante es que, desde el día 8, ÉL es mi AMO y yo, voluntariamente, y repetiría una y mil veces «voluntariamente» porque NADIE me ha obligado a ello, su sumisa.

Me dirijo a ÉL como lo conocí en el chat, es decir, con un nick que me llamó la atención desde el principio: AMOSAPIENS. ¿Divertido, verdad? Y para mí, que me ha enseñado un montón de cosas del BDSM o mundo de las ataduras, la dominación, la disciplina, el sadismo y el masoquismo, es cierto, más que cierto lo de Sapiens-MAESTRO, y desde el día 8, lo de AMO.

Por cierto: mi nick es Marta; he tenido cientos de nicks diferentes, pero con Marta lo conocí, y con sus seducciones e insistencias a la inexperta y curiosa de Marta, o quien sinceramente reconoció que quería saber más cosas del mundo BDSM, la también inocente y pícara Marta terminó convirtiéndose en «su sumi». ¿Será por culpa del refrán: «Quien juega con fuego se quema»?...

Espero no quemarme. Espero no quemarlo. Espero también que no nos quememos, pero con chispillas que saltaban por todos los lados, hasta ahora ha sido una guerra a muerte, la verdad. Una batalla mental en el más puro sentido literal: primero conmigo misma, con mis reticencias, mis miedos, mis ganas de saber, mi gusanillo interior dándome la lata para llevarme a aprender cosas nuevas... Después, con todo este coctel, mantuve esa guerra con AMOSAPIENS... Creo que casi le agoté la paciencia, aunque él estaba convencido, y hasta me pareció solemne cuando me repetía una y otra vez que era tan buena sumisa que ni yo me lo imaginaba...

¡Bufff! ¡Qué miedo me daba eso! Y a la vez, cuánto me atraía ese mundo del que me ha hablado varias veces... ¡Menos mal que, además de paciencia, todo ha venido cubierto de sinceridad y sentido del humor! Vamos, que la onomatopeya «jajajajajajajajaja» la hemos leído a veces más que el texto en sí y, por descontado, siempre ha ido acompañada de carcajadas reales que cada uno de nosotros, en la soledad de sus computadoras, emitíamos como si estuviésemos locos...

Hoy, después de esos tiras y aflojas me he atrevido a decirle que sí, que seré su sumisa «hasta que las tenazas nos separen», y ÉL mi AMO. ¡Bufff! Casi me echo a temblar sólo de pensarlo...

Después han venido los agradecimientos infinitos seguidos de la ternura, esa ternura que me deshace cada vez que me ha repetido una y otra vez que acababa de hacerlo el hombre más feliz de la tierra. Y cómo no: también llegó el primer desmadre que consistió, ¡y no es broma!, en ir al cuarto de baño de mi trabajo y arrancarme las bragas... ¿Venderán en las ferreterías tornillos para los AMOS que los han perdido? ¿Y para las sumis? Porque me da vergüenza, pero debo confesar que al final no me quité las bragas, ¡me las arranqué!, que no es lo mismo. Y así me quedé todo el día, sin entender nada de nada, pero rozándome el coño con unos pantalones que, para colmo, eran de los estrechos. ¿Habrá hecho esto por aquello de que «el roce hace el cariño»? ¿Pretende que vaya por ahí con un «ande yo caliente y ríase la gente»? ¿O ya empezamos con lo de que «hay amores que matan»? No entiendo nada, la verdad, no entiendo nada...

Cuando volví del baño, leí aquello de «tu AMO te lo agradece», claro que al instante, llegaron más y más órdenes... ¡SÍ, SEÑOR! Jajajajajajaja, le he dicho de broma todo el rato.

1ª) Debo ir sin pantis, fajas (se las pondrá su madre porque yo no he usado faja en mi vida), bragas, tangas o cualquier otra cosa que me tape mis intimidades. Me cuesta un montón, la verdad: por costumbre, por pudor, por higiene, por no sé... Le pregunté la razón de esta orden que me parece arbitraria, y me dijo que era como prueba de obediencia, de sumisión. Además, no sé si a él le parecerá una humillación, sólo sé que a mí me resulta una incomodidad porque como me ponga minifalda, me va a obligar a estar todo el día con el abrigo puesto.

Hay dos cosas que me tranquilizan y me dan vértigo a la vez. Sapiens dice que es normal que no entienda nada sobre estas órdenes, pero que debo confiar en él porque ninguna de ellas, aunque me lo parezca, es arbitraria. Es decir: que todas tienen un sentido que, como es lógico, se me escapa. No sé, pero creo que de momento le daré ese voto de confianza, al menos hasta que logre entenderlo.

Por otro lado, AMOSAPIENS también dice que estas órdenes no serán eternas porque, entonces, las órdenes se convertirían en rutina y anhelaría dejarme llevar por la contraorden. Eso me gusta, la verdad, quizás porque una de las cosas que más me llamaron la atención cuando hablábamos al principio es que me dijera que el BDSM es un mundo muy creativo y que los AMOS deben estar inventando cosas continuamente porque, de lo contrario, las sumisas se aburren y les piden la libertad. ¡Pobre AMO! Mandando sin descanso y, a la vez, tan esclavo de su propio rol de creativo marimandón. Qué duro debe ser sentir que si baja la guardia sus sumisas se cansarán y lo abandonarán. ¡Si ya le dije yo que en la figura de la sumi reside el quid de la cuestión! Porque vamos a ver: si a una sumi, por ejemplo, le gusta que le acaricien el clítoris, ¿el AMO se lo acaricia para hacerla feliz o hace todo lo contrario porque le gusta más que la humillen, y, por tanto, debe negarle ese placer facilón? ¡Bufff! Otra laguna más...

En fin, supongo que en la vida todo está estereotipado e igual que una pareja común nunca cogería un látigo, ni siquiera por la curiosidad de probar una sola vez qué se siente, una pareja sadomaso tampoco puede permitirse el relax de echarse, alguna vez que otra, una cogida normalita. ¡Bufff! ¡Qué cansado debe ser estar maquinando torturas eróticas a todas horas! No sé, pero supongo que por esta razón muchas veces el BDSM es parte de una doble vida: los AMOS y las sumis tienen sus parejas comunes con sus cotidianidades, sus hijos, sus problemas, sus familias, etcétera, pero después y como el mayor de sus secretos, «sesionan» de vez en cuando, es decir: practican sesiones BDSM con un partenaire que tiene muy claro lo que necesita...

Morbo manda. ¡La prensa del corazón habría encontrado su mina si supiera la de abogados, famosos, políticos o jueces que practican BDSM!

Por otro lado, en BDSM no se habla de «hacer el amor», sino de sesionar o comenzar una sesión para practicar con sus juguetitos y sus cosillas... Claro que me pregunto si cuando acabe aquella sesión podrán besarse en la boca los AMOS y las sumis como una pareja normal, aunque antes uno de ellos haya molido a palos al otro... ¡Bufff! ¡Se me ocurre cada tontería!

Aspecto positivo: por muy penosa que me resulte una orden, me queda el consuelo de que siempre será transitoria. Zozobra inevitable: vendrán después otras órdenes que serán cada vez más difíciles de cumplir. Conclusión de infarto: Cada una de las órdenes que reciba ahora tendrá vigor solamente durante lo que ÉL llama «mi doma».

¡Socorro! ¿Mi doma? Me sentí como un potrillo salvaje de la Patagonia, a la que un gaucho despistado le ha echado un lazo y no va a dejarlo en paz hasta que sea capaz de comer de su mano... Me lo notó, claro, y me dijo que la doma es la mejor etapa y el periodo más complicado, y a la vez hermoso, del BDSM, porque es cuando el AMO y la sumi se conocen, se prueban, se miden el pulso y cuando el AMO, teóricamente, intenta adaptar a la sumi a sus gustos. A partir de ahí, se supone que la sumisa ha aprendido sus deberes y ya actúa y obedece sin más. Pero ¿y la rutina? ¿Aparecerá como si en vez de BDSM fuese una relación no sadomaso, o el BDSM no admite rutina porque en cuanto asome, la relación desaparece? No sé, supongo que es otra de mis tonterías, pero me confundo cuando leo en Las 55 reglas de oro de una esclava *que el adiestramiento y el aprendizaje de una esclava no acaban nunca y la imaginación del AMO es el mejor instrumento para un perfeccionamiento constante.*

Él se dio cuenta de lo que me impactó la palabra «doma». Mira —me dijo—, tú eres como un niño al que hay que enseñar a andar, y yo estoy aquí para eso: para enseñarte a andar por el mundo del BDSM y que alcancemos el éxtasis complementándonos con nuestras personalidades.

Lo cierto es que me tranquilizó la explicación, y él pudo seguir con sus órdenes y yo con mi sí señor, jajajaajajajaaja.

2ª) No puedo maquillarme: otra vez jajajajajajaja. No me importa nada, sobre todo porque nunca lo hago...

3ª) *Aunque no debo ponerme la cadena del guión bajo y convertirme, por ejemplo, en Marta_ASapiens, no puedo abrir o cerrar privados en el chat: tampoco me importa mucho porque ya me he saturado de pubertos obsesionados con azotarme y encularme a todas horas...*

4ª) *Respecto al chat, siempre he de ser Marta y sólo Marta. No me afecta, pero algún día, inocentemente y sólo por jugar, le pediré que me deje ser AMA-zona, AMA-pola, AMA-rilla o lo que sea, pero que sea una AMA muy cruel para poder compensar mi sumisión azotando y poniendo a caldo a media sala. Ya me lo imagino: «Arrodíllate, esclavo. Tráeme café, sumiso...» ¡Ah!, y que él lo vea en el chat, claro: así nos reímos juntos...*

5ª) *¿Qué más? Ah, las faldas... A ser posible faldas, faldas. ¡Caca de faldas! Esta orden también me cuesta porque soy urbana, de vaqueros, de pantalones de campana, en fin..., de comodidad. Muy femenina, eso sí, pero siempre cómoda... Además, mis faldas son vaqueras, minis, pequeñas, y sin las bragas, son un problema. Se lo he explicado diciéndole que «son cosas de mujeres». Creo, en fin, que le he hecho ver que no es muy recomendable que me vayan mirando con ojos de querer violarme por ahí porque, por mucho que quiera evitarlo, al sentarme, ya se sabe... Me ha entendido: con las minifaldas puedo usar pantis* opacos... ¡Bufff!, otra vez, menos mal. ¿Hablando se entienden los AMOS y las sumisas o es que al final va a resultar que mi AMO ama a esta insumisa sumisa? Como leíamos en la escuela: «Mi AMO me ama», aunque lo siento: nunca más que mi mamá...

6ª) ¡Grrrrrrrrrrrrrrrrrrrrrrrrrrrrrr! No me deja llevar mis pendientes. ¡Para un adorno que tengo! ¡Ni que fuera una chabacana llena de collares doraos! ¡En fin!, la verdad es que no me importa mucho, pero cuando vas toda de negro como yo, un adorno de plata queda muy bien...

7ª) Me ha encantado la orden de estar desnuda y descalza porque ya lo hacía —cuando podía, claro—. Me encanta dormir desnuda y estar descalza: me siento como niña, como libre, como no sé... Me siento bien. Por cierto, creo que le ha gustado que tenga un kimono negro por si debo vestirme para algo en cualquier momento. Ya ves —le dije—, no iba a tener una bata de boatiné y como de abuelas o un pijama de felpa azul celeste con osos rosas. ¡Puagggggggg! ¡Los odio!

Al final, sin darme cuenta, resulta que he vestido como una sumi media vida. Lo digo por el negro, que según dicen es el color del infierno, del BDSM y, por muy increíble que resulte la coincidencia, del interior de mi armario.

8ª) Problema: el coño depilado... ¡Entero! Si ya me encargo yo de que esté mono, recortadito y acoge-

dor, pero de ahí a rasurármelo entero hay un abismo...
En fin. ¡Otra vez estoy frente a una orden que no comprendo! Espero encontrar, con el tiempo, un sentido
a mi obligatoria calvicie púbica, aunque no pública.
¡Menos mal! Ya me he depilado. Hoy he salido del trabajo tarde y, una vez en casa, me he dado un baño para pensar en todo esto. Después, he cogido la epilady
en posición de rasurar y no de arrancar el vello de raíz,
y ¡hala!, me he quedado sin un pelo de tonta, ni de lista: calva, vamos... Creo que me picará cuando quiera volver a salir, pero no debo dejar que salga... ¡Bufff!
Miro mi coño en el espejo y no lo reconozco...

Un detalle: Desde que le he dicho por messenger que sería su sumi, Sapiens ha cambiado la manera de dirigirse a mí y, de repente, ha transformado los antiguos diminutivos de «perrita, zorrita o putita», por los sonoros «mi zorra, puta o mi guarra»,
y otras lindezas que, en vez de herirme, me parecen un juego más, aunque un poco peligrosillo porque el dato del cambio de nombre constaba expresamente en ese contrato que tanto me asustó. De todas formas,
la sorpresa es relativa porque Sapiens ya me dejó caer el dato, cuando me dijo aquello de «lo siento, pero cuando ya tengo sumisa nunca la llamo con diminutivos».

Anécdota: cuando estaba en el trabajo por la mañana, después de «darle el sí» y tras tantos mandatos

absurdos, se me ocurrió sincerarme contándole un sueño que tuve anteayer sobre una fiesta BDSM a la que
él me llevaba... Consecuencia: que empezó a darme
órdenes eróticas (antes eché la llave del despacho), y
me hizo una chaqueta cíber que todavía no me puedo creer. Y luego, cuando terminó el festín, no dudó
en soltarme unas cuantas fanfarronadas: ¿Ves como
yo no permito que mi sumisa pase hambre? ¿Qué creías? ¿Que tu AMO sólo sabía escribir? ¿Entiendes
ahora lo de perra?: siempre caliente, siempre preparada para tu AMO, y siempre a cuatro patas.

GUAU, AMO, le he respondido yo entre risas y
más risas.

¡Qué excitante!, la verdad, ¡qué excitante! El
hombre todo el rato: vamos, perra, presiona y arráncate el clítoris para tu amo, tócate aquí, allá, por aquí,
por allá... Y yo, en el despacho, con los vaqueros bajados, con la puerta cerrada, el jersey por arriba y leyendo todo eso en mi pantalla... ¡Carajo! Problema:
lo del culo. ¿Cómo que me lo desvirgue de golpe y a
lo burro? ¿Estará tan chiflado y guarro como para pedirme eso? ¡Ni de broma!, le dije que no, por supuesto, que me parece una guarrería y debe doler mucho...

Por cierto: él también se vino (Hummmmmmmmmm)...

Respecto a lo de mi culo, dijo: El placer anal puede ser mucho más grande que el placer vaginal, pero

la gente ni lo sabe, ni lo quiere saber porque ni siquiera quieren permitirse la opción de probar. ¿Ves cómo el mundo no sadomaso es un continuo desperdicio de placer?», zanjó. ¡Pues si tú lo dices!, le contesté un poco escéptica. «No te preocupes, siguió él, ya trabajaremos con eso y lo acostumbraremos para ser cogido...» ¡Socorro! Me siento como si él buscase una manera de..., en fin, una manera de conseguir mi trasero con algo que le venga «como anillo al dedo». ¡Glupsss! Nunca mejor dicho, carajo, ¡como anillo al dedo!, nunca mejor dicho...

Estoy aquí, a altas horas de la madrugada, porque no puedo dormir con todo esto, y yo, «la perra de mi AMO», como me llama Sapiens desde que hoy le he dicho que sería «su sumi», ando escribiendo estas cosas que no sé si le enviaré por messenger ahora, o ya mañana...

9ª) Por cierto, escribo porque me lo manda él. Dice que aunque el diario sea un incordio, es importante escribirlo para saber en qué punto está la relación, qué nivel de complicidad existe entre nosotros y qué cosas hacemos bien o mal. Sí, sé que es bueno escribir... Lo único que me preocupa un poco es que últimamente paso en esta historia casi todas las horas de mi tiempo... En fin, como todas las relaciones, ya se normalizará, supongo, aunque será muy difícil compaginar los necesarios diálogos internautas en los que él me ordena cosas durante mi periodo de «doma», con el tiempo que necesitaré para llevar las órdenes a cabo y con la escritura de —y lo digo consciente de la redundancia— este diario ¡diario!

Debo irme a la cama y descansar... La cabeza ya no me da mucho más de sí. Tengo miedo y no lo tengo... Es más, ¿cómo puedo saber qué me está pasando, cuando ya no me cabe ni un miligramo más de novedad y de información? No sé: me imagino que viviendo lo que la vida ha puesto frente a mí o intentando vivirlo, sin más. En fin. Pues en ésas estoy, con el coño depilado y viendo la ropa que mi AMO ha aprobado que me ponga mañana.

10ª) Por cierto, se me olvidaba: cada día debo darle buena cuenta de cómo voy a vestirme porque ÉL debe dar su visto bueno para que pueda o no pueda ponerme algunas cosas. Mañana toca falda corta negra con pantis opacos y camisa del mismo color. ¡Color cucaracha otra vez, como a mí me gusta! Faltan mis aros de plata, ¡jo!...

En fin, con todo eso y mucho más... ¡En éstas estoy!
¿CARPE DIEM, quizás?

Envié mi Primer día como sumisa por correo electrónico en la mañana del día 9 de marzo. Las reacciones no se hicieron esperar:

—Has vuelto a hacerme el hombre más feliz de la tierra.

—Vamos, AMO, no exageres —contesté con un poco de turbación ante una afirmación que me parecía extrema.

—Ni te lo imaginas, perra, ni te lo imaginas. Eres sincera, expones tus dudas, dices lo que piensas, haces bromas... ¡Qué hermoso! Por cierto, sé que hay muchas cosas que no entiendes, pero confía en mí: con el tiempo las entenderás. De momento, ten por seguro que nada es arbitrario.

—Ufffffff, si tú lo dices...

—Por cierto, yo quiero que mi sumi sea feliz, por eso puedes entrar en la sala como AMA-zona, AMA-rilla o AMA-pola cuando te venga en gana, pero sin privados, ¿eh?, y dímelo para que me ría contigo, ¿de acuerdo?

—De acuerdo.

Ya por la tarde, y cuando nada más llegar a casa ni siquiera me había dado tiempo de comer algo o a ponerme cómoda, volvimos a conectarnos por messenger:

—Chingá, perra mía, no hago más que leer y releer tu Primer día como sumisa: ¡qué hermoso es lo que has escrito! ¡Qué hermosa eres tú! Tu AMO te da las gracias por todo, pero quiere ordenarte algo ahora. Dame tu teléfono.

—¡Qué descarado! Claro, aprovechando que ya no puedo negarte nada... ¿Serás AMOniaco? Pues mira, no: ahora vas a ser AMOldable, porque no puedo darte mi teléfono. En todo caso podría darte el número, ¿no?

—Ya estamos de chiste...

—De acuerdo, apunta: 634 27 86 0

—Me falta uno...

—¡Claro! ¿No eras Sapiens? ¡Pues nada, AMO, a averiguar el que falta!

—¿Estás segura? Mira que tendré que castigarte por esto, ¿lo sabes, no?

—Pues AMOrdázame si quieres, pero pronto empezAMOs... A ver, te doy una pista para que el castigo sea leve: el cero no cuenta. Adiós.

Lo siguiente fue leer en mi messenger insultos varios, a los que pronto se unieron comentarios como: *Grrrrrr, son nueve posibilidades y mal empiezo: el 1 es un tipo. Mierda: el 2 está fuera de cobertura. ¡Carajo!: en el 3 hay una contestadora. ¡Qué mala suerte!: el 4 es de una señora mayor... ¿Será posible?, el 5 es otro tipo. Vas a ver, zorra: el 6 es un número que no existe... Tengo un presentimiento: vas a ser el 7, estoy seguro, vas a ser el 7. Además, el 7 es mi número preferido...*

En ese momento sonó mi teléfono y casi me dio un vuelco cuando escuché su voz:

—¿Marta?

—No, lo siento: se ha confundido. No soy Marta —dije impulsivamente y sin ánimo consciente de mentir.

—Perdone —zanjó con educación un contrariado Sapiens.

Aunque en realidad no mentí porque no me llamo Marta sino Paula, no sé por qué hice aquello. Es posible que mi colegio interior me hiciese jugar de nuevo; es posible también que esos nervios que me asaltaron al escuchar su voz, esa voz que me resultó cálida y tierna a la vez, me bloquearan haciéndome decir que no era Marta. Ni lo supe, ni lo sé. Sólo sé que en mi messenger podían leerse todo tipo de sapos y culebras, aunque algunos sapos, y más de una culebra, me gratificaron mucho: ¡Qué lástima!: espero que tú tengas una voz tan bonita como el 7. Hummmmmmmmm, ¡qué voz tenía el 7! Hummmmmmmmm: Qué ganas de coger con el 7. Sigamos... Carajo: otro sin cobertura. Sólo me queda el 9, Marta: ¡a huevo tienes que ser el 9!... Grrrrrrrrrrrrrrrrrrrrrrrrrrrrrrr, ésta me la vas a pagar: te juro, perra mía, que ésta me la vas a pagar... El 9 tampoco es: Joder... Tengo el látigo que echa humo-ooooooooooooo.

—Vale, AMO: Ahora debes elegir.

—¿Aún no te has enterado de que las órdenes las doy yo?

—Si no te ordeno, AMO, sólo te sugiero que si quieres saber mi teléfono, elijas.

—Pero si pregunto por Marta, yo sí te ordeno que me digas que eres tú...

—Prometido, AMO, prometido.

—Bien, pues prepárate porque voy a marcar el 634 27 86 07. Sé que esa maravillosa voz es la de mi sumisa.

Ya no había lugar a más juegos. El celular sonó y la misma voz de antes preguntó por Marta:

—Sí, AMOSAPIENS, soy Marta.

—¡Caraaaaajo! Me vas a matar. Iba a castigarte severamente, pero con esa voz sólo se me antoja ponerme unas alas para llegar hasta tu casa, morderte la boca y darte con la fusta en el culo.

—¡Glups!

—Mira, llevabas razón en lo de que eres una potrilla. Tu doma va a costar más tiempo del que pensaba. En primer lugar me debes obediencia y respeto, ¡no lo olvides!

—Ya, AMO, sí te respeto, pero he pensado que mi placer es darte placer a ti, y a ti seguro que te da mucho placer jugar conmigo. ¿A que sí?

—¡Salvaje! Me vas a hacer estar más pendiente de ti de lo que esperaba... Por cierto, ¿llevas aún la ropa de esta mañana?

—Sí, todavía no me la he quitado.

—Bien, pues túmbate en la cama y ¡ábrete de piernas!

—¿Cómo?

—He dicho que te abras de piernas, zorra.

En ese momento, experimenté otra sensación desconocida hasta entonces. Y conste que no me refiero a los constantes insultos de perra, zorra o puta que, además de ser parte del juego y de este teatro sadomaso, por un lado sólo afectaban al aspecto formal de esta historia, y por otro, no me sorprendieron porque Sapiens ya me había comentado que cuando tiene sumisa, nunca la llama con diminutivos. Tampoco me refiero a la cogida que Sapiens decidió ponerme porque, aunque hubiera sido virtualmente, ya habíamos cogido por messenger. Me refiero al sexo telefónico o ese fantástico revolcón que, siguiendo las pautas de El MAESTRO, nos dimos aquella tarde, excitados, sin duda, no ya por el poder del anonimato sino por el poder erótico de la voz, con esos apasionantes susurros y jadeos telefónicos que todavía me ponen los pelos de punta...

—He dicho que abras bien las piernas, zorra.

—Pero...

—No hay peros. Ahora mete un dedo en el coño junto con el panti.

—¿Cómo? ¿Con el panti has dicho?

—Sí, con el panti... ¡Mete el panti dentro de tu coño! Vamos: clava tu panti en el coño y mete un dedo como si quisieras romper el panti. ¡Hasta el fondo, perra!

—Es que...

—Es que, ¡nada! Haz que el panti roce las paredes de tu coño, haz que te acaricie la vagina con esa textura que tu coño desconoce.

—Pero será muy áspero...

—Ya lo sé. Túmbate, abre las piernas como una langosta y haz que tus rodillas toquen el colchón. Después, ¡mete otro dedo más!

—No...

—Obedece: podrás hacerlo si te dejas llevar y abres muy bien las piernas. ¡Hazlo! No dejes de coger tu coño con el panti. Haz que tu sexo se llene de panti.

—He dicho que noooooooooooooooooooooo.

—¡Vamos, perra, vamos! ¡Es una orden!

—Buffffffff, AMOOOOOOOOOOOOOOO.

—¿Cómo tienes los pezones?

—Me encantaría que los acariciaras...

—¿Cómo que acariciar? Agárrate los pezones y retuércelos mientras te sigues cogiendo el coño con el panti.

—..

—¡Date duro, puta! ¡Cógete para tu AMO! Retuerce los pezones con fuerza. Imagina que mis manos quieren arrancar tus pezones...

—..

—No pares de sentir cómo tu coño se llena de verga, perra...

—..

—¡Vamos, perra! Date duro y tira fuerte de los pezones...

—..

—¡Vamos! ¡Ya te he dicho que es una orden!

—Hummmmmmmmmmmm, AMO. ¡Jálatela tú también!

—La tengo en la mano, perra, y estoy tan caliente que no aguantaré demasiado. ¡Vamos!: sigue cogiéndote y dale tu placer a quien le pertenece. ¡Hazlo y dáselo a tu AMO!

—Hmmmmmmmmmmmmmmmmmmmmmmm.

—Vamos, dámelo. ¡Así, me voy a venir! Vente. ¡Ahora! Vente para tu AMO. ¡Ahora!

—..

—¡Vamos, termina ahora!

—..

—¡Ahora!

—Síiiiiiiiiiiiiiiiiiiiiiiiiiiiiiiiiiiiiiiiiii Yaaaaaaaaaaa-aaaaaaaaaa Síiiiiiiiiiiiiiiiiiiiiiiiiiiiiiiiiiiiiiiiiiiiiii.

—Bien, perra, bien: me gusta que mi perrita se venga para mí cuando se lo ordeno.

—Buuuuuuuuuuuuuuuuuuufffffffffffffffffffffffffffffff.

—¡Me encanta que tu orgasmo y tú hayan sido obedientes!

¿Cómo? ¿Ha dicho mi orgasmo y yo?, pensé. ¿Pero qué dice? ¿No era *Platero y yo*? En aquel momento, después de la broma de turno reparé en esa surrealista orden, consistente en que la sumisa tenga su orgasmo en un momento determinado. Un AMO podrá intentar controlar muchas cosas, pero no las funciones fisiológicas de la sumisa o las que, a veces, ni siquiera ella puede controlar. ¿Acaso el orgasmo no es una función fisiológica? ¿Serán así de prepotentes todos los AMOS, o lo de ordenar el orgasmo es sólo una manía de Sapiens? ¿Intentar manipular la mente para que el éxtasis también obedezca las órdenes referidas a su tiempo y forma, no sería el colmo del control mental? En fin, ya sé que el auténtico sexo está en la cabeza, pero ¿la hazaña no sería digna de inscribirse en el Guinness?

Ante la nueva duda, eché mano de un oráculo muy especial: alguno de los archivos sobre BDSM que tanto me escandalizaron en su día y, más concretamente, a las ya recurrentes cincuenta y cinco reglas de oro de una esclava. Sorprendida, observé cómo una de sus cláusulas resolvía de un plumazo todas mis dudas, al tiempo que las iba transformando en nuevas zozobras difíciles de calificar.

¡Muda! El BDSM volvió a dejarme muda:

Tus orgasmos serán siempre autorizados y administrados por tu Amo y Señor. No tendrás ninguno sin su permiso, que incluso suplicarás cuando estés siendo usada por él. Si incumples esta regla te expones a un castigo severo.

Sin comentarios, me dije. Sin comentarios...

Los fajes telefónicos, que, por cierto, se repitieron a diario, sustituyeron a los cibernéticos. Total: que desde que había entrado en el chat hacía entonces alrededor de quince días, entre algunos mensajes privados que brotaban de la sala de Amos y sumisas, los sueños eróticos con Sapiens, el sexo cibernético del messenger, y ahora el telefónico, estaba cogiendo más que nunca y de formas y maneras tan nuevas, como nuevas me resultaban las posibilidades amatorias del mundo cíber. Pero, eso sí: después de los revolcones telefónicos, Sapiens siempre aprovechaba para agradecer, enternecerse y, de nuevo, ¡volver a ordenar!:

—En fin: ¿estás bien?

—Sí, AMO, muy bien. Gracias.

—Voy a darte nuevas órdenes por el messenger para tu periodo de doma, pero te aviso: he estado toda la noche pensando en lo que te voy a pedir y no creo que te guste mucho.

—No, AMO, latigazos no, por favor... No empieces con el rollo de los azotes.

—No, eso no ha llegado todavía.

—Gracias: eso que gana mi cuerpo...

—Ya te dije una vez que estás equivocada. Algún día entenderás que no lo ha ganado tu cuerpo, sino que tu cuerpo se lo ha perdido. En fin, sigamos: te mando un archivo por messenger y luego lo comentamos.

Yo no quería vivir el rollo de los azotes ni en pintura, pero Sapiens se comportaba respecto a este tema como si me hubiese perdido una fascinante aventura sin igual. ¡Qué locura! De repente, y cuando reflexioné sobre esto, recordé de nuevo aquel chiste en el que el masoquista le dice al sádico: Por favor, pégame, y el sádico, haciendo acopio de su sadismo, le niega lo que más desea cuando le contesta: No. O ese otro en el que de nuevo el masoquista le dice al sádico: Pégame, y el sádico le contesta: De acuerdo, pero le pega su catarro... En fin, por llegar, mi cabeza llegó hasta Almodóvar y a *Átame*, aquella película cuyo título, en imperativo, siempre me pareció un poco sadomaso.

Lo que vino tras el teléfono y el tema de los azotes fueron unas cuantas anécdotas y órdenes que resumí, como pude, en el diario que le envié al día siguiente:

SEGUNDO DÍA COMO SUMISA
(jueves 9 de marzo)

La verdad es que hoy es viernes, muy temprano, pero ya viernes.

Ayer estuve prácticamente todo el día hablando por MSN con AMOSAPIENS y, sobre todo y ya por la tarde y cuando estaba en casa, por teléfono. Sí, sí: he dicho por teléfono porque este aparatito es una de las grandes novedades del día. Sapiens me lo pidió aprovechando que no podía negarme porque ya soy su sumi, y debo obedecerle. No sé por qué lo hice, pero medio en serio y medio en broma, le obligué a averiguar el número porque sólo le di ocho, y no nueve cifras. Claro que ni me entiendo, ni comprendo por qué tras descolgar el auricular le dije que yo no era Marta. Bueno, en realidad no mentí porque me llamo Paula, pero él no lo sabe. Al final me va a costar cara la broma porque me dijo que era muy rebelde y mi doma será difícil... ¿Seré idiota? Ahora lo voy a tener pendiente de mí a todas horas... En fin. Creo que me puse nerviosa al escuchar su voz. ¡Hummmmmmmmmmm! Me encantó, y sobre todo por la tarde y después de averiguar mi número, me encantó más aún con el pedazo de faje telefónico que, sólo jugando con los tonos de la voz, me echó el muy canalla de Sapiens...

¡Es increíble!, pero por hache o por be, por messenger o ya por teléfono, con órdenes y desobediencias o con fajes y abstinencias, se nos pasan las horas como si fuesen segundos... Problema y de los gordos: tanto hablar, conocernos, mandar y rebatir órdenes y etc., etc., que ni él me habló ayer, ni yo le pregunté sobre la ropa de hoy, así que esta mañana cuando fui a vestirme me vino a la cabeza el caos. ¿Qué hacer si todo es tan nuevo? Pues no me hace nada de gracia, pero he optado por ponerme la misma ropa de ayer, aunque con otros pantis, claro... ¡Grrrrrrrrrrrrrrrrrr!

Entre las conversaciones de ayer, destaco estas cosas:

— Que me cae muy bien, y creo que yo a él también.

— Que le encantó lo que escribí en mi diario, y a mí que le encantara.

— Que con un jueguecito infantil terminó conociendo mi teléfono, y casi me da un pasmo cuando escuché su voz.

— Que del sexo cibernético, pasamos al erótico, envolvente y cálido faje telefónico que pone de manifiesto el poder de los susurros y la erótica de una voz…

— Que vinieron cuatro órdenes nuevas, y en concreto dos de ellas no me hicieron ninguna gracia. A saber:

1ª) No me puedo masturbar sin su permiso. ¡Ya estamos con el eterno asunto del «amor propio»! Grrrrrrrrrrrrrrrrrrrrrrrrrrrrrr. La verdad es que con esta orden que, para variar, me pareció arbitraria, no protesté mucho porque no soy muy ¿onanista? Aun así, ¡tiene delito la cosa! De todas formas, volvió a insistir con lo del periodo transitorio o «de doma», además de decirme que ÉL nunca consentirá que «su perra» pase hambre. En eso lleva razón. Cibernética o telefónicamente, me late coger a diario, pero eso me confunde más: si no puedo hacerme chaquetas, ¿por qué no deja de incitarme y mandarme que me las haga, mientras me da las órdenes de ponte así, tócate allá, etc? Supongo que querrá decir que yo no puedo tomar la iniciativa a la hora de masturbarme, pero que ÉL, en cambio, puede cogerme e incitarme a la masturbación cada vez que le dé la gana...

Además, y por el simple hecho de ser su sumisa y ÉL mi AMO, debo confiar en su lógica y su psicología, aunque no entienda nada de nada. En fin. Se supone que ninguna de las órdenes que me da son de esas que no tienen ni pies ni cabeza, pero no sé, la verdad. ÉL me ha pedido paciencia y yo insisto en lo de darle unos votos de confianza, pero con la condición de que pronto pueda entender el porqué de ir sin bragas, depilarme el coño, no poder masturbarme, o ese afán por controlar mis orgasmos, por ejemplo...

Por cierto, parece que mi mente también quiere insistir en el hecho de que al principio y cuando nos conocimos, Sapiens me llamaba por mi nick, es decir, por Marta, aunque con nuestros coqueteos y guerras eróticas, mentales y dialécticas constantes, enseguida me transformé en «perrita», para pasar, justo desde que el miércoles le di aquel sí tan parecido al sí de una novia, a ser su «perra», «zorra» o «puta». Ya tengo claro que lo de puta o zorra es por ese rollo de la humillación que guardan los AMOS en sus cabezas casi como una obsesión, aunque todavía me sorprende observar hasta qué punto me equivoqué con lo de perra. ¡Qué inocente! Yo pensando que tendría relación con la obediencia, pero Sapiens me dice una y otra vez que me llama perra porque le encanta ver a su sumisa a cuatro patas, dispuesta a recibir todo lo que el AMO quiera, y caliente, ¡siempre caliente! Total: ÉL feliz con su perra y yo, partiéndome de risa cuando me llama así porque puedo jugar a ladrarle, contestándole: ¡GUAU!, AMO, ¡GUAU!

Con todo esto, pienso que no es tan descabellado sentirme como una novicia que, al entrar en el convento, ha perdido su identidad anterior, aunque en mi caso, en vez de convento, he dado el sí para adentrarme en la clausura del mundo BDSM. ¿Tendrá todo esto algo que ver con las bromas de la irreverente Clau?

2ª) No sé cómo explicar la siguiente orden que, por cierto, debatimos más que el propio debate de la nación... En un principio, me dijo que no podía disfrutar más que un faje por semana. Entonces le hablé de mi reciente aventura, es decir, de Pedro o ese affaire que a veces me agobia, pero otras me hace tanto bien en una ciudad tan dura y alienante como Madrid. Entre que sí, que no, que más, que menos, etc., etc., me encantó su capacidad de entender la situación y, sobre todo, de que valorara mi sinceridad. Bueno, ¡supongo que por eso es Sapiens! Creo que esta relación nuestra, tan extraña y exclusivamente mental-virtual, por llamarla de alguna forma, nunca debe afectar a terceras personas.

Sólo una cosa tengo clara dentro de esta situación extraña: sé que mi primer límite está en no hacer daño a nadie, y la cibernética experiencia BDSM que estoy viviendo quiero que sólo se quede en mi interior.

Total: entre que sí y no, al final hemos quedado en que soy libre de practicar sexo cuando me venga en gana, con la condición de que le cuente cada uno de mis escarceos eróticos. ¿Será descarado o morboso este AMO? Por cierto, hay algo más difícil aún que una prohibición: ser consciente de que no debo pasarme porque estoy, según me dice una y mil veces, «en el periodo de doma». Prometo no pasarme: esta potrilla promete no pasarse. ¡Jajajajajaja!

¡Ahora bien! El tío no se quedó a gusto hasta que no me dijo una cosa que me dejó las venas como eléctricas: «No olvides que tú eres de mi propiedad y todos tus orificios me pertenecen.» ¿Cómo?, le contesté yo. «Sí, perra, sí: lee el contrato de antaño y verás como es así. Siendo benevolente, a Pedro puedes cederle tu coño porque es mío y yo así lo consiento, pero ni de broma ¿eh?, ni de broma se te ocurra dejarle tu culo. Ese culo también es mío y no se lo cedo a nadie. Sólo yo lo puedo petar...»

¿Petar? A punto estuve de buscar la palabrita en el diccionario, pero preferí no hacerlo para no asustarme más de lo que ya estaba, pensando que petar es hacer explotar. En fin: a estas alturas, ¿habrá alguien que todavía pueda dudar que los AMOS están como cabras?

Una vez más pude entender lo que quiso decir con lo de ciertas «pertenencias», cuando leí ese contrato que nunca firmé, pero que parecía ir entrando en vigor en mi vida, sin que yo pudiera evitarlo:

Tus órganos sexuales no te pertenecen. Como todo tu cuerpo son propiedad de tu Amo y Señor, que dispondrá de ellos a su antojo. En ningún caso podrás usarlos para buscar placer por tu cuenta sin la autorización de tu Amo y Señor.

¡Lo que me faltaba!: ¡Del «amor propio» al «recto proceder»! ¿Pero cómo se me ocurre haber puesto cachondo a un sádico-AMO con lo de mi virginidad anal? ¿Cómo no voy a temblar, si en el famoso acuerdo se ilustraba a las sumisas sobre la naturaleza de «sus orificios», diciéndoles que su coño, su ano y su boca podrían ser cogidos indistintamente? En fin, lo de siempre: ¿dónde comprará Sapiens los tornillos que ha perdido?

No es por nada, pero la orden de no coger, y sus múltiples contraórdenes, dio lugar a una complicidad aún mayor. Por ejemplo: ya sabe que tengo un affaire, pero se supone que no importa porque no es una relación estable. Además, no hay que olvidar que soy sumisa cíber y no sumisa real, aunque personalmente no entienda, ¡ni de broma!, por qué siendo sólo una sumisa virtual diga esas cosas de petar el culo y demás. Provocación: ¿me lo va a petar por el ciberespacio? ¡Jajajajajajaajaja! ¡Huy qué miedo!

En fin, no tengo más remedio que pensar que el BDSM está muy cerca de aquellas teorías de Freud sobre la fase oral y anal o las que, si en su momento se desarrollaron mal, siguen fastidiando la personalidad de alguien durante toda la vida. Porque lo de la fase oral tampoco es broma, si pensamos en otro de los artículos del famoso contrato que trata sobre la verga del AMO o ese órgano que, más que una verga, parecía un dios. ¿Vendría de ahí la obsesión de los AMOS por limpiarles la verga, beber su leche, taladrar la boca de la sumisa y hasta mearse encima de ella?:

La verga de tu Amo y Señor requiere la máxima adoración. Cuando la introduce en cualquiera de tus orificios. Cuando la lames o la succionas. Cuando te la refriega por la cara. Cuando mana chorros de semen. Cuando te rocía con su orina o simplemente cuando está en erección, sea a la vista, o sea oculta.

Y de nuevo en mi cabeza, ¿por qué nadie ha puesto un negocio para vender esas tuercas que perdieron los AMOS en aquellas fases de su lejana infancia? Como esto siga así, ¡creo que voy a pedir una subvención al Instituto de la Mujer!

Sin duda, entre unas cosas y otras nos conocimos mejor y me encantó que, al final, él me contara que también tiene su affaire, aunque no le guste el BDSM y se vean poco porque ella vive en otra ciudad. Al conocer estos datos, entendí por qué Sapiens buscaba desesperadamente una sumisa cibernética. Claro, de esta forma, y practicando una dominación mental, que no por ello está exenta de poder expandirse y alcanzar alguna vez al mundo real, su novia, su sumisa y su BDSM están a salvo... Por cierto: me reafirmo en la idea del principio de que el BDSM es tan intenso, que resulta difícil de practicar o soportar las veinticuatro horas del día y los siete días de la semana. Además, supongo que por eso suele ser parte de una doble vida, de un baúl oculto que algunos sujetos con una cotidianidad, digamos habitual, abren de vez en cuando para experimentar otras sensaciones o para llenarse de chispa, y así coger fuerzas para seguir con la vida normal. ¡Morbo manda!

3ª) También debo cuidar mi postura y mantener la espalda recta, pero eso sí, ¡sin cruzar nunca las piernas! La verdad es que si soy sincera, esta postura me viene bien para no encorvar la espalda, mantener las tetas en su sitio y hasta hacer abdominales sin tener que ir al gimnasio. El problema es vencer la inercia de echar la espalda hacia delante, sobre todo cuando estoy leyendo o frente al computadora... Además, el porte se complica porque, sin la grosería de desparramarme, también debo mantener separados mis muslos en uno o dos centímetros. ¿Tendrá algo que ver esta orden con una de *Las 55 reglas de oro de una esclava* que trata el tema de la postura?:

En presencia de tu Amo y Señor cuida tus gestos, tus posturas y tus movimientos, de forma que resulten excitantes. Descubre tú misma cuándo le apetece verte insinuante y sensual y cuándo desea que seas la más guarra y la más salvaje de las putas.

¡Hummmmmmmmm! Creo que este articulito es de los que más me calientan. ¿Será por lo de «ser la más guarra y salvaje de las putas»? No entiendo nada, pero ¿cómo puedo esperar entender algo, si no me entiendo ni yo?

4ª) Fastidio absoluto: debo pedirle permiso para salir con unos y con otros y hacer o no hacer... Lo cierto es que tiene su morbo eso de poner un mensaje por celular pidiendo permiso a un desconocido, de la misma forma que un niño de párvulos pide permiso a la maestra para ir al baño. «AMO, ¿me dejas ir a cenar con unos amigos esta noche?» Y la respuesta: «¿Sólo amigos?». Y la contrarréplica: «Te lo prometo, AMO, sólo amigos.» Y la conclusión: «Si sólo son amigos, puedes. Me gusta que mi sumisa sea feliz.» Y la cortesía final: «Gracias. Me gusta que mi AMO me ame.»

Acostumbrada a entrar y salir cuando y con quien me dé la gana, me va a costar un montón obedecer esta orden, yo lo sé... Hoy, por ejemplo, con su permiso, claro está, me voy todo el fin de semana a ver a mi familia que vive a casi cien kilómetros, y ayer, después del trabajo en el que últimamente paso mis horas, aunque sin trabajar nada de nada, estuve, de nuevo con su permiso, con mis amigos del alma. Una noche estupenda: cenita rica, casita superbonita la de Fabián y Estrella, música y jugosa charla. A lo tonto, llegué a casa a las dos de la mañana, ¡y eso que no había dormido nada el día antes!...

Resumen: Desde hoy viernes y hasta el domingo que vuelva de ver a mis padres, no tendré más órdenes, aunque debo cumplir férreamente las que me ha dado ya. Por suerte, AMOSAPIENS me ha liberado de las faldas porque le he dicho que en mi pueblo voy al campo, paseo a mi perro y monto en bici. ¡Menos mal! Eso sí, ahora con el celular, si me surge cualquier imprevisto para salir o entrar con quien sea, debo decírselo en un mensaje... ¡Menudo lío! ¿Lo aguantaré?

Por lo demás, fin de semana: Libreeeeeeeeeeee-eeeeeeeee.

Capítulo

8

Amor menguante

Hay quien dice que la luna nueva es el momento ideal para plantar una semilla o iniciar cualquier proceso que debería crecer y dar sus frutos después. Según esta teoría, si la luna es creciente, lo que comenzó y se sembró con la nueva se expande poco a poco hasta llegar al punto álgido que supone la luna llena, o aquel momento en donde todo explota porque llega a su máximo esplendor. No sé si estas conjeturas son ciertas o no, pero sí sé que, al menos en lo que respecta a mi aventura cibernética, las tres fases del satélite se ajustaron como un guante, primero y coincidiendo con la luna nueva, al descubrimiento de la sala de Amos y sumisas; más tarde y con el cuarto creciente, a mi adicción al mundo cíber y a la soltura en el chateo y, finalmente, aunque haciendo el oscuro paréntesis del eclipse, al máximo grado de excitación, influjo y apasionamiento que sentí con Sapiens durante la luna llena.

Siguiendo esta lunática secuencia, el significado del cuarto menguante del satélite parece caer por su propio peso: cuando mengua la luna, también decrece, se relaja, diluye, difumina, y hasta desaparece, todo lo que comenzó con la nueva, se desarrolló en el cuarto creciente y alcanzó su cenit con la luna llena.

Desgraciadamente, mi proceso con Sapiens no fue una excepción y el cuarto menguante hizo de las suyas, aniquilando y arrasando todo con fuerza de tornado rabioso. Porque después de escribir esos diarios en los días en que la luna llena parecía tener intención de empezar a mermar poco a poco, tuvo lugar ese momento en el que metí la pata hasta tal punto, que esta relación acabó casi tan fulminantemente como empezó.

Me produce una tristeza infinita recordar la etapa que tuvo lugar ayer, como aquel que dice, aunque nunca sería justo medir esta historia en tiempo real: primero, por el inevitable aspecto cibernético de la cuestión y, segundo y principal, porque la relatividad del elemento tiempo se ha hecho más que patente, cuando me ha llevado a vivir en menos de un mes cosas que otras personas no vivirán en toda una vida.

Creo que el pasado 8 de marzo le dije a Sapiens que sería su sumisa porque mi intuición me avisó de que ÉL ya estaba cansado de aleccionarme y pasar casi todas las horas del día con una mujer que, pese a tanto afán por aprender y saber, nunca iba a dar su brazo a torcer. Hasta aquí debió llegar mi escasa inteligencia, mi intuición o mi también escasa psicología: a utilizar, quizás no conscientemente, la única y torpe manera que encontré de evitar que terminara la fantástica relación que mantenía con él.

Me equivoqué y mucho porque, aunque lo sabía de sobra, en aquel momento olvidé que Sapiens no era un usuario más del chat, de esos que, momentáneamente, creían que su interlocutor era quien él deseaba encontrar. ¡No, por favor, Sapiens no era así! Sapiens era un AMO de verdad que buscaba a su sumisa con seriedad de BDSM.

Dejándome llevar por la excitación de haber descubierto el mundo del Bondage, la Dominación, el Sadismo y el Masoquismo y, por descontado, viviendo con una intensidad desmedida nuestros coqueteos cibernéticos, hice mucho daño, sin ánimo de hacerlo, entreteniéndome con algo que para ÉL era religión. Me comporté como una niñata que se sentía satisfecha jugando a hacerle creer que era quien él quería, pero sin atreverme a serlo en la vida «de verdad».

Cometí el error, cobarde error, de decirle que sería su sumisa, meterme en el personaje, intentar comportarme como tal y escribir un diario portador de unos datos que sólo eran reales en mi potente imaginación. Una imaginación, por cierto, que me gastaba la loca y mala jugada de llevarme a participar en esta fascinante historia de un modo tan intenso que, sin distinguir y darme cuenta de la diferencia, aquel juego llegó a parecerme real.

Porque es cierto que nunca depilé mis partes íntimas, me arranqué las bragas o me puse aquella falda negra, pero no es menos cierto que cuando escribía el diario o le rebatía a Sapiens las órdenes, no tenía intención alguna de mentirle porque «mi colegio interior» creía en verdad que ya había cumplido aquellos mandatos, o bien no me iba a hacer ninguna gracia cumplirlos.

Cuando al poco tiempo eché la vista atrás pensé, en definitiva, que mi comportamiento había sido como el de un niño cualquiera que termina creyéndose el personaje que recrea con sus juegos. Claro que, además de intentar explicar mi actitud con la teoría del maldito «colegio interior», durante el cuarto menguante del satélite no dejé de buscar otras explicaciones sobre lo ocurrido: ¿me había atrapado la magia cibernética hasta el punto de no distinguir la diferencia entre el juego y la realidad? ¿Era el mundo virtual mucho más real de lo que parecía? ¿Tenía el ciberespacio unas implicaciones que no se podían asimilar fácilmente? ¿O es que me había enajenado tanta novedad sadomaso?

Imbécil, ilusa, torpe, falsa, irresponsable, inmadura, egoísta e hiriente sin pretender serlo... Me merecí todos y cada uno de estos adjetivos, cuando Sapiens, que no era ningún imbécil, me tendió una trampa en uno de esos momentos en los que me encontraba desinhibida, sin corazas y abandonada a las delicias del relax de un fin de semana en el campo. Un mensaje de celular el domingo 12 de marzo inició esta horrorosa cuenta atrás:

—¿Qué hace mi zorra? —preguntó Sapiens en esa pantalla minúscula.

—Tu zorra pasea por el campo y monta en bici, AMO.

—En pantalones vaqueros, supongo...

—Claro, AMO. Durante el finde tenía libertad para ponérmelos, ¿no?

—Sí, perra, pero ten cuidado de que la cremallera no te agarre por los pelos...

—Jajajajajajajaja. ¿Y para qué crees que se inventaron las bragas?

¡Increíble! ¡Qué trampa tan absurda! Porque AMOSAPIENS, retorcido, precavido, controlador y posesivo como cualquier otro AMO, pudo ver a través de un simple mensaje de celular una farsa que, para colmo de ironías, en mi imaginación nunca lo fue, aunque mi respuesta dejase más que claro que ni me había depilado el coño, ni me había quitado las bragas.

El celular dejó de avisarme de mensajes entrantes durante unos minutos que se me hicieron eternos. Supongo, en fin, que mi respuesta enmudeció al AMO del norte, tanto como su mudez generó después la mía, al tiempo que una ráfaga de lucidez me avisó de la metedura de pata. Pero ya estaba hecho. Ya estaba todo dicho, salvo el último mensaje de Sapiens que me dejó absolutamente perpleja: Búscate a otro idiota a quien puedas engañar.

A partir de este momento, le envié un sinfín de mensajes que nunca tuvieron respuesta, como tampoco fueron respondidas las múltiples llamadas a un teléfono que, si Sapiens no desconectó, al menos para mí dejó de funcionar.

Que fui idiota está claro, pero que no hubo mala intención, también. Pensé además que, de nuevo sin querer, debí de tocar a Sapiens algunas fibras de relaciones pasadas o de fracasos de otros tiempos. Y lo creí porque, aunque para él tuvo que resultar horroroso constatar que mi pubis seguía teniendo vello y además iba cubierto con las bragas de rigor, podría haber hablado conmigo, siquiera para intentar distinguir si nunca había cumplido ninguna orden o si, como excepción, me puse ropa interior ese día y nada más. No sé: supongo que intuyó mi mentira, precisamente porque AMOSAPIENS... era ¡Sapiens!

Al mismo tiempo que sentía un tremendo dolor al reparar en que todo se acabó por culpa de mis mentiras, poco a poco también fui consciente de la gravedad de esa farsa a la que, en medio de esa inocencia mezclada con éxtasis, nunca le di la importancia que en realidad tenía. Me refiero a que, una vez más, los archivos de BDSM que Sapiens me envió en su día sirvieron para ayudarme a entender, según otra de las cincuenta y cinco reglas de oro de una esclava, por qué la mentira rompía la complicidad entre el AMO y la sumisa y daba lugar al final de la relación sadomaso:

Confiesa a tu Amo y Señor todo aquello que realices en contra de su voluntad, incluso los pensamientos negativos. Sé transparente porque la mentira o el engaño significarían el fin de tu servidumbre.

¡Se acabó! ¡Todo se acabó por culpa de mi engaño!

No fui consciente entonces, pero si no me había enamorado —cosa que todavía hoy dudo—, al menos sí me había dejado llevar por una situación tan adictiva como el amor, y de una complicidad tan abrumadora con AMOSAPIENS que, cuando se acabó la historia de un plumazo aquel domingo 12 de marzo, sentí el mismo vacío, la tristeza y el abismo que se siente cuando la vida nos asalta con el asfixiante desamor, tan típico de los finales tristes de cualquier relación.

En los primeros días de la semana entrante, no tuve ánimo para ver a amigos o para estar con Pedro, y hasta más de una vez me sorprendí llorando, vagando y buscando sin encontrar a Sapiens por el ciberespacio de los chats calientes. Además, por las mañanas, seguía infartándome cada vez que el letrero naranja y el casi imperceptible ding-dong del messenger me avisaba de que AMOSAPIENS acababa de encender su compu, aunque ni ÉL me hacía un solo comentario, ni yo me atrevía a decirle nada.

Con la luna menguante, y no es metáfora, me sentí enferma: al fin y al cabo, había estado tan excitada anteriormente que además de casi no comer, llevaba cerca de tres semanas durmiendo poco y mal. ¡Todos los síntomas de una mujer enamorada y yo sin darme cuenta! Torpe otra vez..., idiota otra vez..., tonta una y otra vez...

La menstruación, tan lunar como esas fases del pálido satélite que parecían haberse instalado en mi vida con una exactitud meridiana, contribuyó a esta situación de desgaste, debilidad, apatía y tristeza profunda. Mi nostalgia fue tan intensa que me llevaba a desear, con todas mis fuerzas, que ¡ojalá Sapiens durmiese a mi lado y me abrazase la tripa!, para calmar un dolor que aparentemente era de ovarios, aunque en el fondo estuviese situado en lo más profundo de otras vísceras. Más necesitada de cariño que nunca, no entendí por qué pese a tantas y tantas carencias, ni siquiera dejé que me abrazara Pedro, ¡y eso que estaba deseando hacerlo!, aunque la incongruencia me llevó a suponer que no lo consentí porque en realidad no podía abrazarme Sapiens, o quien yo sí quería que lo hiciera.

El proceso de agotamiento y dolor físico culminó con un catarro de los que hacían época. Dos días sin poder ir a trabajar; dos días sin poder dejar de soñar con ÉL, sin poder dejar de pensar en ÉL, sin poder dejar de sufrir por el daño que le había hecho y sin poder dejar de sorprenderme por culpa de los nuevos pensamientos que me asaltaban en medio de un proceso febril.

Entre estos pensamientos que aterrizaban en mi cabeza de continuo, me puso el vello de punta aquel que, de repente, me llevó a desear los azotes de Sapiens como única manera de calmar mi malestar interior. De pronto, me imaginé sufriendo en mi propia piel unos latigazos brutales que, más que hirientes, a la larga me resultaban placenteros, y hasta redentores de una culpa que no me cabía en el alma. Mi fantasía, imparable como casi siempre, también me llevó a recordar por enésima vez nuestros estira y afloja sobre el tema de los azotes:

—¡Salvaje!, ¡insumisa! Porque no estás cerca de mí, que si no...

—¿Qué harías, AMO? ¿AMO-ratarme? AMOrdazarme? ¿Azotarme?

—No lo dudes: de la venda en los ojos y los azotes no te libraría nadie.

—Jajajajajajajaja. ¿Ves las ventajas que tiene ser insumisa? ¡De la que se ha librado mi cuerpo!

—No entiendes nada: tu cuerpo no se ha librado de algo malo, se ha perdido algo estupendo, que no es lo mismo...

Evoqué estos diálogos, junto a una frase relacionada con el dolor que me había llegado a través de aquellos archivos: De todas las ventanas para comunicarte con tu Amo, el dolor es por la que entra más luz. Ya es hora de que comiences a abrirla. De repente, sentí unas ganas locas de abrir esa ventana para comunicarme con Sapiens... A su vez, la necesidad de calmar el horrible malestar que me brotaba de dentro me hizo presa de un impulso difícil de digerir con la razón. Porque sin ser consciente de ello, me sorprendí con el cinturón en la mano y los pantalones vaqueros desabrochados y bajados a la altura de los pies para, al instante siguiente y como un niño torpe que hace equilibrios cuando empieza a andar, intentar también manejar ese instrumento de cuero que me resultaba totalmente desconocido, respecto de otras funciones que no fueran las de adornar mi cintura.

Para mi sorpresa intenté darme, como buenamente pude, algo parecido a unos azotes entre la nalga y el muslo derecho. Los golpes fueron casi imperceptibles al principio, pero no sé qué fuerza interior hizo que, pese a notar un escozor molesto, y hasta una especie de quemazón dolorosa y picante, mi mano enloqueciera y no pudiera dejar de manejar, cada vez con más ritmo y más fuerza, ese gusano que normalmente era un simple ornamento de mis pantalones vaqueros. ¿Cómo podía ser? ¿Por qué los azotes me dolían y me proporcionaban plenitud a la vez? ¿Cómo era posible que quisiera hacerme daño si el dolor siempre va parejo de una conducta de evitación? ¿Por qué, en vez de evitarlos, aquellos golpes parecían liberarme de algo? ¿Acababa de descubrir que el masoquismo vivía en mí?

No fui consciente de por qué paré aquella frenética secuencia de golpes que iban siendo más y más certeros, pero cuando lo hice y me quedé estupefacta con esa extraña reacción que me marcó la piel con esas líneas rojas, que se superponían unas con otras sobre mi nalga blancuzca, no pude hacer otra cosa que temblar. Temblé porque me sentí como una monja de clausura que, tras azotarse para aliviar sus malos pensamientos, consigue deshacerse de ellos gracias a unos golpes de correa o a una mayor opresión de cilicio. Temblé también porque de pronto me vi aliviada y tan satisfecha como si acabase de tener un buen orgasmo, seguido de esa inigualable sensación de plenitud y liviandad que sólo producen los éxtasis apoteósicos.

Pero, sobre todo, temblé porque mi cabeza volvió al acecho: ¡Dios mío! ¿Qué he hecho? ¿Será cierto que soy sumisa? ¿Cómo puede ser? ¿Sapiens llevaba razón? ¿Llevaba razón yo, al pensar que desde antiguo la culpa se eliminaba con el dolor? En esos momentos de malestar interior, ¿ese dolor es más satisfactorio que cualquier otra cosa? ¿Es el sadomaso «una lavadora del alma»? Ya no daba para mucho, aunque mis escasas y limitadas neuronas sacaron fuerzas de flaqueza para leer otra de las ya famosas reglas de oro de la esclava, y verme reflejada como en un espejo en ese texto que tanta relación guardaba con la iniciativa de azotarme:

Ser obediente consiste, es obvio, en obedecer, en hacer aquello que el Amo ordena. Pero no debe con-

vertirse en un mero automatismo despersonalizado.
Los Amos valoran especialmente cuando la sumisa po-
ne interés en realizar bien lo ordenado, cuando inclu-
so toma la iniciativa para satisfacer los deseos con gran
empeño o cuando la sumisa se adelanta a la orden.

¡Cuando la sumisa toma la iniciativa y se adelanta a
la orden! ¿Cómo podía asimilar que acababa de hacer las dos cosas? ¿Cómo entender y entenderme sin
que AMOSAPIENS me explicara lo que acababa de
ocurrir a través de un simple cinturón?

Una vez más, gracias a los recuerdos, mi cabeza se ocupó de evocar un diálogo con Sapiens, al tiempo que no dejaba de analizar con minuciosidad de
microscopio la psicología, la emotividad y el ánimo de los seres dominantes y los dominados, la figura del AMO y la sumisa, y el sadismo y el masoquismo tanto del mundo virtual, como de la vida real:

—Vivimos a cientos de kilómetros. ¿No ves que no
puedo ofrecerte nada? —recordé cómo le había dicho a Sapiens en aquellos momentos en los que todavía no había conseguido arrancarme el sí.

—La gente cree que el BDSM es sólo sexo duro. Es más, hay quien, en su incultura, hasta lo confunde con malos tratos, violencia de género y todas
esas cosas horribles...

—Jajajajajaajajajaaja. Pobre Sapiens: harto de incomprensión sádico se fue con sumi-sa o su-misa a otra parte... —dije, haciendo uno de esos infinitos juegos de palabras que, respecto a este tema y sin saber por qué, me asaltaban cada dos por tres.

—Hablo de cosas tan serias como los malos tratos. ¿No ves que la cosa no es para bromear?

—De acuerdo: perdona... Y no te preocupes por mí: hasta ahí llego y sé que no tiene nada que ver una cosa con otra. En la intimidad de la cama y mientras todo sea consentido entre dos, cualquiera puede hacer lo que le venga en gana.

—¡Cierto! La clave está en el consentimiento mutuo, y ya te dije que nunca puede haber BDSM si no es SSC, ya sabes: Sano, Seguro y Consensuado.

—Ya.

—Pero aún hay más. También te he dicho que el BDSM es una filosofía de vida, ¿no?

—Sí, creo que más de mil veces, AMOOOO-OOOO —contesté nuevamente con guasa.

—Pues en esa filosofía de vida, aunque es estupenda la posibilidad de materializar físicamente el BDSM con todo tipo de ritos, estética y artilugios, aún es más excitante la dominación y la sumisión mental.

—¿Cómo? ¿No te estarás refiriendo a un lavado de cerebro puro y duro?

—Llámalo como quieras, pero no olvides que en la cabeza están las claves de nuestros comportamientos, nuestras tendencias, nuestras inercias. Te aseguro que no hay nada más sublime que poder fundirse con alguien a nivel mental, con el alma, con lo que, precisamente, nunca se ve: ¡ése es auténtico sadomaso!

—¿A nivel mental? ¿Ves como el sadomasoquismo es de-mente?

—Puedes reírte y hacer todos los juegos de palabras que quieras, pero estoy seguro que la sumisión mental es la que, de momento, tú puedes ofrecerme. Por ejemplo: yo me excito con el mero hecho de ver que escribes un diario todos los días para mí, pensando que nuestros cerebros se funden o que nuestra complicidad crece cada vez más y, poco a poco, te obligo a hacer cosas que tú nunca hubieras hecho.

—¡Barbie sumisa al habla!, ¿dígame? Por cierto, AMO, ¿te das cuenta de que no podrías practicar tu particular lavado de cerebro sin las nuevas tecnologías?

—Pues sí, la verdad: internet, el correo electrónico, el celular, la cam, el messenger..., todos son medios que un AMO del siglo XXI debe utilizar en el camino de la dominación mental...

—Lo malo es que como se vaya la luz o se descomponga la computadora, el mundo sadomaso se volverá oscuro por narices: oculto y forzosamente oscuro, diría yo. En fin, AMO, ¿qué podrías decirme de una sumi? ¿Cuál es su-misión? —pregunté con otro juego de palabras.

—Una sumi es feliz haciendo lo que su AMO quiere que haga. Es como si deseara cederle el control de su vida o como si le entregara parte de su voluntad.

—¡Sí claro! Y el AMO siempre tiene razón o lo dice tu AMO y punto redondo... No cuentes conmigo, Sapiens.

—Ya, pero una cosa es la literatura del «yo soy tu AMO» y otra cosa es lo que, por descontado además de eso, un AMO debe ser.

—¿Y qué debe ser?

—Debería ser tu amigo, tu aliado, tu apoyo. Alguien en quien confíes, alguien a quien cuentas tus más íntimos secretos, alguien a quien le lloras cuando nadie puede verte llorar, alguien a quien puedas pedir consejo, alguien a quien siempre tendrás contigo...

—O sea que..., ¿los AMOS se enAMOrannnnnnnnnnn?

—Por supuesto. Y los AMOS también lloran...

—¡Jajajajajajajajajajajaja!

—Los AMOS son hombres antes que nada, y te diré algo: si tienen la suerte de encontrar a «su sumi», nada ni nadie será tan importante para ellos como su sumisa. La sumisa es su tesoro. Es más: sé que tú, aunque oculto todavía, serás mi gran tesoro. Hummmmmmmmmmm: eres guapa, divertida, inteligente y, sobre todo, una buenísima sumisa...

Lloré de nuevo recordando a Sapiens cuando reparé en la absurda naturaleza humana que sólo nos permite valorar las cosas después de haberlas perdido. Puede que este pensamiento llegara a mí, quizás porque sentía más profundamente que nunca un vacío insolente que me invadía por dentro; es más: precisamente aquel vacío fue el que me ayudó a entender, ¡por fin!, todo lo que sentía Sapiens y lo que le bullía por el alma cuando decía que le faltaba el complemento que diera sentido a su existencia. Un complemento que nada tenía que ver con naranjas que debían amputarse y partirse por la mitad, para después pasar la vida en una alienante búsqueda de otra mitad diferente. No, Sapiens se refería a la necesidad de ser siempre un ente entero y pleno, pero con una personalidad que podía crecer y expandirse hasta alcanzar el éxtasis si tenía la suerte de encontrar a su complemento, del mismo modo que un botón cobraba su verdadera razón de ser complementándose con el ojal.

Volví a asustarme elucubrando sobre la naturaleza de mis pensamientos, sobre todo porque si seguían por este camino me harían llegar a una conclusión que no sé si tendría el valor de asumir. ¿De verdad era sumisa? ¿Tantas vueltas y giros de vida para esto? ¿Cómo podía admitir que era sumisa si mi rebelde y salvaje interior sólo me permitía pronunciar la palabra insumisión? Definitivamente, el ser humano posee varios frentes abiertos que, al mismo tiempo, hablan idiomas diferentes: la razón dice una cosa, el corazón se expresa con otros ritmos y, finalmente, el sexo puede moverse con otro tipo de parámetros. En fin. ¡Qué hermosa es cualquier historia cuando esos tres focos se ponen de acuerdo! En lo que a mí respecta, pensé que mi corazón e incluso mi sexo parecían decir que sí a AMOSAPIENS, pero mi cabeza y su encorsetada razón lo negaban rotundamente, aunque ni con mis continuas negativas dejaba aquel AMO del norte de estar al acecho:

—Mira: te he dicho mil veces que mi intuición no suele fallarme en estas cosas, y sé que tú eres sumisa. Además de las mejores, por eso, como las mejores, no te dejas atrapar por cualquiera.

—Y yo también te he preguntado mil veces en qué te basas para decirme algo así...

—Quieres saber todo lo que un amo te puede enseñar. Crees que estás jugando, pero en el fondo necesitas aprender para luego dar. Todo esto y mucho más me demuestra que quieres ser sumisa, pero también, como a las mejores, te cuesta dar el salto. Sé que cuando lo des, nadie podrá pararte. Te entregarás como ninguna otra se podrá entregar a un AMO.

—Bufffff. No sé si excitarme, escaparme o llorar...

—Espero que ese día llegue y recuerdes las palabras de este humilde AMO: VIVE, NO TE ENCIERRES, VIVE LA VIDA. Conócete y lánzate a disfrutar de aquello que en el fondo te da placer. Disfruta de servir a tu AMO.

—Sí, claro... Y yo me chupo el dedo: ahora me vienes con humildades y consejos de lobo con piel de cordero...

—Voy a hacer como que no he leído nada y te repetiré lo único que importa: el día que por fin te decidas, yo sé que harás muy feliz a quien sea tu AMO, pero eso sí, tiene que ser el mejor. Nunca te perdonaría que no fuera el mejor...

—¿Ah, sí? ¿Y cómo puede una novata como yo distinguir, primero, si es sumisa y, segundo, que ese AMO es el mejor?

—Jajajajajajajaja. No te preocupes por eso: lo sabrás, te aseguro que lo sabrás. Ya verás cómo, cuando llegue tu momento, lo sabrás.

—Ahora soy yo la que no se ríe: quiero saber por qué se puede saber. ¿Aparecerá con un letrero en la frente, con un clavel en la solapa o con el periódico debajo del brazo y como preparado para ser reconocido en una cita a ciegas?

—¡Carajo con esta niña! Además de bromista, todo lo quiere saber al mismo tiempo...

—Porfa, AMO, dímelo...

—Está bien: el día que tu coño palpite pensando en él, escuchando su voz, leyendo sus mensajes o recibiendo cualquier orden u otra cosa que venga de él, entonces sabrás que ése es tu AMO.

Mi coño palpitó recordando a Sapiens, hasta el punto de que me pareció sentir el latir de un corazón loco y su tic-tac de diástoles y sístoles repartidas entre mis labios mayores y menores, el clítoris y la vagina. Recordé entonces otro de los apartados de las cincuenta y cinco reglas de oro de una esclava que, una vez más, parecía describir a la perfección todo lo que yo estaba sintiendo por Sapiens:

Demuestra a tu AMO sin ninguna reserva que estás hambrienta de su verga y de su fusta. Venerarás los instrumentos con que tu Amo y Señor te someta a su disciplina con la misma reverencia con que adorarás su verga.

Pensar desaforadamente en la verga y la fusta de Sapiens me excitó con tal intensidad que no pude evitar desear hacerme una chaqueta con todas mis fuerzas, recordando la primera que él, otra vez cibernéticamente hablando, me guió y ordenó hacerme según la iba leyendo por la compu de mi trabajo el día 8 de marzo, al segundo siguiente de haberle dado mi falso sí.

Fui a mi computadora, la encendí y, entre los archivos guardados, busqué ese diálogo erótico que tuvo lugar tras mi afirmación impostora, justo cuando él debió de sentirse con derecho a llamarme mi sumi, perra, zorra, puta u otros piropos que, en vez de molestarme, me hacían gracia y hasta llegaban a excitarme, o justo cuando también me había ordenado ir al baño no a quitarme, sino a arrancarme de un tirón las bragas.

Sólo hice dos cosas después de encontrar aquel archivo que era uno de los pocos recuerdos que me quedaban de él. Creo que lo guardé en su momento para, cuando estuviese sola, recrearme con cada una de las líneas que daban consistencia a la conversación y a una chaqueta cibernética que entonces no fui capaz de asimilar. Leí esas líneas, pero al mismo tiempo, ¡y esta vez de verdad!, intenté ir obedeciendo cada uno de los mandatos que contenían, aunque reconozco que en esta ocasión tampoco me fue posible cumplir la totalidad de aquellas órdenes eróticas...

—¿Ya te has arrancado las bragas?

—Sí.

—Bien. Tu AMO te lo agradece, pero cierra la llave del despacho.

—Jajajajajajaja. ¡Más me vale! Ya lo había hecho.

—Bien, ahora baja tu pantalón y abre bien tus piernas.

—¿Perdón?

—He dicho que abras bien las piernas, perra. Acaricia los labios de tu coño, pero sólo los labios.

—¿Cómo dices? ¿No has desayunado bien? ¿La preprimavera te está trastornando?

—¿No sabes leer? Lo que lees es lo que es... Quiero que te acaricies hasta que tu coño chorree: acaríciate tu ombligo, y de ahí a tu culo, y de tu culo, a tu ombligo, pero deteniéndote en los labios... ¡Ah!, y con la otra mano agarra tu clítoris. Agárralo con dos dedos y tira con fuerza del clítoris como si quisieras arrancarlo para entregárselo a tu Amo. Tira con fuerza...

—...

—No dejes de subir y bajar tu mano. Tira con fuerza de tu clítoris... ¿Cómo está tu coño, puta?

—...

—Sigue tirando de tu clítoris, y mete dos dedos en tu culo. De un solo golpe. ¡Vamos, perra!

—¡Noooooooooooo! Eso jamásssssssssssssssssssss.

—Mételos en tu culo... ¡Vamos! ¿Por qué no?

—Me da ascooooooooooo. ¡Y seguro que debe doler un montón!

—Bien: entonces intenta con cuidado sólo un dedo...

—He dicho que nooooooooooooooooooooooo.

—Vamos, perra: no pares de tirar de tu clítoris. ¿Has metido un dedo en tu culo?

—Nooooooooooooooooooooooo.

—Coge flujo vaginal y utilízalo de vaselina para meter un dedo en tu culo y dos dedos en tu coño. Luego sácalos de tu coño y vuelve a tu culo y de tu culo a tu coño, sin parar de tirar de tu clítoris. Vamos, perra: mastúrbate para tu amo y tira fuerte de tu clítoris. Con fuerza, perra.

—..

—Sigue del coño al culo y del culo al coño. Abre bien tu culo para que te entren dos dedos. Así, perra, así: dedéate el coño con dos dedos y el culo también.

—Para yaaaaaaaaaaaaaaaaaaa. He dicho que lo del culo, ¡nooooooooooooooooooo!

—Vamos, perra, date duro para tu amo, zorra, con fuerza... Clava hasta el fondo tus dedos y no dejes de ir del culo al coño y del coño al culo...

—..

—Quiero que sigas haciéndolo sin descanso, perra. Vamos: arranca tu clítoris y dáselo a tu AMO.

—..

—Vamos, perra: dale tu placer al AMO, dale a tu amo lo que le pertenece, dale tu placer, perra...

—...

—¡Vamos!

—...

—¡Vamos!

—...

—¡Ahora!

—...

—¡He dicho ahora!

—..........................YYYYYYYYaaaaaaaaaaaa.

—Bien, perra, bien: me gusta que mi perra se venga para su amo.

—Buffffffffffffffffffffffffffffffff.

—¿Qué pasa, zorra?

—:..

—Eh, perra: ¿qué pasaaaaaaaaaa? ¿Por qué? ¿No te ha gustado, perra?

—Sí.

—¿Y qué creías? ¿Que sólo sabía escribir?

Recrear aquella chaqueta y atreverme a vivirla en la realidad me gratificó con creces. Y no sólo porque mi orgasmo acababa de ser más verdadero que nunca, sino porque me sentí como si hubiera cumplido con mi conciencia, tras haber aprobado una especie de asignatura pendiente.

Después de mi auténtico, pero solitario éxtasis, me di cuenta de tres cosas. Primera: lo de arrancar el clítoris, evidentemente era una simple metáfora de mal gusto, aunque no dejaba de mostrar el afán autoritario y posesivo de Sapiens que, quizás como otros sádicos, necesitan saberse propietarios de una de las joyas más valiosas del cuerpo de una mujer. Segunda: Sapiens era un claro ejemplo de aquella obsesión por el placer anal que existe en las relaciones sadomasoquistas, y de la que tanto me había hablado. Tercera: yo seguía siendo muy desobediente respecto a ¿cómo llamarlo?, ¿eterno asunto del culo, quizás? Sólo sé que no hubo manera de cumplir las órdenes relativas a ese tema y a otros mandatos de Sapiens, porque seguían resultándome repulsivos cuando los leí en aquel archivo:

—Bien, ahora vete acostumbrando a una cosa: cuando limpies tu coño, lo harás siempre con tu mano.

—¿Cómo?

—Y cuando te hayas limpiado el coño limpiarás tu mano con tu lengua. Limpiarás con tu mano el coño y con tu lengua, tu mano...

—¿Perdón? ¿El orgasmo te ha trastornado? No esperarás que cada vez que haga pis...

—Jajajajajajajajajajajajajajajaja. No te preocupes, ¡por ahora no!

—¿Cómo que por ahora? ¡Qué jodidamente sádico eres!

—Sólo cuando te masturbes. Necesito que te vayas acostumbrando al sabor de ciertos fluidos corporales.

—Puagggggggggggggg. ¡Qué asco!

—Por eso, por eso... Nunca se sabe si lo cíber puede convertirse en real algún día...

—Con razón me decías que el BDSM es un mundo aparte.

—Bien, lo has hecho muy bien: ahora relájate. ¿Tuviste un buen orgasmo? ¿Crees que tu amo sirve para algo más que para escribir?

—Sí, te lo aseguro, AMOchulo: te aseguro las dos cosas... Aunque te desobedecí en una cosa.

—Tu culo, lo sé, pero poco a poco iremos acostumbrándolo a ser cogido y verás cómo luego no te dolerá... Recuerda que en el mundo sado, se valora mucho el placer anal.

—¡Socorro! Eso me da pavor... Verás, es que no te hice caso porque...

—Lo sé. Sé que no lo hiciste.

—¿Por qué lo sabes? ¿No estarías debajo de mi mesa?

—Jajajajajajajajaja... Lo sé porque tu culo aún no acepta ni medio dedo, ¿me equivoco?

—Oye, deja ya de espiarme, ¿eh?

—Jajajajajajajaja. No te preocupes: con el tiempo lo harás porque juntos haremos ejercicios para eso.

—Pues ahora tengo dos opciones: o desaparezco al tiempo que digo SOCORRO, o ni pienso en esos ejercicios que vendrán como anillo al dedo, ¿vale?

—Jajajajajaja. De acuerdo, no lo pienses. Pero por ahora, sólo por ahora.

Como esta vez tampoco le hice caso en lo de limpiarme con la lengua, me tranquilicé pensando que de sumisa, lo que se dice de sumisa, yo no tenía más que esa raíz sintáctica que coincide con la palabra insumisa. El problema es que ni mis nuevas evasiones mentales revestidas de gramática pudieron evitar que las palabras de Sapiens siguieran retumbando en mi cerebro como ráfagas de ametralladora:

—La verdadera sumisa es la que disfruta dando placer a su AMO...

—¿Aunque sea a través del dolor?

—Sí, sobre todo a través del dolor. Ya te dije que yo he visto cómo más de una se ha desmayado de placer o cómo ha llegado a correrse sólo con el hecho de sentir el látigo alrededor de su cuerpo, aunque todavía nadie lo había hecho caer sobre él.

—¡Joder, no puedo evitarlo! Eso me sugiere un epitafio.

—¿Un epitafio?

—Imagínate esta tumba: RIP, RIP, RIP, ¡Hurra!

Bueno, o si lo prefieres, esta otra: ¡Ay si hubiera sabido que en esto consistía matarse cogiendo!

—Jajajajajajajajajajajajajaja.

—Perdona, Sapiens, perdona: ya sabes que cuando me pongo nerviosa me da por decir tonterías.

—Al margen de tus bromas, te diré que la mezcla de ese dolor con el placer de estar dando placer es lo que la conduce al éxtasis.

—¿Y a la inversa?

—Por supuesto: el sádico del AMO, y no importa que lo llames así, causa dolor porque a él le gusta, pero sobre todo porque sabe que a través de ese dolor va a hacer muy feliz a su sumisa.

—¡Ea!: Y fueron felices y se hicieron cicatrices...

—¡Eres lo máximo, sumi! ¡Eres lo máximo!

Todo me resultó hermoso y retorcido a la vez. Hermoso porque el objetivo de la relación entre un AMO y una sumisa era llegar a niveles de confianza y sinceridad mutua que parecían ser la clave de todo o de complicidad, complementación y éxtasis, que rara vez se darían en otro tipo de relación. Pero también es cierto que todo me pareció retorcido. Sobre todo cuando recordé una duda ya antigua: si, por ejemplo, a una sumisa le gusta que le acaricien el clítoris, ¿el AMO que quiera satisfacerla se lo acaricia para darle placer, o precisamente para darle placer haciéndola sufrir, deja de acariciárselo?

La compleja naturaleza de la sumisa volvió de nuevo a mí, a través de uno de los ya famosos y familiares archivos:

Las sumisas son mujeres sexualmente complicadas: necesitan de un nivel de excitación y activación muy altos para lograr el placer. Sin embargo, una vez que encuentran un Amo que sepa someterlas, lo alcanzan a un nivel casi místico...

Después de leer aquel texto, volví a llorar porque sentí con una intensidad escalofriante que una parte de mí, que hasta hacía poco me había hecho sentir completa y bella, había desaparecido dejándome huérfana del único ser que podía conducirme a ese misticismo.

La palabra compensación me atormentó y me llevó a cuestionarme otra vez si SAPIENS u otros AMOS curaban complejos o equilibraban una baja autoestima a fuerza de dominación, control y posesión. Y más preguntas: ¿los hombres con complejo de verga pequeña utilizarán coches o motos estrambóticas y cada vez más llamativas y grandes según esa relación inversamente proporcional al tamaño de su miembro? ¿Los más agresivos, gritones y maleducados tendrían problemas relacionados con este escabrosillo asunto? Y los AMOS muy pegones, ¿eran así porque tenían una verga enana?

Abandoné estas cuestiones absurdas, no sin antes detenerme en un breve intento de análisis de la psicología de una sumisa y, al contrario que en el caso del AMO, también pensé en su soledad anímica o en la posible prepotencia de una esclava que, para equilibrar su personalidad, necesita liberar esa culpa inconsciente a costa de ser humillada. En fin, creo que fue inevitable intentar zanjar este asunto a través de tres conclusiones. Primera: el imbécil de mi jefe, con su prepotencia, su comportamiento ególatra y narcisista, su endogamia, sus voces y sus humillaciones a la mayoría de los trabajadores de la editorial necesitaría varios AMOS y AMAS para que le bajaran sus humos. Segunda: ¡lo que darían en la editorial por verlo desnudo y a merced del látigo, los tacones de aguja y el cuero de una auténtica Dominatrix! Buff, ¡qué personaje tan fascinante el de una Dominatrix! Conclusión maestra (y fuera bromas): quien ha sido prepotente necesitará compensar su prepotencia y su ego con humillación, en tanto que quien se siente humillado pedirá a gritos dominación.

¿Y yo?, me pregunté. ¿Quién soy yo? ¿Cómo soy? O mejor dicho, ¿cómo he sido realmente? Después de mucho pensar, mi particular moraleja me dejó algo más que perpleja: la prepotencia medio inocente, pero no por ello menos dañina, que derramé sobre Sapiens al jugar con el BDSM fue la que me llevó a pensar con todas mis fuerzas que, en ese preciso instante, me excitaría más que nada darle placer a costa de ser humillada o de lo que fuera necesario, con tal de eliminar mi malestar logrando su bienestar.

A partir de esta deducción, lo demás cayó por su propio peso: mi casa fue testigo de cómo dormí y anduve desnuda y descalza por sus pasillos, o de cómo preparé la ropa para el día siguiente y, puesto que ya había terminado con la regla, acudiría al trabajo sin bragas, con una falda negra y pantis opacos con camisa del mismo color. ¡Y sin pendientes ni maquillaje, claro! Durante tres días y sin que ni siquiera Sapiens lo supiera, me comporté como aquella sumisa-sola que, en las fases de luna nueva y creciente de mi chateo, apareció junto al opuesto nick de AMA-zona.

Para mi sorpresa, la insumisa que se escurría de las órdenes de un AMO a través del juego y la risa se convirtió en una extraña sumisa-sola. ¿Me daría la soledad alguna posibilidad de saber quién era?

Capítulo

9

Nueva sumisa-sola

Aquí estoy de nuevo! Escribiendo un diario un jueves por la tarde, casi noche, y cuando una asquerosa luna menguante ha desaparecido para ceder, ¡por fin!, protagonismo a la esperanzadora y casi imperceptible lámina de la luna mora. O también el día en que, sin que nadie me haya obligado o manipulado para hacerlo, parece que me he convertido en una especie de insumisa sumisa, sumisa insumisa, «sumisa-sola» o como aquel antiguo nick, y su respectivo personaje cabizbajo y triste porque nunca encontraba un AMO de verdad, que yo utilicé de broma en las primeras fases de mi chateo.

No puedo saber cómo catalogarme en lo que respecta al mundo sadomaso, porque ahora me entiendo menos que nunca. Por ejemplo, ¿cómo puedo

241

explicar que ayer me diera unos azotes yo sola y sin que nadie me lo ordenara? Sé que por lo menos puedo decir que ya he probado esa sensación «del cuero» de la que Sapiens tanto me hablaba, pero de ahí a comprender que me azotara irreflexivamente, hay un abismo...

Si intento racionalizar, creo que el dolor interior de echar de menos a Sapiens más de lo que me pareció poder soportar fue lo que me hizo buscar un dolor físico intenso, para distraer aquella molesta sensación del alma a través de un dolor fuerte en el cuerpo. Claro que también es posible que lo hiciera porque a esa nostalgia paralizante se le adhirió un remordimiento de conciencia y un sentimiento de culpabilidad insoportable, surgido quizás por no haberme tomado en serio la filosofía de vida de AMOSAPIENS.

Esa tunda de azotes que mi cinturón de cuero y mi escasa habilidad masoquista hicieron caer sobre mi nalga y muslo derechos, en vez de asustarme, amilanarme o molestarme, pareció liberarme de un monstruo invisible que me proporcionó una liviandad tan difícil de explicar como la que aterriza en el alma tras un buen orgasmo.

Ser o no ser sumisa, ¡ésa es la cuestión! ¡Si Hamlet levantara la cabeza! Ni siquiera con la muestra evidente de los azotes quiero o puedo decidir nada al respecto: mi cabeza me impide reconocer lo que mi corazón, ¡sólo a veces!, parece querer gritar. Por otro lado, y para colmo de desentendimiento, mi sexo ha deseado la verga y la fusta de Sapiens con más intensidad que un niño caprichoso desea un helado una tarde de verano.

Hablando de deseo: creo que también ayer la cota de lujuria alcanzó unos niveles tan elevados que, de nuevo un impulso incontrolable, me hizo ir a la computadora y buscar el archivo del messenger del día 8 de marzo, cuando acababa de decirle «sí» a Sapiens y me mandó arrancarme las bragas para después seguir al pie de la letra unas «instrucciones-chaqueta». ¡Hummmm! Esta vez me masturbé de verdad y sentí como si con esa paja que me iba haciendo al tiempo que la leía en la pantalla de la compu cumpliese con una especie de asignatura pendiente. Por cierto, salvo por el ya incordiante y monotemático «asunto culo», puedo afirmar que me lo pasé más que bien...

En fin. ¿Qué puedo ser o no ser, si una fuerza me tira del brazo derecho y otra del izquierdo? ¿Acaso lo mejor no es intentar vivir lo que siento como buenamente pueda aunque no encuentre una etiqueta que me catalogue de AMA o sumi? De todas formas, personalmente y como de jugar se trata, me sigue gustando más la idea de un mixto, una especie de sumisa insumisa, una AMA-zona y una sumisa porque «si el mundo es yin y también yang, la vida me parece absurda si nos obliga a elegir entre Jane y Tarzán».

Sé que también estoy aquí, primero, por la cobardía de que nadie se va a enterar: pienso callarme y no dar mi brazo a torcer en algo que mi cabeza aún no puede asumir. Segundo, por la libertad de experimentar sin la coacción de tener que cumplir y plasmar en un diario unas órdenes que no entiendo, y tercero, por una simple cuestión de carácter. Desde pequeña he sido dócil como un corderito cada vez que me explicaban por qué debía hacer las cosas, pero también es cierto que siempre me he negado a hacerlas si me las imponían sin entender el porqué.

Creo que he necesitado saber qué se siente siendo sumisa, pero sin presiones, sin órdenes y con esa docilidad infantil mezclada con rebeldía, que ha sido una tónica en mi vida cada vez que mi cabeza, más autodidacta que otra cosa, ha ido asimilando todo cuanto la rodeaba.

Un último detalle: desde los azotes y la «retrasada pero certera» chaqueta cíber, parece que me ha dado otro de esos arranques raros porque me he desnudado y descalzado, para poder andar así de liviana por la casa mientras preparaba la ropa que iba a ponerme para el trabajo del día siguiente. Por cierto, como ya he terminado con la regla, mañana pienso acudir a la editorial sin bragas, aunque con medias opacas, claro y, por descontado, con la vestimenta que en su día aprobó Sapiens: minifalda negra y camisa a juego, sin pendientes ni maquillaje, naturalmente...

El viernes 18, acudí al trabajo vestida de cucaracha. No me importó porque no mentí en mis primitivos diarios cuando escribí que el negro es el color del BDSM y, curiosamente, también el de mi armario. Me planteé, no obstante, si el color negro era un gusto personal de Sapiens que, ¡para colmo de simbiosis!, coincidía con mis gustos en cuanto a color preferido o, por el contrario, era el color con el que debían vestir las sumis durante su periodo de doma. Llegué a la conclusión de que las dos opciones eran correctas: el negro era un color que a Sapiens le encantaba, porque me lo comentó más de una vez y, en otro orden de cosas, podía coincidir que las sumis vestirían muchas veces de negro durante su doma porque también Sapiens me comentó que, en las ceremonias de BDSM, cuando se proclama oficialmente la condición de sumisa de alguien que ya ha superado el periodo de doma, a la nueva esclava se la viste con una túnica blanca como símbolo de pureza y de la nueva etapa que surgirá tras esta preciosa iniciación. ¡Qué irónico, oculto y opuesto a otras realidades es el BDSM! Normalmente, el blanco es el color de las novicias y las doncellas, que sólo lo sustituirán por otros colores como el negro cuando se conviertan por fin en monjas o mujeres casadas. En cambio, en el mundo sadomaso, el negro, entre otros, puede ser el color de la doma de la sumi, que sólo se vestirá de blanco cuando, ¡por fin!, sea una sumisa completamente domada y, por consiguiente, un ser puro que, a través del placer y el dolor, abrirá una ventana luminosa para comunicarse con su AMO.

He de decir que, además de vestida de cucaracha, el viernes también acudí al trabajo sin bragas. Y, no es por nada, pero con el roce continuo del panti sobre mi sexo, entendí por fin a cuento de qué venía la orden de Sapiens de prohibirme el uso de cualquier cosa que tapara mi coño: desde los pantalones, hasta esas fajas que no me había puesto en la vida, o las bragas y las tangas.

Creo que también entendí el porqué de esta orden: las mujeres estamos tan acostumbradas a proteger esa parte de nuestra anatomía, bien con la ropa interior, bien con el cruce de piernas o bien con las dos cosas, que de haber seguido con estas inercias una vez que se decide ser sumisa de verdad, hubiera resultado más que difícil que se recuerde la nueva condición y su diferencia con la anterior. En cambio, y al menos en mi caso, sin bragas o con el incómodo panti rozándome el coño a todas horas, también a todas horas recordaba a la fuerza a AMOSAPIENS. ¡Segunda antigua incongruencia, ya comprendida! No está mal...

A su vez, mientras estaba trabajando frente a la computadora o intentando leer los plúmbeos manuscritos de los esperanzados autores noveles, hice el esfuerzo de colocar mi espalda recta, no cruzar las piernas y mantener entreabiertos los muslos uno o dos centímetros. Vencer la inercia de encorvar la espalda o cruzar las piernas fue casi imposible, pero me consoló el hecho de haberme propuesto que, al menos mientras fuese consciente de ello, intentaría con todas mis fuerzas mantener ese equilibrio postural. Por cierto, creo que también le vi un sentido a esta orden, que antaño también me pareció arbitraria: con la espalda recta mis senos se realzaban y mi figura resultaba mucho más atractiva que con otras posturas. No es por nada, pero en *Las 55 reglas de oro de una esclava* se hacía hincapié en que una sumisa debía intentar mantenerse en todo momento «atractiva y apetitosa» para su AMO y Señor. Ahora bien: supuse que el principal sentido de esta postura estaba en los dos centímetros de separación de los muslos porque una buena sumi debe mostrarse siempre dispuesta y expuesta para su AMO, y con aquella pose, que por descontado no llegaba a la ordinariez del desparrame, la sumisa da a entender al AMO que está receptiva y preparada para lo que ÉL quiera.

Bien. ¡Tercera orden entendida! y, tercera vez que una de aquellas cincuenta y cinco reglas volvía a apoderarse de mi consciente y hasta de mi inconsciente:

El poder y la autoridad de tu Amo y Señor te infunden temor y respeto. Su sabiduría y su perverso refinamiento te fascinan.

Después de leer aquella misiva, llegué a una nueva conclusión: nunca se lo podría decir, pero AMOSAPIENS me había fascinado, ¡y mucho! Mientras pensaba en Sapiens a todas horas, bien porque la nueva pose me recordaba a ÉL, o porque la costura del panti no hacía más que avisarme de su existencia, bordando aquel dicho de que el roce hace el cariño, pensé también que esta vez nadie iba cargar con las nefastas consecuencias de mis indecisiones y dudas. Con una idea pasé el resto del día: aunque fuera doloroso, en cuanto llegase a casa llamaría a Pedro para volver a decirle que necesitaba estar sola porque me encontraba cansada y confusa. De esta manera, ni le haría sufrir más de lo necesario implicándolo en una historia que no controlaba ni yo, ni tampoco mantendría relaciones sexuales con él, entre otras cosas porque Sapiens no quería que lo hiciera más que cuando ÉL daba su consentimiento.

Además, supe que no podría soportar otra vez que terceras personas pagaran los platos rotos de mis indecisiones y mis juegos y, por otro lado, si le decía a Pedro que necesitaba estar sola, en realidad no le mentía: sola para pensar qué me pasaba. Sola para recordar a Sapiens hasta el punto de necesitar masturbarme pensando en él. Sola, en fin, como una sumisa sin AMO, y con el mismo vacío que el MAESTRO sentía y expresaba diciendo que un AMO sin sumisa es como un jardín sin flores.

Y ello no significaba, ni mucho menos, que tuviese clara mi condición de sumisa, pero creí que no hacía daño a nadie si me animaba a vivir de verdad esta experiencia, sin incentivar expectativas ajenas que no podría cumplir sin engañar a otros o, lo que es peor, sin engañarme a mí misma. Claro que tampoco quise declararme nada de nada abiertamente, porque también pensé que la etapa que estaba viviendo como sumisa-sola podía ser parte del juego, e incluso parte de esa niña malcriada, que se quedó a mitad de su lúdico éxtasis y, contrariada, unos días más tarde quería recuperarlo para deshacer la madeja entera y vivirlo hasta el final.

Volví a casa después del trabajo, y la idea de Sapiens se fue haciendo más y más intensa, esta vez por culpa del coche. Sin duda, llegué peor de lo que salí porque la horrorosa costura del panti se clavó en mis intimidades durante el tiempo que estuve conduciendo, hasta el punto de que cuando por fin pude abrir la puerta de mi casa, otro instinto se apoderó de mí: me desnudé y descalcé compulsivamente, al tiempo que abrí el grifo del agua caliente para darme un baño de espuma y así pensar tranquilamente en mi extraña y nueva realidad.

Lo que ocurrió a partir de entonces, lo plasmé cuando unas horas más tarde hice mis deberes; es decir, cuando escribí el diario correspondiente al día que acababa de vivir.

SEGUNDO DÍA COMO «SUMISA-SOLA»
(viernes 17 de marzo)

Hoy sí que me he pasado de la raya en lo de intentar comportarme como una sumisa. Entre otras novedades, destaco que me he vestido como a Sapiens le gustó que me vistiera en los días de mis mentiras y, ¡oh sorpresa!, he ido al trabajo sin bragas, y para colmo de mis afanes en no se sabe qué, he prestado atención para poner la postura que el AMO de Oviedo me comentó; es decir, espalda recta y muslos entreabiertos. Lo mejor de estas experiencias no es haberme atrevido a vivirlas sino, al menos para mí, el hecho de que viviéndolas, he entendido el porqué de unas órdenes que antaño me parecieron arbitrarias y como un «cruce de cables» de un AMO en el que no confié. Sin duda, AMOSAPIENS quiso que recordara mi nueva situación de sumisa en periodo de doma con hechos tan sencillos y cotidianos como unas bragas o una postura.

Una cosa: tanto ayer como hoy he intentado comenzar una nueva traducción y ponerme al día respecto a los manuscritos que tengo pendientes, pero parece que siendo «sumisa-sola» tampoco logro concentrarme, aunque, esta vez, la imposibilidad de trabajar no tiene que ver con la anterior adicción-locura-Sapiens. Creo que trabajo poco y mal porque en cuanto me encuentro frente a una computadora, en vez de chatear, decir tonterías en la sala de Amos y sumisas o jugar con Sapiens, me dedico a indagar en Google y en los cientos de blogs y páginas de sadomasoquismo que encuentro por la red. Sin duda, es más que ilustrativa esta biblioteca virtual porque, en un abrir y cerrar de archivos, me permite leer los diarios de sumisas, relatos sobre sus experiencias, los contratos que firman tras su periodo de doma, las famosas cincuenta y cinco reglas de una esclava y hasta una extraña lista, redactada con tono de «Declaración de derechos humanos», que enumera de la A a la Z los derechos de la sumisa: 1º) Tienes derecho a ser tratada con respeto. 2°) Tienes derecho a estar orgullosa de lo que eres. 3°) Tienes derecho a sentirte segura. 4°) Tienes derecho a sentir, etcétera, etcétera.

Cuestiones inevitables: la existencia de una lista sobre los «derechos de la sumisa» ¿en el fondo no denota que hay quien ni siquiera se plantea que puedan tener derechos? Porque si los derechos de cualquier persona se asumen y respetan de manera natural, ¿no sobrarían las listas que los enumeran? Y por otro lado, ¿dónde se reivindicarían estos derechos? ¿Los jueces intentarían restituirlos en caso de que hubiesen sido violados? ¿Y cómo lo harían? ¿Establecerían una indemnización para la sumi agraviada? Otra broma: ¿era el subgrupo social «sumisas» lo suficientemente amplio como para justificar la existencia de una lista con sus derechos, del mismo modo que, por ejemplo, existen los derechos del gremio de enfermeras? Nuevas conclusiones jocosas: el hecho de que el BDSM sea un mundo oculto, ¿impediría que las sumisas se afilien a un sindicato? ¿Quién las representaría? ¿Cómo? ¿Dónde? Extraña realidad: en sólo dos días, he impreso más páginas sadomaso de las que escribió el marqués de Sade en toda su vida. ¡Y eso que la extensa biblioteca erótico-torturadora de Sade no es para bromear!

En otro orden de cosas, a los continuos devaneos de cabeza generados por mi particular investigación sadomaso, he de añadir hechos tan significativos como que, desde ayer, duermo desnuda, y desnuda y descalza ando por la casa a todas horas. Por si fuera poco, he llamado a Pedro y le he dicho que no tengo fuerzas para estar con él, porque ni quiero engañar a nadie, ni quiero engañarme yo, ni, sobre todo, quiero decepcionar a un Sapiens que, aunque nunca va a conocer mis proezas, no quería que tuviera más que las relaciones sexuales que ÉL consintiese. Por cierto, lo del sexo en soledad o «en compañía de otros» creo que puede explicarse con el hecho de que si una sumi quiere ser un objeto sexual para su AMO, raramente podrá serlo al cien por ciento si mantiene vidas eróticas paralelas que el AMO no conoce.

He de decir que cuando llegué a mi casa rozada de pantis hasta ahí mismo, me di un baño de espuma. Eso sí, una vez en la bañera vinieron a mi mente dos recuerdos interesantes. Primero: a Sapiens le gustaba, según decía, que su perra estuviese siempre caliente y dispuesta y que no pasase hambre. Segundo: a lo tonto y mientras fui una falsa sumisa, entre el primitivo chat, el messenger posterior y, sobre todo, el teléfono final, me cayeron más orgasmos reales que pelos tengo en la cabeza...

Quizás por culpa de estos recuerdos-ideas empecé, inconscientemente, a acariciarme todo el cuerpo en la bañera, despacio, muy despacio, cerrando los ojos e imaginando que eran las manos de Sapiens las que me masajeaban cada centímetro de piel. Lo demás vino solo: «¡No puedes masturbarte sin su permiso!» «¡No puedes masturbarte sin su permiso!» «¡No puedes masturbarte sin su permiso!», insistía una voz interior... Por suerte, y gracias a mi desbordante imaginación, lo que pasaba en aquella bañera no era la paja que una desobediente «sumisa-sola» se estaba haciendo, sino la cogida que un AMO del norte le estaba echando a una sumisa del sur.

Eché más gel en el agua porque me encanta zambullirme en un mar de espuma, para después dejar que mis dedos-Sapiens empezaran a jugar con el clítoris, hasta hacerlo vibrar con una especie de corriente eléctrica que le hacía aumentar su tamaño. Sin dejar de acariciarlo con los dedos de la mano derecha, comencé a utilizar los de la izquierda para inspeccionar mi vagina: primero introduje uno y cuando ya noté que me lo pedía a gritos, metí el segundo haciendo que los dos dedos entraran y salieran de ese orificio que empezaba a demostrarme su plenitud regalándome unos fluidos que, poco a poco, se iban mezclando con el agua espumosa. En contadas ocasiones, dejaba de acariciar el clítoris porque mis pechos delataban la necesidad de jugar también a través de unos pezones que se iban poniendo más y más duros cada vez. Como Sapiens me mandó por teléfono, y antes por messenger, acaricié mis pezones y hasta los retorcí para provocarme dolor con el gesto de querer arrancarlos de las tetas, aunque entendí y sentí en mi propia piel que la finalidad de este juego tortuoso no era más que la de hacerme sentir el placer y una sensibilidad desconocidos para mí hasta entonces.

Acariciando mi cuerpo palmo a palmo, retorciendo y estirando mis pezones, haciendo girar mi clítoris con una suave presión circular, metiendo y sacando con ritmo los dedos de mi vagina y, sobre todo, cerrando los ojos e imaginándome que todo este proceso lo llevaba a cabo Sapiens, tuve un orgasmo dulce y muy suave, aunque en el último momento hasta me invadió cierto remordimiento porque recordé que Sapiens no me había dado permiso para venirme. Mis fantasías, desbordantes y desatadas hasta rayar en el cinismo, borraron los supuestos remordimientos haciéndome creer que no estaba desobedeciendo a nadie, puesto que era AMOSAPIENS el que, al hacerme el amor en la bañera, me daba la orden de correrme después de aquellas secuencias que no sé cuánto tiempo pudieron durar.

Unos minutos más tarde salí turbada y masturbada del agua, sequé mi cuerpo, le puse crema imaginando de nuevo que era Sapiens el que volvía a masajearme con mimo y como si yo, «su sumi», fuese también un gran tesoro que a ÉL le gustaba mimar y cuidar.

Un segundo después, tomé las riendas de mi desbordante imaginación y me situé en el aquí y el ahora al coger la epilady y ponerla en posición de rasurar y no de arrancar el vello de raíz. Esta vez sí me rasuré, ¡entera!, y de verdad. Además, me di cuenta de que en aquellos diarios de antaño, no mentí tanto: la nueva situación me parecía incómoda y liviana a la vez, y por si fuera poco, era imposible reconocer mis intimidades en el espejo. Por cierto, también le encontré sentido a la orden de depilar el coño en su totalidad. Al menos me pareció que, del mismo modo que a una novicia le cortan el pelo cuando entra a formar parte del convento como monja, a una sumisa se le rasura el coño como símbolo de que también forma parte de la comunidad BDSM.

En fin. No sé si lo dejaré crecer o no o si picará cuando el vello quiera volver a asomar. Hoy sólo sé que mañana es sábado, y Sapiens me dejó libre de faldas los fines de semana, aunque deba seguir sin bragas mientras dure mi periodo de doma.

Ciertamente, llegó el fin de semana o ese espacio en el que el bueno de mi AMO quiso dejarme totalmente libre, cuando ÉL creía que era su sumisa, para evitar que me agobiara con un exceso de órdenes en esos días en los que el cuerpo y la mente piden a gritos expansión y relax. Eso sí, tal y como expresé en el diario del día anterior, me mantuve todo el tiempo con el coño depilado y sin bragas, y no sólo para obedecer a un AMO que nunca se enteraría de la existencia de una sumisa-sola, sino, sobre todo, para no dejar de pensar en ÉL ni cuando paseaba por el campo con mi perro, ni cuando montaba en bici y la costura de los pantalones vaqueros me parecía una llamada telefónica que Sapiens hacía directamente a lo más profundo de mí...

Ya el lunes 20, a punto de que la primavera aniquilara el frío invierno y después de varios días de luna nueva, la fina lámina mora que se dibujaba en el cielo como en la inmensidad de una nada creció dando paso a una clara y lunática mitad. Entonces, y de nuevo con el nick de Marta, tuve valor y me conecté otra vez al chat de la sala de Amos y sumisas.

Me dio un pálpito que reconocí enseguida cuando, entre todos los nicks de los usuarios, descubrí a AMOSAPIENS. Los cientos de privados no tardaron en aparecer, pero, sin saber muy bien por qué, me limité a pulsar la crucecita de la esquina superior de cada uno de ellos, para cerrarlos sin contestar a ninguno. Además, y para que todos los usuarios lo vieran, escribí en la sala lo siguiente:

—Gracias a todos, pero no me manden privados. No los contesto...

—¿Por qué, Marta? —me preguntaron casi al unísono EN-VERGA-DURA, TELAMETOTO-DA y TOMAMILECHE.

—Porque mi AMO no quiere.

No sé por qué, pero en ese momento, además del chat, abrí la sesión del messenger, y con otro nuevo pálpito que también me resultaba familiar, vi que AMO-SAPIENS se encontraba en línea, tanto como él habría visto que acababa de conectarme yo.

En la sala seguían haciéndome preguntas:

—¿Y quién es tu AMO, Marta? —me preguntó un curioso OTEÍLLO.

—El mejor del mundo. Alguien a quien le hice daño por una niñería y alguien a quien me gustaría decirle que lo siento, que ÉL llevaba razón...

—¿Qué hiciste, Marta? —preguntó SR. DEL TEMPLE.

—Jugué sin ánimo de hacer daño con el BDSM, con su filosofía de vida, con un ARTE que para ÉL es religión.

—¿Y te arrepientes?

—No sólo eso, deseo pedirle perdón con todas mis fuerzas. De hecho, se lo estoy pidiendo aquí porque no me atrevo a decirle nada en privado, no sé si por cobardía o porque no quiero molestarle.

En ese momento me invadió un tercer pálpito que volvió a resultarme familiar. Me refiero a ese color naranja que iluminó un pequeño recuadro de la pantalla de mi compu, y vino acompañado de un casi imperceptible ding-dong o ese sonido inequívoco que me avisaba de que algún contacto me estaba mandando un mensaje a través del messenger. ¡Dios mío, era ÉL! La computadora lo indicaba claramente: AMOSAPIENS dice: hola Marta...

—Hola, AMOSAPIENS, ¿cómo estás?

—Pues ya sabes: un AMO sin sumisa es...

—Sí, como un jardín sin flores, ya lo sé...

—Espero que no estés divirtiéndote otra vez a mi costa.

—No, te prometo que no. Mira, tienes todo el derecho del mundo a no hablar conmigo. Tienes todo el derecho del mundo a odiarme. A no creerme... Yo sólo puedo decirte que no sabes cuánto lo siento. Sapiens, perdóname, por favor, perdóname. Te prometo que ya no juego...

Se hizo un silencio interminable y, durante más de un minuto, no pude ver ninguna respuesta en los diálogos del messenger; es más, ni siquiera la computadora me avisaba con aquello de: Espere. AMOSAPIENS está escribiendo un mensaje.

Me dio tiempo a pensar dos cosas: o bien, y como se dice cada vez que hay un silencio largo, estaba pasando un ángel, o bien, y creo que sería lo más probable, AMOSAPIENS me iba a mandar al demonio de un momento a otro. ¡Y eso con suerte!, porque lo normal es que, sin mediar palabra, me borrara de su lista de admitidos y no me hablase nunca más...

Me equivoqué. Temblorosa como una niña asustada, sólo puedo decir que me equivoqué...

—Nunca me ha pasado algo así, Marta.

—¿Qué quieres decir, AMO?

—Nunca he echado tanto de menos a una sumisa que, en realidad, nunca llegó a ser mi sumi.

—Perdóname, por favor...

—No, no te perdono porque yo fui un mal AMO: debí tener más psicología, debí preocuparme más con una salvaje e insumisa como tú, debí darte órdenes más claras, quizás hasta debí presionarte menos o proponerte que fueras mi sumisa un poco más tarde...

—No, AMO, todo fue culpa mía... Por cierto, ¿sigues pensando que soy sumisa?

—Por supuesto, y que necesitas una doma brutal también. Lo que no sé es quién será el AMO que tenga la suerte de disfrutar de tantas y tantas cosas que serás capaz de dar...

—Si yo te contara, AMOSAPIENS...

—¡NO! No quiero que me cuentes nada. Ahora mismo sólo me pondría enfermo de pensar en cuánto te he deseado, en cómo he querido poseerte, someterte, dominarte, sodomizarte, besarte por todo el cuerpo, cogerte como a una perra y azotarte, azotarte y azotarte...

—Buffffff, si me lo dices así como que nos despedimos, ¿no?...

—No empieces con tus bromas... Yo sé que no pasará nada de lo que hay en mi cabeza, pero mis azotes, con toda la saña del mundo, son lo que calmaría mi rabia y tu culpa: ya ves, todo a la vez, ¡y tú sin quererlo ver!

—¿Nos calmaríamos a costa de que me hicieras mucho daño?

—Es que te haría mucho daño, pero lo mejor del dolor ya sabes lo que es: es el premio que viene después. Todo está dividido en un proceso místico de tres o como un trisquel, que es el símbolo del BDSM: no hay cura sin herida, y no hay herida sin látigo o similar...

—¡O sea, que el secreto está en la cura!

—Sí, siempre. Es cuando un AMO sufre con las heridas que ha hecho. Es cuando demuestra el amor y sufre por el dolor de su sumisa, al tiempo que siente el placer de su dolor.

—¿Y no sería más sencillo que trabajaran de enfermeros?

—Ahora no tiene gracia, Marta.

—Llevas razón, AMO. Perdona. Ya sabes que cuando me pongo nerviosa sólo sobrellevo la situación con bromas. ¿Me perdonas?

—¡Qué remedio!

—Sapiens, ¿y ella? Además de un dolor rabioso, ¿qué siente ella?

—Ella siente placer con su dolor porque ese dolor es el placer de su AMO, y el placer de su AMO es su mayor recompensa.

—¡Son más retorcidos que un manojo de cables!

—No, Marta, retorcidos no; intensos, complejos y completos, sí. ¡El éxtasis se merece ese viaje por todas las emociones humanas!, ¿no?

—En fin, AMO, si yo te contara...

Se hizo otro silencio eterno, de esos en los que de nuevo el temor por la desconexión definitiva me colmó de ansiedad, aunque por suerte esta vez también volví a equivocarme:

—No, Marta, no. No estoy para bromas. No estoy para enseñanzas, preguntas o respuestas. No estoy para disculpas ni para reproches. Estoy para hechos.

—¿Y eso qué quiere decir?

—Mira, hoy es lunes 20 de marzo y no quiero volver a hablar contigo salvo que...

—¿Salvo qué?

—Salvo que el viernes 24 te atrevas a coger por fin las riendas de tu vida, de esa vida que por miedo no te atreves a vivir, aunque te está pidiendo a gritos ser vivida...

—¿Y cómo hago eso?

—Ven a verme a Oviedo. Tienes mi celular. Llámame el viernes, pero sólo en el caso de que aparezcas por aquí, ¿entendido?

—¿Cómo? No te entiendo.

—Sí, sí que me entiendes. Mira, no te lo había dicho. Me llamo Esteban Hernández. Si vienes debes ir al hotel Vetusta, allí tendrás una habitación reservada a mi nombre. Sé que hay varios trenes, pero sólo recuerdo un Talgo que llega a Oviedo al mediodía. No lo olvides: Esteban Hernández, hotel Vetusta y Talgo del mediodía...

—Pero...

—No hay peros, Marta: si no vienes, te deseo lo mejor, pero no te molestes, no me molestes y no nos molestemos más.

—...

—Sí, ya conozco esos puntos suspensivos que ahora pueden significar muchas cosas. Voy a cerrarte el messenger: un adiós Marta o un hasta pronto Marta, dependerá sólo de ti. ¡Ciao!

Aguanté la semana de la luna creciente con miles de batallas interiores difíciles de soportar, ubicar y entender, quizás porque me resultaba imposible catalogar una situación que, desde el principio, me pareció más desbordante que todas las vividas hasta ahora. Estaba claro que del lunes 20 al viernes 24 de marzo, ni me encontraba ensimismada descubriendo un chat, ni estaba fascinada por el mundo BDSM que me mostraba un AMO desconocido, ni jugaba a ser AMA o sumisa, ni me sentía desesperada pensando que AMO-SAPIENS ya nunca iba a volver, como tampoco me esforzaba en cumplir unas órdenes extrañas que, para colmo de rarezas, al carecer de ordenante me hacían mostrarme como una extraña sumisa-sola...

En aquella semana no fui nada de lo que había sido o intentado ser antes, pero como tampoco sabía quién era en realidad, intenté comportarme con la mayor naturalidad posible, por ejemplo, dejando crecer el vello púbico y sintiendo un ardor que, aunque extraño, ya intuí y hasta plasmé en un diario portador de experiencias falsas. Vestí como me vino en gana, no cuidé la postura y utilicé todo tipo de ropa interior en unos días en los que, a modo de «mujer-lim-bo», ni estaba en Oviedo, ni en Madrid, ni siendo quien fui, ni comportándome como nunca me atreví a ser.

Imposible comer y dormir en esos días y, menos aún, la noche del jueves al viernes en la que, ya con la luna casi llena, me decidí a coger ese Talgo Madrid-Oviedo que, sin caridad con el descanso de los demás, salió de la estación de Chamartín a las intempestivas ocho de la mañana del viernes 24 de marzo.

Capítulo
10
Azotes de bienvenida

Me despierto sobresaltada, porque un pendejo con cara de contable reprimido pone su maleta en el portaequipajes del grupo de asientos de mi derecha con tal cantidad de ruidos, gestos y ademanes, que parece que llevara cientos de quilates y no unas cinco o seis camisas impolutamente planchadas por su mujer, más cinco o seis calzoncillos ferrys de un blanco tipo anuncio de detergente con micropartículas de lejía, más tres camisetas de tirantes igualmente inmaculadas, más pijama de nailon granate con botones, más zapatillas de fieltro en cuadros azules y granates también, más chaqueta azul marino para el caso de que refresque más de lo previsto, más jersey de cuello de pico gris marengo con dos o tres corbatas rayadas y oscuras, y más la bolsa de aseo de piel marrón con la que le obsequiaría la suegra en la navidad pasada, aunque fuera su esposa la que le diese contenido a ese continente estándar, rellenándolo con un cepillo de dientes con funda, pasta dental común Licor de algo, y el masaje y la colonia de la misma marca que, seguramente también le regalaría su santísima el día del padre, es decir, el día de San José-Dandy.

¡Ah!, se me olvidaba: el contable reprimido seguro que ha tenido la precaución de incluir en su maleta dos o tres pares de calcetines blancos. ¡Puaggggg!

¿Pero qué estoy haciendo? Ando tan embelesada jugando a hacer radiografías en los equipajes ajenos, que no me he dado cuenta de que me he dormido y despertado justo cuando el tren termina de arrancar, tras una de sus breves paradas. ¡Imbécil! Acabo de perder otra oportunidad para acabar con todo esto. ¿Seré idiota?

¿Hora? ¿Qué hora será? Para comprobarlo, medio adormilada miro el reloj del celular, y digo reloj del celular porque desde hace años me niego a oprimir las muñecas con cualquier tipo de armatoste que controle mi tiempo... ¿Pero qué digo, o mejor, en qué estoy pensando? ¿Muñeca?... ¡Socorro, muñeca! Es increíble la relatividad de las cosas: ayer, como quien dice, muñeca hubiera sido un sustantivo que inevitablemente habría asociado a la infancia, a esa articulación que une la mano con el brazo o, como colmo de picardía, a Humphrey Bogart. Hoy, en cambio, todo lo que tenga que ver con la palabra muñeca me traslada a otro sustantivo tan atrayente como aterrador: me refiero a las esposas, y no precisamente a las blancas y radiantes que pronuncian síes por los miles de juzgados y altares del país.

Esposas de distintos modelos como los que vi ayer en la sex shop y como esos artilugios que, en vez de asustarme, llegaron a ponerme caliente a través de los relatos y sugerencias eróticas que me regalaba una y otra vez AMOSAPIENS. Porque cuando terminaba de azorarme con páginas y páginas de cuerdas, culos, tetas, cubanas, ataduras, látigos, sodomización y esposas, infinidad de esposas, sin ni siquiera preguntarme, siempre se permitió la gracia infinita de afirmar cosas sobre mí, en una época en la que apenas nos conocíamos y aún nos comunicábamos a través de los mensajes privados de la sala de Amos y sumisas.

AMOSAPIENS: Me encanta lo cachonda que estás.

Marta: ¿Y tú qué sabes, idiota?

AMOSAPIENS: Yo sé de ti mucho más de lo que imaginas.

Marta: ¿Ah, sí? ¿Y qué sabes?

AMOSAPIENS: Que aunque te quejes, te resistas, protestes o intentes evadir el BDSM, te mueres de ganas porque yo te haga sentir lo que nadie antes te hizo sentir. Además, el rollo de las esposas te pone calientísima...

Marta: Mira, guapo...

AMOSAPIENS: Gracias por lo de guapo...

Marta: Mira, ¿sabes una cosa?, si sigues provocándome así voy a tener que matarte, pero no te preocupes, antes te regalaré este epitafio: Sus vacías esposas piden una oración por sus armas...

AMOSAPIENS: Jajajajajaja. Reconozco que eres muy original...

Marta: Puedo ser AMA o in-sumisa, pero no idiota...

AMOSAPIENS: Hummmm. Eres mi inteligente sumisa. Inteligente porque no te resistirás a vivir esta experiencia conmigo, y sumisa porque sentirás mucho placer dándole placer a tu AMO que, antes o después, voy a ser yo, por cierto.

Olvido el tema de las esposas y vuelvo a la realidad a través de la pantalla de este minúsculo armatoste al que tuve la precaución de bajar el volumen antes de echar un sueñecito. El celular me dice tres cosas. Primera: que son las diez en punto, y esto significa, según el folleto en el que se registran las distintas estaciones en las que para el tren Madrid-Oviedo, que ya hace tiempo debimos de pasar por la primera estación de Villalba y la posterior y monumental Ávila. Segunda: que sólo hace escasos minutos que paramos en Medina del Campo o el lugar en donde, supongo, se encontrará el dulce hogar y cómodo, pero modesto chalé adosado, acondicionado con radiadores de tarifa nocturna, del reprimido contable de calzoncillos y camisetas ferrys.

El teléfono también me cuenta alguna cosa importante, y hasta infartante, diría yo. Quiero decir que en el poco tiempo que he estado dormida he recibido un mensaje que no me cuesta asociar a un personaje que vive en Oviedo, y al que probablemente ya le estará temblando la fusta en la mano como si tuviera párkinson. Sudo otra vez. Las taquicardias vuelven a mí tras el minúsculo respiro que me he permitido gracias a la breve cabezadita de antes y el aún más breve juego de radiografías de maletas de otros.

Casi no acierto a pulsar las teclas que me conducen a la sección mensajes del teléfono, aunque una vez allí casi me resulta más difícil escoger el apartado de bandeja de entrada y no la bandeja de salida o los mensajes enviados. Noto que mi ritmo cardiaco aumenta cuando por fin atino a pulsar la tecla selec, para ver un mensaje de Sapiens:

Tú ya has cumplido tu parte cogiendo el tren. Ahora, a mi manera, yo cumpliré la mía regalándote una sinfonía de orgasmos.

¡Sinfonía de orgasmos! ¡Sinfonía de orgasmos! Desde luego la prepotencia de este hombre no conoce límites, me digo. Primero por creerse capaz, sin conocerme realmente, de regalarme una sinfonía de orgasmos como si nada, y segundo porque ¿cómo ha podido dar por hecho que estoy en este tren? ¿Cómo se atreve a asegurar que al final me he atrevido a cogerlo? En fin, lo mejor será intentar airearme, dentro de lo que las circunstancias me permiten, acudiendo a la cafetería.

A ver, a ver... Debo atravesar tres o cuatro vagones, pero mientras lo hago mi cabeza sigue y sigue como ese conejito de la tele que tenía unas pilas inagotables. Esta vez me da por pensar que cada una de las cabecillas que sobresalen de sus respectivos asientos puede pertenecer a cualquiera de los usuarios del chat. ¿Y si aquel hombre rubio y de mediana edad fuera TEATOCONMEDIAS? ¿Y si la mujer que lo acompaña fuese CINCUENTONA CACHONDA? Y el revisor, por ejemplo, ¿no será AMOABRASADOR? Claro que aquella chica solitaria del fondo, bien podría ser ALBA... ¡Bufff! ¡Pues anda que si el voyeur contable reprimido resultase ser OTEÍLLO!

Todo es loco, lo sé, pero también sé que, aunque exagerado, no es tan descabellado pensar estas cosas... Internet es así, es parte de su milagro: al mismo tiempo y en un extraño puntito virtual pueden encontrarse continentes, nacionalidades y ciudades diversas, y hasta puedes estar ligando, sin saberlo, con el vecino, un sobrino, un hermano y, si te descuidas, con tu pareja real...

Mejor será pedir un café doble, pienso al tiempo que intento abandonar esta idea que me pone más nerviosa que el propio encuentro con el AMO de Oviedo. La cafetería está a tope, pero a duras penas consigo hacerme un hueco en el rinconcito de la barra, en donde hace sólo dos horas se amontonaban las revistas del tren.

—¡Un café con leche doble y una dona de chocolate, por favor!

—¡Marchando!

Pensando que necesito azúcar y voy a comerme un bizcocho ya mismo, las bromas baratas me acechan de nuevo: todo lo que me gusta es ilegal, inmoral o engorda... Claro que, si todo lo que me gusta es ilegal, inmoral o engorda, ¿en cuál de las tres categorías podría encuadrar esta primitiva experiencia virtual, que tiene toda la pinta de convertirse en real? Veamos, veamos, me digo sin dejar descansar ni un segundo a mi ya excedida, aunque recién despejada cabeza. Si acudir a una cita a ciegas con un hombre de Oviedo, experto en las artes del sadomasoquismo, no engorda, y tampoco es ilegal, será entonces..., ¿inmoral? ¿Y por qué inmoral?, sigo sin darme tregua. ¿Inmoral? ¡A la mierda!, concluyo mentalmente, cuando la palabra moral, en este entorno al menos, me suena a empachosa, subjetiva y evangelizadora moralina.

La seriedad vuelve a mí, ayudándome a recordar que, sea como sea, nunca me ha gustado que me cuenten las cosas porque mi naturaleza impulsiva y curiosa, prácticamente desde niña, siempre me ha llevado a experimentarlas en primera persona.

—No, experimentar no es malo —parece que me dice una voz amiga para intentar tranquilizarme.

Supongo que experimentar en sí mismo no puede ser ni bueno ni malo porque dependerá de cómo cada cual viva las cosas que experimenta. Ahora bien: saber por qué en un momento de la vida se siente necesidad de vivir experiencias que, bajo ningún concepto, hubieran tenido lugar en otros momentos, ya es otra cosa...

Mis voces interiores me alertan de un peligro hasta ahora desconocido, al tiempo que precisamente la novedad de la situación es lo que me mantiene activa, nerviosa, expectante y con esa fuerza extraña y apasionante que me conduce a descubrir y vivir todo en mi propia piel. Sobrevivo a las taquicardias que me producen las circunstancias, zanjando mentalmente este acelerón del corazón, cuando de mi boca, y como un susurro, que no distingo si habrá escuchado el pasajero de las camisetas ferrys, sale tan espontánea como inconsciente una frase de Oscar Wilde: *La mejor forma de vencer la tentación es caer en ella.*

¡Lo que me faltaba! Parece que a Oviedo viaja mi cuerpo pegado a un coro de voces que, para colmo de chulería, se permiten el lujo de rematar literariamente el dilema con una frase de Wilde. ¡Buff!, por lo menos espero que no me haya oído el contable reprimido que, de soslayo, no hace más que mirarme de arriba abajo mientras yo finjo aires de indiferencia, ayudada quizás por la ojeada compulsiva de la revista *Paisajes*, o la que me permite comportarme como si no me diese cuenta de ese par de ojos que se clavan continuamente en casi todas las partes de mi cuerpo.

Por suerte, y para no perder la poca vergüenza que debe de quedarme, creo que mi vecino está tan embelesado mirándome las tetas que no se ha dado cuenta de que acabo de hablar sola, aunque cuando he vuelto la cabeza para verificar el dato, su aspecto me ha parecido tan repugnante que me ha hecho pensar que esta aventura acabaría antes de empezar, si quien dice llamarse AMOSAPIENS me hubiera enviado fotos falsas y su aspecto real fuera como el de este señor que tiene toda la pinta de llamarse Baboso Pérez.

En cualquier caso, y dado que entre frases célebres anda el juego, una idea vuelve a hacerme sonreír. ¿Creerá AMOSAPIENS que voy a Oviedo porque me ha pedido que lo haga, o será tan listo como para darse cuenta de que voy porque, en realidad, es a mí a quien le apetecía ir, aunque me mostrase paralizada y como si nunca fuese a atreverme a viajar a su ciudad? ¡Compleja naturaleza la de las mujeres! ¡Compleja naturaleza la mía! ¡Compleja naturaleza también la de una auténtica AMA-zona! ¡Más compleja naturaleza aún la de una buena sumisa! ¡Y complejísima naturaleza la de una sumi-AMA-insumisa!

¡Pobre Sapiens! Me pregunto si sabrá que, según un conocido filósofo contemporáneo, todo lo que poseemos nos posee..., y en este sentido y por los siglos de los siglos, las mujeres somos las que en realidad poseemos a los hombres posesivos y, mostrando nuestros encantos, hemos elegido pareja sin pronunciar palabra, aunque ellos crean que nos poseen porque nos han elegido a nosotras... ¡Ilusos!

Creo que ofendido porque no averiguo si será el último o el primero de mi nueva vida, el tren se dedica a poner a prueba mi paciencia y mi capacidad de relax, al tiempo que se decide a pasar por casi todas las provincias de la vieja Castilla. Pensamiento de turno: es tremenda la diferencia que existe entre ellas y yo: Segovia, Ávila, Valladolid, Palencia, etcétera, todas monumentales, clásicas y con una raigambre y una historia que no cabe en los libros. Yo, en cambio, nueva, tan nueva que me siento distinta, rara, y con un alma de mujer recién estrenada...

Porque sigo sin saber quién soy. No me conozco. No sé quién me ha brotado de dentro. No sé qué ser dormía en mí sin yo reparar en que dormía y, yendo aún más lejos, sin ni siquiera darme cuenta de que vivía en mí. Me asusta esta nueva Paula o la treintañera que parece querer alejarse de la torpeza y ternura típica de su edad, para dirigirse a una especie de país de nunca-jamás.

Entre quién soy, quién era, adónde voy y qué hago aquí, mi cabeza viaja a tanta velocidad que casi me mareo por culpa de estas filosofías de pacotilla, aunque lo del mareo no sea del todo literal, y sí una forma de expresar que no entiendo nada, que no soy capaz de averiguar qué me está pasando, que no controlo esta necesidad de abandonarme al vértigo de la incertidumbre o de la emoción nueva y peligrosa de este juego de seducción, que me ha abierto las puertas del mundo BDSM o esa realidad milenaria y oculta a la vez, para la que ni siquiera encuentro adjetivos aún.

Al tiempo que de lejos se divisa un castillo de la Edad Media, pienso que me estoy dejando arrastrar por una suerte tan incierta como excitante, tan peligrosa como atractiva, tan viva como desconocida y tan inevitable como bulímica de no sé qué, pero siempre voraz de un placer nuevo para mi existencia que, desesperada, se ha decidido a abrir unos cajones que deberían estar sedientos y hambrientos de nutrientes diferentes, chispeantes y llenos de emoción. ¿Será esto una revelación? ¿O una rebelión? ¿Algo se va a revelar en mí o algo se está rebelando en mí? Bufff, el mareo y su neblina difícil de soportar vuelve a mí por culpa de esta cabecita loca que no para, ni aun cuando está parado el tren en la estación de turno.

Parado, ¡se ha parado! Vamos, aprovecha, me dice la voz de antes cuando leo VALLADOLID en un letrero enorme, que se encuentra suspendido en una pared de la nueva estación. Date prisa: aún tienes tiempo de coger la maleta, el abrigo y salir de aquí. ¡Rápido! Algo me ata al asiento y me pregunto si esa fuerza es un preludio de los antiguos métodos de tortura que han dado lugar al actual arte erótico del Bondage o, a fin de cuentas, de las ataduras que voy a soportar o a disfrutar dentro de unas horas. Nada de nada. Aquí sigo, incapaz de responderme, y de bajarme...

Me agobio por ello, pero al mismo tiempo intento tranquilizarme tranquilizando a esa voz, diciéndole que siempre hay tiempo para dar marcha atrás, tiempo para bajarme en cualquier otra estación o tiempo para llegar al final y volver a coger el primer tren que salga de Oviedo con regreso a Madrid, tiempo para no acudir a esa cita con AMOSAPIENS e incluso, y aunque sea muy gandalla, tiempo también para decir que no soy yo, que se equivoca, que me confunde con otra persona...

Sí, eso haré, pienso. Debo dirigirme al hotel Vetusta, pero puedo quedarme en la puerta observando a quienes entran y salen y, si por casualidad localizo al Sapiens que sólo conozco por foto, y no me gusta, pues no pasa nada, ¡todo se acabará antes de empezar! O mejor aún: también puedo alquilar una habitación en ese hotel con un nombre distinto...

¡Morbo y precaución mandan!

¡Basta ya!, ¿cómo te atreves a pensar algo así? ¿No le has hecho ya bastante daño a Sapiens?, me dice otra de esas voces interiores. ¡STOP! ¡Para el colegio que esto va en serio! Debes llegar allí y, en el peor de los casos, ser sincera y decirle al AMO del norte que lo invitas a cenar como a un buen amigo, pero que no te apetece nada más.

¿Me tranquilizan estas opciones o me ponen más nerviosa aún? Ni siquiera lo distingo, quizás porque las nuevas elucubraciones sólo hacen que mi cabeza se cargue con más y más zozobra. ¿Mi cabeza? Pero ¿de verdad tengo cabeza, la he perdido definitivamente o voy camino de perderla del todo? ¡SOCORRO! ¡Ahora las taquicardias! Tic-tac..., tic-tac..., tic-tac..., tic-tac... El ritmo va cada vez más rápido, y llega a un punto que hasta parece que el tic y el tac están deseando juntarse, para hacer explotar a mi corazón.

Este nivel de excitación no me permite analizar qué está pasando o, mejor aún, qué me está pasando. Y menos si tengo en cuenta que llevo sin dormir varios días, a los que hay que añadir ese corazón como de colegiala enamorada, que se mezcla con el de casada perversa que tiene una aventura, y que afloró en mí hace casi un mes; en concreto, cuando tuve la brillante idea de pulsar el botón izquierdo del ratón sobre la palabra CHAT.

Sé que debería relajarme pero es imposible. Y eso que desde que cogí el tren en Chamartín he intentado llevarme a mí misma de una oreja, si es que esto existe, para dejarme arrastrar y adormecer por su monótono y prácticamente imperceptible cha-ca-cha-ca, y su vaivén dulzón, su ambiente cálido y envolvente, quizás por la excesiva calefacción del tren, y hasta por la extraña y a la vez cotidiana musicalidad de esos pequeños ronquidos que, a destiempo, emanan de la boca de algún viajero que ha tenido la mala suerte de someterse a la falta de estética que supone dormir con la boca abierta.

Lo he intentado, es cierto, pero de ahí a conseguirlo hay un abismo, quizás porque ese mismo abismo vive dentro de mí y está tan presente como la excitación que siente una niña cuando llega al colegio por primera vez. ¿Niña? ¿Colegio? Sí, ¡otra vez con lo mismo! A mis treinta y pocos años había asumido que tenía una niña dentro, con su curiosidad, la inocencia, la rebeldía y la picardía, las travesuras y ese toque coqueto que pone a los hombres calientes, sobre todo cuando, sin ser consciente, la delata una Lolita tremenda. Pero lo que aún no había averiguado es que, más que una niña, en mi interior habitaba ese colegio cándido y perverso a la vez, que, sin querer, tanto daño había hecho a Sapiens hace sólo unos días...

¿Y si en el fondo todo esto fuese un juego más de este colegio?, me pregunto. Ufffff. ¡Paso palabra!, parece que responden mis ahora televisivas neuronas.

¿Dirección? Es curioso, pero me dirijo hacia el norte cuando creo que es justo lo que he perdido. Claro que si en condiciones normales perder el norte es algo malo, dudo que esta vez sea negativo perderlo porque me cuesta creer que sea malo lo que me brota de dentro en forma de pálpitos, o los suspiros que se me escapan a destiempo, o esos desatinos y divertidos despistes como el de haber olvidado en

Madrid tres de las tangas que ayer compré para la ocasión en la sex shop, tras la difícil secuencia de la depilación. Depilación difícil, primero, porque a la peluquera le daba reparo —según decía— meterse en el labio y extender la cera más allá de la ingle, y segundo, porque además sudó tinta intentando captar con ese ungüento pegajoso y caliente parte del vello púbico que apenas había podido crecer desde que lo rasuré entero, sólo cinco días antes, en concreto desde que decidí ser sumisa-sola.

El tren acaba de pasar por Palencia, pero ni he hecho ademán de apearme, ni me he alterado por no bajarme. ¿Será que estaba embelesada pensando en la sex shop? Porque ésa es otra. ¿A cuento de qué fui ayer a la sex shop? No sé: supongo que acudí buscando datos que me ayudasen a entender todo esto o, para variar, a entenderme. De hecho, me compré la revista *La buena sumisa* que, por cierto, aquí no voy a poder ni abrir. Sobre todo si el contable sigue mirándome con ese descaro, que me impedirá encontrar la manera de esconder la soez portada en la que una chica con el culo en pompa y brazos apoyados sobre una mesa, recibe una buena tunda de azotes, al tiempo que su difuminado perfil muestra un gesto de satisfacción casi mística.

De todas formas, pienso que acudí a la sex shop porque Sapiens, cuando creyó que era su sumisa, ya me insinuó la necesidad de hacer «esta visitita»:

—No olvides que, como parte de tu doma, algún día te ordenaré que vayas a una sex shop.

—¿Ya estás delirando, AMO? ¿Para qué quieres que vaya a una sex shop?

—Mira, zorra, eres mi sumisa mental, pero eso no quita que no necesitemos «ayuda extra» para poder trabajar con ciertas cosas o practicar algunos numeritos o, simplemente, acercarnos más a ese éxtasis que te prometí.

—¡Qué pena! Nunca he ido a un sitio de ésos...

—¡No te preocupes! Cuando llegue el momento te lo explicaré tan bien que te resultará más fácil que ir a un supermercado.

—¿Sí, eh? ¿Y qué quieres que compre? ¿Un cuarto de azotes, un kilo de arañazos, doscientos gramos de quemaduras, cien de moretones?

—No sufras antes de tiempo. Te haré una lista y te aseguro que no faltarán vibradores de uno y dos extremos, dildos y bolas chinas. ¡Ah, y una fusta!

—¡La fusta me asusta! ¡Grrrrrrrrrrrrrrrrrrrrrrrrrr!

¡Sex shop! ¿Cómo se me ocurre evadirme con eso, justo cuando el tren está dejando atrás Palencia? ¡Porque lo del sex shop de ayer sí que tiene tela! Allí, situado como si nada en todo el centro de Madrid y como para que cualquiera te vea merodear por los alrededores. Además, de discreto nada de nada: el recinto está iluminado con un neón rosa que no pasa desapercibido para nadie. Total, que, hasta que por fin me decidí a entrar, miré a un lado y a otro más veces que una paranoica que cree que todo el mundo la persigue.

¡Vaya mundo el sex shop! O mejor dicho, ¡vaya submundo! Oscuro, lleno de hombres solitarios que, desesperadamente, intentan cambiar monedas para ver desnudarse y masturbarse, a cambio de un poco de dinero, a unas mujeres despampanantes tras los cristales opacos de unas cabinas tragamonedas; claro que también hay grupos de desmelenadas que se sienten atrevidas cuando compran divertidas objetos obscenos para una despedida de soltera, o parejas curiosas que, medio escondidas, hojean unas revistas pornográficas de fotografía y temática de lo más variada: zoofilia, sumisión, dominación, ataduras, coprofagia, voyeurismo, fetichismo, etcétera, etcétera.

En fin, creo que también acudí a la sex shop porque quería comprarme algún modelito sadomaso, por si me atrevía llegar hasta el final de la aventura de hoy. ¡Qué mala suerte! Con lo caros que me costaron las tangas de cuero y lo chulas que eran y voy yo y, ¡zas!, ¡a olvidarlos en el baño en donde anoche me los estuve probando y mirando en el espejo cientos de veces! De todas formas, tampoco debo preocuparme mucho, porque ¡para lo que le gustan a Sapiens las bragas!...

En cambio, sí he metido en la maleta el corsé modelo antiguo y de un cuero fascinante que me encantó. ¡Bufff! Me costó un ojo de la cara, pero no tengo nada así en mi armario, y creo que la compra valió la pena porque, además, me sienta más que bien. ¡La verdad es que me parece muy favorecedora la ropa BDSM!: con el color negro que tanto me fascina, la plata entremezclada con el cuero, los tacones de aguja superelevados, las medias de red y todos los accesorios que adornan y dan consistencia a esa imagen sexy y agresiva...

No, definitivamente no puedo abrir la revista que compré en el sex shop sin provocar una erección en el contable reprimido, y como no tengo ánimo de liberar las hormonas de nadie, decido entretenerme leyendo los reportajes de la revista *Paisajes*. ¡Imposible concentrarme! ¡Imposible no terminar analizando otra vez mi horóscopo! *VIRGO*: *No dejes pasar de largo ningún tren. Hoy corres el riesgo de perder el rumbo si das marcha atrás.*

Nuevo pensamiento: ¿es que la revista también es cómplice de y con Sapiens?

Reparo en el apasionante tema del aspecto esotérico de los planetas y me acuerdo de cómo Carmen, mi excelente amiga astróloga, me avisó hace meses de que este año tenía un tránsito intenso de Plutón. ¿Plutón o Putón?, me pregunto siempre que el recién ninguneado y antiguo planeta sale a relucir. Porque por lo visto, Plutón rige el sexo y las grandes transformaciones del ser. Además, y según la mitología, está simbolizado por el guardián de los tesoros del infierno. ¿Infierno? ¿BDSM? ¿Plutón? ¿Putón? ¡Mi madre! ¿Será todo esto BDSM planetario? No tengo ni idea, pero parece que sí...

En fin, mientras pasamos por Sahagún pienso en las transformaciones y el sexo plutoniano, para concluir con el dicho: Quien quiera peces que se moje el culo; es decir, que quien quiera conseguir los tesoros del infierno, que baje hasta allí y seduzca a Plutón. Por cierto, ¿estaré haciendo algo parecido con esta aventura? No lo sé, aunque a veces pienso que si me atrevo a llegar hasta el final de este sendero BDSM y el guardián del infierno queda seducido por la valentía de mi camino hacia su averno, igual se siente generoso y me enseña sus tesoros...

Después de Sahagún, y ya cerca de León, el celular me indica que acabo de recibir un mensaje de Sapiens. No es por nada, pero la astrología sigue estando presente en mi cabeza porque casi podría asegurar que AMOSAPIENS es Leo. ¿Leo? Sí. ¡Seguro que su horóscopo es Leo! ¡Vaya prepotencia generosa y qué arrogancia mezclada con seguridad y nobleza muestra el AMO del norte! ¡Qué mensajito!:

¿Qué tal el viaje, perrita? ¡Ánimo! ¡Ya te queda menos! Por cierto, no es indiscreción, pero es urgente que me mandes un mensaje con tu nombre «real», apellidos y DNI. Necesito reservar unos boletos de avión para mañana.

¡Socorro! ¿Está loco este tipo o qué? Otra vez lo de siempre: ¿cómo se le ocurre asegurar que me he subido en este tren? Total, desde el lunes no hemos vuelto a hablar, y no puedo comprender por qué Sapiens no tiene ni una duda al respecto... ¡Si será! ¿Avión? ¡Dios mío!, ¿para ir adónde? Supongo que dará por hecho que, como muy tarde, debo volver a Madrid el domingo por la noche. ¿O pretende que no vaya a trabajar el lunes y me corran definitivamente? ¡LEÓN y Leo! ¡Grrrrrrrrrrrrrrrrr!

Mucha queja interior, mucha protesta y mucho dilema, pero lo cierto es que nada más pasar aquella ciudad que cuenta con una de las catedrales más hermosas del mundo, mi dedo, irreflexivamente, decidió contestar a Sapiens:

Gracias, AMO. El viaje es largo pero lo llevo bien. Por cierto, me llamo Paula Márquez Pous y mi DNI es el 52347892A. Respecto a lo del avión, no olvides que debo regresar el domingo a Madrid porque, de lo contrario, me quedaré sin trabajo.

A la altura de Mieres-puente, mi misiva obtuvo la correspondiente respuesta:

Encantado, Paula. Bienvenida a Oviedo. Y no te preocupes: ya di por hecho que tu regreso sería el domingo. ¡Hasta pronto!

¡Bufff! ¿Oviedo? ¿Ha dicho Bienvenida a Oviedo y hasta pronto? ¡Socorro otra vez! Mi cabeza elucubra y no distingue si esta aventura está a punto de llegar a su fin o si es ahora cuando en realidad acaba de comenzar. La idea de bajarme del tren vuelve a aflorarme con fuerza y las taquicardias se hacen dueñas y señoras de mi corazón. Por suerte, parece que a una de mis voces interiores le ha dado por hacer las veces de una buena amiga y quiere tranquilizarme con su mensaje:

Pero vamos a ver, Paula, ¿qué pierdes? Desdramatiza: lo peor que te puede ocurrir es que te lleves unos azotes, ¿no? Y no es tan grave la cosa: recuerda que, a tu manera, ya has probado el cinturón. Además, sabes que según las «55 reglas de oro de una esclava», no debes rehuir ni oponer resistencia a la disciplina y los castigos que tu Amo y Señor te imponga, por ejemplo «cuando te azote, te fustigue, te golpee, te pellizque, te arañe, te ate, te amarre, te suspenda o te coja...»

Y la vocecita, dale que dale:

Vamos, Paula, piensa por un momento qué le duele más a tu colegio interior: ¿cualquiera de estas manías-cosillas-hazañas de AMOS, o la renuncia de no vivir la experiencia que la vida te presenta sólo por miedo a un látigo y una simple fusta? ¡Ya es hora de eliminar el miedo, Paula! ¡Ya estás preparada para vencer la conducta de evitación! ¡Ya puedes abandonarte a probar el BDSM!

—¡Pues tienes razón! —digo en voz alta, asustando al contable reprimido que, esta vez, sí me ha escuchado hablar sola como si fuese una esquizofrénica.

¿Oviedo? ¿Están los altavoces anunciando la llegada a Oviedo? ¿Oviedo? ¿Y quién dijo miedo?

11

Encantados de conocernos

*O*viedo me ha recibido con un solecillo primaveral, mezclado con una brizilla refrescante y cálida. Sin duda, el tiempo es de las cosas más relativas que existen, y yo estoy de suerte, porque hace quince días en esta zona se registró uno de los peores temporales del invierno, y por culpa de la nieve estuvieron cerca de una semana con problemas de comunicación, uso de cadenas y carreteras heladas.

Si hubiera querido, el taxista a quien he preguntado por el hotel Vetusta podría haber hecho el negocio del día, por ejemplo dándome más vueltas que a una peonza sin que me hubiese enterado nunca, pero el hombre del norte, con una honradez que a veces me cuesta percibir en la capital, me ha dicho que sólo estaba a unos diez minutos andando. Tras agradecerle la información, he optado por ir caminando y empaparme con plenitud del ruido, el olor, la gente, los colores, el ambiente, la casi imperceptible lluvia y el tímido sol que ha salido hoy.

El paseo ha valido la pena porque por el camino me he encontrado una tienda de lencería con muy buena pinta y, a sólo unos minutos antes de la hora de cerrar, he entrado para comprarme tangas nuevas. Definitivamente, una cosa es que Sapiens me ordenase quitarme las bragas cada dos por tres, y otra muy distinta, ¡haber olvidado mi ropa interior en Madrid! Los nuevos hilos dentales no son de cuero como los del sex shop de ayer, pero me hacen juego con los sujetadores de encaje negro, que sí he traído. Por cierto, me he puesto tan contenta por haber solucionado el espinoso asunto bragas-tangas, que casi me paso de largo el hotel.

¡Ah!, otra cosa: espero que Sapiens no ande merodeando por aquí. Supongo que es listo como para darse cuenta de que necesito estar sola, calmar el estrés de este viaje que sólo por poco ha llegado al final, descansar un poco, darme un baño de espuma, arreglarme tranquila antes de una cita a ciegas y coger fuerzas para aguantar la nueva etapa de este Tour BDSM.

Aunque me imaginaba un hotel antiguo, histórico y decadente en el casco antiguo, de esos que aún conservan suelos de madera que crujen y altos techos fantasmagóricos, he de decir que éste tiene un aspecto estupendo: luminoso, funcional, diáfano, cómodo... ¡Ah!, por cierto: el número 321 de la habitación me ha parecido una especie de cuenta atrás: ¡Vamos, 3..., preparada, 2..., lista, 1..., y YA! ¿No es de risa?

La habitación parece muy cómoda y también es amplia y funcional, aunque apenas me ha dado tiempo a recrearme en detalles, porque me ha dejado de piedra el bellísimo y espectacular ramo de flores que descansa sobre la enorme cama de dos por dos metros. Pero no, no se trata de cualquier ramo. Es más: no lo había visto en la vida, salvo en algunas películas sobre la guerra de secesión americana... ¿Cómo se llama esta flor? No, no es exactamente una flor, es..., ¿cómo? ¿Seguro? ¡Sí!, ¡es la planta del algodón!

Mi cabeza vuelve a turbarse por la infinidad de sentidos que encuentro en este detalle que viene de un AMO que, forzosamente, ha debido de estar merodeando por aquí. ¿Pero por qué algodón? La rama es marrón oscura, casi negra, y con el algodón blanco inmaculado causa un contraste como de cielo e infierno, bien y mal y, en términos BDSM, de sumisa vestida de negro durante su periodo de doma, con la ya esclava propiedad de su AMO a la que, simbólicamente, cubren con una túnica blanca. Por otro lado, también es sorprendente la aridez de unas ramas nudosas y cortantes que, a la vez, generan la calidez, suavidad y sensación de nube y cielo del algodón. ¿Qué pretende Sapiens haciéndome recordar la secesión? ¿Desea que piense en la esclavitud? ¿Intenta decirme que la liviandad, luminosidad y calidez del algodón sólo se consigue tras haber pasado por los nudos de las ramas y el dolor de las espinas? ¿Querrá comentarme algo con respecto a las heridas y las curas? ¿Estaría pensando en el dolor de las heridas y en la luz y el amor casi divino que surge con su curación? Porque los nudos asustan, pero sin las ramas nudosas, nunca se daría ese regalo de nube o ala de ángel, que representan las tiernas bolillas de algodón.

Dejo las elucubraciones sobre el sentido de la hermosa planta que hay sobre mi cama, para echar un vistazo en el baño de la habitación. ¡Qué bien, tiene jacuzzi! Ya sé quién se dará un baño esta tarde... Pero, un momento, un momento: vuelvo a la habitación y veo que sobre la cama, además de la planta del algodón, hay un sobre de formato antiguo cerrado con lacre rojo, sobre el que alguien, y no hay que ser adivina para averiguar de quién se trata, ha estampado un sello con el trisquel que simboliza el mundo BDSM. Bebo agua y me enciendo un cigarro para intentar leer la misiva de Sapiens lo más tranquila posible. Por cierto, la carta está escrita con pluma, en color negro y con una impoluta letra apaisada que se me antoja tan antigua como representativa de la meticulosidad y el perfeccionismo de AMOSAPIENS.

Querida perrita:

¡Una vez más, bienvenida a mi tierra!

Supongo que el viaje habrá sido agotador y quiero que mi sumi esté fuerte y bella para que, cuando por fin nos veamos, disfrutemos de nuestra gran asignatura pendiente. No es una orden y puedes decirme si te parece bien o prefieres otro plan, pero he pensado que querrás estar sola, así que, si te parece, nos vemos esta tarde a las ocho en un sitio del centro que se llama El Torreón (tendrás que coger un taxi). Consejo: relájate todo lo que puedas porque nos espera una noche muy larga.

Por cierto, no te asustes si en el armario de la derecha ves una gran maleta negra de ruedas. Es mía y te exijo que ni la toques (esto sí es una orden). ¡Ah, se me olvidaba!: en el cuarto de baño encontrarás un paquete. Sé que cuando lo abras te sorprenderás y hasta puede que te acuerdes de algunos de mis parientes, pero tu AMO te ordena que utilices el producto en cuestión y sigas estrictamente las instrucciones del envase. Te recuerdo, querida sumisa-insumisa, que es bueno que confíes en tu AMO. Piensa que es muy importante «tu completo relax», para poder llevar a cabo ciertas prácticas que son indispensables en este viaje hacia el éxtasis que emprenderemos juntos este fin de semana.

Mordisquitos en tus pezones y ¡hasta pronto, zorrita!

Felicitando mentalmente la intuición de Sapiens porque era cierto que me apetecía estar sola, acudí al armario de la derecha y verifiqué que una enorme maleta negra, a modo de okupa, reposaba tranquila invadiendo prácticamente toda la base de ese habitáculo, empotrado en la pared. Por un momento, mis ganas de desobedecer la orden de Sapiens fueron más fuertes que el miedo a los correctivos del AMO del norte, hasta el punto de que llegué a sentir la misma zozobra que una curiosa princesa de cuento que, por abrir el baúl prohibido, sufre después un fulminante castigo divino. Pero no lo hice: contuve mi curiosidad y no abrí esa maleta porque desvié la atención de la víscera chismosa, acudiendo al baño para ver qué nueva me tenía preparada EL MAESTRO.

Como no me esperaba nada bueno de algo respecto a lo que el propio Sapiens ya me avisó que no me iba a hacer ninguna gracia, desembalé con saña el paquete envuelto con papel de estraza marrón, y..., y... ¿Cómo? ¿Pero cómo se atreve? ¿De verdad esto es un...? ¡No puede ser! ¿Un enema? ¡Joder, sí, es un enema! ¡Y encima me lo envuelve como si fuera un regalo! ¡Cago en...! Bueno, no..., ¡mejor no me cago en nadie!, pensé, grosera ante los evidentes efectos del nuevo regalo. ¿Será posible? ¿Cómo que tu AMO te ordena que utilices el producto en cuestión y sigas estrictamente las instrucciones del envase? ¡Si será atrevido, el tipo! Y encima se atreve a decir, como si nada, piensa que es muy importante «tu completo relax» para poder llevar a cabo ciertas prácticas...

Tras los minutos de protesta de rigor, leí a conciencia aquellas instrucciones, al tiempo que me aliviaba recordar que no hay mal que por bien no venga, quizás porque el enema era una señal inequívoca de que a Sapiens no le gustaba el rollo escatológico. ¡Sí, claro que sí! El efecto de una lavativa es, precisamente, provocarlo primero, para evitar después ese puntito skat, o como creo que en el mundillo BDSM denominan en abreviatura el escabrosillo «y digestivo» asunto... Bueno, reconozco que AMOSAPIENS es lo suficientemente listo como para saber que necesito pasar ciertos trances a mi modo y, sobre todo, para intuir que, bajo ningún concepto, pasaría por compartir con nadie el... ¿cómo llamarlo? ¿Momento-caca quizás? ¡Pues eso!

Casi a las cuatro de la tarde, decidí bajar a la cafetería del hotel para picar algo, «antes de relajarme» en todos los sentidos, claro. Tenía el estómago cerrado y un sándwich y un jugo de tomate me proporcionaron la energía que necesitaba; terminar de dar el último bocado y subir de nuevo a disfrutar de mi soledad, la reflexión y el fantástico jacuzzi de mi habitación fue parte de la misma secuencia.

Deshice la maleta con cuidado y extendí mis cuatro trapos sobre la cama porque no hacía más que dudar sobre la ropa que me iba a poner por la tarde. ¡El ánimo dirá!, pensé; después me quité los vaqueros y las botas rojas que venían aprisionando mis pies desde las siete de la mañana, y me tumbé desnuda en el extremo de la cama en donde no estaba extendida mi ropa.

Creo que dormí como un bebé alrededor de hora y media...

Me desperté aturdida y con esa extraña sensación que no permite saber dónde estás ni qué haces en un lugar concreto, aunque esa desorientación, por suerte, suele durar sólo unos segundos. Atención: Me llamo Paula, dije como si acudiera por primera vez a una reunión de alcohólicos anónimos. Estoy aquí, en Oviedo, porque he venido a conocer a AMOSAPIENS y, si tengo valor, a dejarme llevar y practicar con ÉL BDSM, en busca de no sé qué éxtasis...

Conecté el hilo musical del hotel para desperezarme y relajarme a través del canal de música clásica que me apetecía escuchar, mientras saboreaba el café con leche que pedí al servicio de habitaciones. Café, cigarro y recuerdo del mismo párrafo de la carta de Sapiens: Tu AMO te ordena que utilices el producto en cuestión y sigas estrictamente las instrucciones del envase... No sé si seré AMA, sumisa, switch, nada de nada o un poco de todo: sólo sé que al minuto siguiente ya estaba releyendo las malditas instrucciones de un enema que, al final, me atreví a utilizar después de la cafeína y la nicotina anterior. Pasé el trance como buenamente pude y me tumbé de costado, tal y como recomendaba aquel prospecto, esperando a que el producto hiciese su efecto. Y lo hizo, ¡vaya si lo hizo! En menos que canta un gallo, ¡ya estaba estrenando el baño de la habitación 321 del hotel Vetusta!

Salvo por ese escabroso y escatológico momento, el resto de la tarde fue muy agradable: desde la sensación de liviandad que se instaló en mi cuerpo después de la lavativa, el fantástico jacuzzi que disfruté escuchando música clásica al tiempo que me hacía efecto una mascarilla facial y hojeaba, ¡por fin!, *La buena sumisa*, la leche hidratante perfumada con la que, a conciencia, embadurné todo mi cuerpo antes de cubrirlo con colonia y desodorante del mismo perfume que la crema, la prueba y oteo en el espejo del efecto que hacían en mi culo las nuevas tangas, las eternas dudas sobre la ropa interior y exterior que me pondría, el moldeado y secado del pelo que al final dejé lacio y suelto para que me resbalara por los hombros y hasta media espalda, la minuciosidad con la que me di pintalabios rojo, rímel y delineador negro y, sobre todo, el disfrute de aquella renovada sensación de cosquillas en el estómago, como de primera cita amorosa...

Cuando salí del hotel para pedir un taxi, en el espejo del ascensor me vi guapa con la minifalda vaquera, la estrecha y marca-tetas camisa negra de picos grandes sobre la que mi pelo, ligeramente rojizo, tanto resalta y las botas fashion que compré en las rebajas del pasado enero.

El Torreón se encontraba en el casco antiguo de Oviedo y me pareció un lugar desconcertante y hermoso a la vez, porque el inmueble era un castillo medieval situado en pleno centro de la ciudad. Ya eran las ocho y diez cuando entré tímidamente, aunque enseguida me desinhibí paseando por el enorme recinto y observando las distintas barras, colocadas en diferentes plantas, rincones y hasta reductos tipo pasadizo. Al final, cuando decidí relajarme al amparo de la discreción que me brindaba uno de estos rinconcitos y pedirme un refresco de té, hierbabuena y limón, sonó el celular avisándome de un nuevo mensaje de Sapiens: A tu AMO le encantaría que te quitases el abrigo.

¡Bufff! ¿Estaba escondido en algún rincón? ¿Podía verme y yo a ÉL no? ¿Pero dónde estaba? ¿No se habría disfrazado? Por más que miraba por todos los lados, ¿por qué no podía encontrar a nadie que coincidiese lo más mínimo con el hombre de la foto? ¿Y si todo era parte de su juego y en realidad no había llegado todavía? Me quité el abrigo de cuero negro y lo dejé en un taburete, presa del sorprendente abismo interior o esa especie de silencio que me envolvió por tanto y tanto aturdimiento, pese a que todo lo que me rodeaba era bullicio y buena, aunque estridente, música.

Imbuida en la burbuja de ese personal y autista silencio, pude abstraerme de Sapiens durante escasos minutos, aunque «mi limbo particular» quedó interrumpido cuando, por detrás, alguien que no me permitió girarme para verle la cara agarró fuertemente y con violencia mi cintura para, a sus anchas, dedicarse a exhalar su aliento de hombre, lamerme, posar su boca húmeda, besarme y hasta mordisquearme por el cuello y las orejas.

La química se puso a funcionar y, rápidamente, me envolvió el olor de ese desconocido-conocido Sapiens, excitándome sin ni siquiera haberle visto el rostro, ni cuando me soltó la cintura con la mano izquierda que al instante utilizó para taparme los ojos, al tiempo que, con la derecha, me giraba el torso como si fuese una muñeca. Agarrada, o más bien aprisionada por el talle con una fuerza tan asfixiante como excitante, y ciega frente a un hombre del que sólo pude intuir que contaba con estatura y peso medio, me abandoné a los abrazos y besos de un AMO que no dejaba de amarrarme cada vez con más y más fuerza. Creo que me excitó tanto la falta de visibilidad, que participé activamente en la escena rodeándolo con mis brazos y, aunque ya los tenía tapados por su mano, cerrando los ojos al tiempo que mi boca y mi lengua, descaradas y desinhibidas por completo, se decidieron a lamer, besar, meterse entre los dientes, dibujar lentamente con saliva los labios de Sapiens y morder a mi opresor.

No sé cuánto tiempo duró esta situación. Ni siquiera sé en qué momento Sapiens se relajó y dejó de taparme los ojos al percatarse de que yo, absorta con esos manoseos, que con toda seguridad habrían borrado hacía mucho mi pintalabios rojo de larga duración, no los abriría aunque estuviesen libres de vendas humanas. Tampoco sé cuándo el AMO de Oviedo, casi con la misma fuerza con que antes oprimió mi cintura, comenzó a apretarme las nalgas atrayéndome más y más hacia él, hasta el punto de aprovecharse de la inexistente distancia que había entre los dos para hacerme notar su sexo irreverente y apuntador en mi pubis expectante, o cuando, sin remilgos de ningún tipo, sus manos decidieron posarse sobre mis tetas, portadoras de unos pezones duros como piedras, o cuando quizás un punto de lucidez le avisó de su incapacidad para mantener las formas y disimular, y me agarró con rudeza de una mano, al tiempo que con la otra hurgaba en el bolsillo de su pantalón, sacaba un billete de cinco euros que depositó en la barra para pagar el refresco sin esperar el cambio, cogía mi abrigo del taburete y me sacaba casi a rastras del efímero torreón, camino de no sé dónde.

¡Era mi héroe! Sin saber la razón y mientras le seguía entre los oscuros pasadizos de ese castillo medieval con dirección a la salida, sentí que ese hombre al que todavía no le había visto la cara o escuchado en directo su voz, ¡era mi héroe!

Un minuto después, ya en la calle, Sapiens y yo nos miramos fijamente, sonriendo, descubriéndonos y asintiendo a todo lo que acababa de ocurrir un poco antes.

Lo cierto es que me gustó mucho más en persona que en la foto: tenía un actual y cuidado corte de pelo que, con sus canas repartidas por la sien y el flequillo, le hacía tremendamente atractivo; me pareció más delgado que en aquella fría instantánea, y su estilo y carisma me sedujeron cuando vi que ese hombre vestía con mi color preferido de la cabeza a los pies: pantalones vaqueros negros, modernos zapatos de cuero con cordones y calcetines también negros y una camisa, por cierto muy parecida a la mía, color cucaracha. Los ojos oscuros detrás de las gafas redondas me avisaron de esa pasión autoritaria que había vivido en la barra del castillo medieval, aunque llegué a sorprenderlo con un gesto tierno cuando posó mi abrigo sobre los hombros, y hasta con un rictus más que lujurioso cuando intentaba abrir la puerta de su coche negro con cara de pelirroja: vas a ver...

No sé si iba a ver o no, pero sin lograr entender por qué, subí a ese coche sin rechistar, sin preguntar y sin inmutarme. Una vez dentro y como sintiéndose protegido por ese pequeño habitáculo rodante, un emocionado Sapiens ¡habló por fin!:

—Carajo, perrita: Sabía que no me equivocaba. ¡Eres todavía más hermosa de lo que me imaginé! ¡Siempre supe que eras tú! ¡Mi sumi eres tú!

—¡Bufff! Sin etiquetas, AMO. Por favor, sin los agobios de siempre. Ayúdame a abandonarme y a vivir el momento, sin darle cancha a mi loca y analítica cabeza...

—No creas que voy a arriesgarme otra vez a que todo acabe antes de empezar. Hoy no voy a presionarte con lo de ser o no ser, en fin..., ya me entiendes. Hoy, y sólo por hoy, sólo quiero amarte y amarte y amarte. Lo que seas o dejes de ser, lo descubrirás tú solita, cuando lo tengas que descubrir...

—¡Buffff! Gracias, AMO.

—Hummmmmmmmm. ¡Cómo me excita que me llames AMO! Por cierto, ¿tienes hambre?

—Jajajajajajaja... ¡Vaya cambio de tercio, AMO! No, no tengo hambre.

—Mejor. Después picaremos algo y así no perdemos tiempo. ¡Bufff!: Tenemos tantas cosas que hacer...

Sapiens arrancó el coche sin, por supuesto, decirme hacia dónde se dirigía, aunque, una vez más, no había que ser adivina para averiguar que el hotel Vetusta sería nuestra siguiente y única parada. No me equivoqué, pero reconozco que me sorprendió la sugerencia de Sapiens de tomar esa copa que casi ni siquiera me dio tiempo a probar en El Torreón. Volví a pedirme un refresco de té con limón y hierbabuena y hasta ese chocolate que, expuesto tras la vitrina, me recordó que me vendría muy bien una pizca de azúcar. EL MAESTRO se rió con ese impulso infantil y chocolatero, e incluso creo que se recreó viendo cómo, inconscientemente y hasta con mala educación, mi colegio interior y exterior hizo que me chupara los dedos cuando el dulce se terminó.

Creo que queriendo evitar la profundidad del tema BDSM y sus roles de dominación y sumisión, durante unos minutos charlamos sobre el clima, los lugares de interés o el número de habitantes y la calidad de vida de Oviedo, aunque ni aun queriendo podíamos detenernos mucho en trivialidades porque, al menor descuido, ya estábamos abrazándonos y besándonos de nuevo. A mi cabeza le dejé poca capacidad de maniobra, pero me dio tiempo a elucubrar que la noche, además de estupenda, sería larga por culpa de esta química que jugaba a hacer de nosotros pegamento.

Por cierto, me sorprendió la nueva sugerencia de Sapiens, sobre todo porque tuvo lugar a costa de interrumpir uno de esos besos medio pornográficos que, sin querer, nos hacían enseñar las lenguas salivosas al camarero y a cuantos nos miraran en ese momento.

—Termina tranquila la copa, yo te espero en la habitación.

—Pero...

—¡Sin pero! Sube dentro de media hora. ¡Es una orden!

—¡Ya empezamos! ¿No decías que esta noche no importaba lo de ser o no ser?

—Sí, pero sólo respecto a ti y a tus líos erótico-existenciales. Yo tengo muy claro lo que me mueve por dentro. En fin, ¡tienes treinta minutos, perrita! ¡Ah!, y llámame AMO.

¡Que me maten si entiendo algo! ¿Pero no me había dicho que hoy, y sólo por hoy, no importaba lo de ser o no ser AMA, switch, sumi o nada de nada? ¿Acaso no hizo hincapié en que sólo quería amarme, amarme y amarme? Debe de ser que Sapiens va de AMO por la vida las veinticuatro horas del día porque no lo entiendo, de verdad que no lo entiendo. En fin. ¿Qué hora será?... El celular me dice que son las..., ¿cómo? ¿Las once ya? ¡Pero si hace nada que habíamos quedado y sólo eran las ocho!

Me sorprendió de nuevo la relatividad del tiempo, porque transcurre más fulminante que deprisa cuando la pasión, la química y el deseo deciden juntar a dos personas. Eso sí: mientras mi filósofa de pacotilla me acechaba de nuevo con pequeños sorbos de té, hierbabuena y limón, mi vejiga también decidió anunciarme el paso de esas horas que me habían parecido segundos. Decidí entonces enviarle un mensaje a Sapiens: De acuerdo, AMO. Subiré en treinta minutos, pero te advierto que yo también necesito mi tiempo para pasar al baño. La minúscula pantalla del teléfono pronto se iluminó con una chulesca, y ya típica, misiva de AMOSAPIENS: Tranquila, perrita. Tu coquetería ya me había hecho contar con el momento baño.

A las once y media en punto cogí el ascensor para dirigirme a la tercera planta del hotel Vetusta, dando pequeños botecitos en el interior porque me hacía pis y ya no aguantaba mucho más. Por cierto, el espejo del artefacto corroboró que no me había equivocado nada de nada, pensando que mi pintalabios rojo de larga duración había pasado a mejor vida.

Tres toques con los nudillos y «¡alguien!» abrió la puerta de la que, se supone, era «¡mi habitación!». Y digo «se supone» porque el ambiente era tan lúgubre que no pude reconocer ese cuarto, ni la cara de ese portero de noche llamado Sapiens, aunque tenía tanta prisa por pasar al baño, que no me perdí en análisis absurdos sobre el porqué de ese ambiente tétrico. Allí, en ese reducto en donde aún quedaban restos de espuma en la bañera que sólo unas horas antes me había relajado tanto, me fumé tranquila un cigarro antes de volver a poner en marcha mis trucos de mujer, tras la necesaria y liberadora micción: lavado a conciencia de mis partes íntimas, cepillado de dientes con dentífrico líquido mentolado, un toque de pintalabios de larga duración que no duraba nada, cepillado del pelo, colocación del sujetador de encaje negro que Sapiens me había subido por encima de las tetas y, sobre todo, desodorante y colonia refrescante sobre el cuello y las muñecas.

Asustada, expectante, tímida y resuelta a la vez, por fin me decidí a salir del baño, animada quizás por el hilo musical del hotel que Sapiens había activado, para deleitarme con envolventes, románticas y grandiosas óperas, cuyo volumen subía preocupantemente con los solos, cada vez más agudos, de una conocida soprano.

¡Increíble! Casi me echo a llorar cuando vi que la oscuridad de mi habitación había dado paso a un ambiente cálido y medio sacrílego y eclesiástico, por ese sinfín de enormes cirios beige que estaban repartidos por todo el cuarto y que, de soslayo, hasta me permitieron ver la maleta negra de Sapiens, medio abierta en un rincón. La maravillosa música unida al gesto de las velas me conmovió tanto que, otra vez impulsivamente, abracé a Sapiens y comencé a besarlo por el cuello, la cara, los labios y el interior de cada diente y encía de su boca, buscando encontrarme con su lengua con ánimo de no separarme de ella en toda la noche...

Sapiens también me correspondió con su lengua, lamiendo, y mordiendo después, cada trocito de piel que encontraba libre de ropa. Pero EL MAESTRO fue mucho más generoso en lo que respecta a la utilización de las manos, porque no tardó ni un segundo en subirme la minifalda y apretarme las nalgas, abrir con furia mi camisa rompiendo los botones para no tener que molestarse en sacarlos del ojal correspondiente, apretarme las tetas sin perder tiempo en acariciarlas, pellizcarme los pezones con una presión que me llevó a quejarme de dolor y de placer más de una vez, darme la vuelta, abrazarme por detrás y como en la barra del bar del centro, restregarme su verga aún protegida por los pantalones vaqueros, meterme los dedos en la boca, extraer saliva y dibujarme cálidas y artísticas líneas sobre los labios, agarrarme del pelo y presionar mi nuca para hacer que me inclinase sobre la cama, meter su mano bajo mi tanga para presionar con sus dedos el coño, y hasta la entrada del ano, arrancarme con furia esa tanga negra que había comprado al mediodía en la lencería local, regalarme, mientras seguía en esta posición de indefensión, unos manotazos en el trasero, ya desposeído de mi falda vaquera y la minúscula ropa interior, que iban a dejar la palma de su mano dibujada en mi nalga, presionar mi espalda con una mano para impedirme izarla, al tiempo que, con la otra, hábil y rápido, se desabrochó el cinturón, lo sacó de sus pantalones y empezó, para mi sorpresa no sorprendida demasiado si es que eso existe, a atizarme unos latigazos que no hacían sino ponerme cada vez más y más cachonda, pese a que el maldito cuero picaba, escocía y me dolía más que nada.

—¿Te gusta lo que te hago? —preguntó un rabioso y excitado Sapiens.

—...............................

—Vamos, responde: ¿te gusta esto, perrita?

—Sí —dije retraída.

—Eres una maleducada y tengo que castigarte mucho para que aprendas —dijo Sapiens al tiempo que me golpeaba con el cinturón más y más fuerte—. Debes decirme: Sí, AMO. Gracias, AMO. Por favor, sigue así, AMO. ¡Vamos, zorra!, di lo que debes decir.

—..................................

—¡Vamos, contesta!

—Sí, AMO —contesté tímidamente.

—¿Cómo has dicho? Vamos, perra: ruégale a tu AMO lo que tu coño y tus nalgas te están pidiendo a gritos.

Las sensaciones me resultaron tan fuertes que mi castradora cabeza no encontró ni siquiera un momento para hacer de las suyas y analizar o pensar. Sólo sé que me asombré cuando me vi solicitando más y más latigazos, o pidiéndole permiso a Sapiens para comerme su verga, o rogándole desesperada que me cogiera sin piedad, al tiempo que de nuevo recordaba, y ¡por fin entendía!, una de las principales cincuenta y cinco reglas de oro de una esclava, que antaño me produjo rechazo y ahora, al menos en ese preciso instante, parecía estar escrita a mi medida:

El poder y la autoridad de tu Amo y Señor te infunden temor y respeto. Su sabiduría y su perverso refi-

namiento te fascinan. Estás orgullosa de pertenecerle y tu máxima satisfacción es comprobar que usarte le produce más placer cada día.

—Gracias, AMO. Pégame más, AMO. Quiero comerme tu verga, AMO. Tu placer es mi placer, AMO. Por favor, cógeme, AMO.

Veneré los nuevos latigazos de cinturón, cada tirón de pelo y todos los manotazos que sufrían mis nalgas, al tiempo que mi coño se calentaba como un horno que pide a gritos pan. Me sentí como la más guarra de las guarras, pero no tuve tiempo de plantearme si me convertía o no en sumisa el hecho de que me encantase rogar, pedir permiso, pronunciar la palabra AMO cada tres por dos, o la evidente sensación de sentirme dominada y a merced de un hombre rabioso que, en cuestión de segundos, mutaba su violencia erótica en una ternura sin igual. Porque cuando rogué a Sapiens que me cogiera sin piedad, el rocambolesco AMO del norte me dio la vuelta, colocándome cara a cara y frente a ÉL. Me despertó un cariño inmenso cuando observé los ojos vidriosos de Sapiens, aunque no distinguí si ese asomo de brillo se debía a una excitación de lobo que ya rebasaba todos los límites, al hecho de que yo, dejándome llevar por mi propia fogosidad, la novedad o mi afán de juego, había empezado a entrar por el aro de su mundo BDSM, o a las dos cosas.

Con un gesto entre delicado y sátiro a la vez, mi AMO cambió de tercio totalmente y empezó a tratarme como si en vez de su puta fuera una niña a la que debía cuidar y proteger: me acarició los cabellos al tiempo que me besaba los lóbulos de las orejas y hasta los ojos, bajó la minifalda a su lugar correspondiente, la desabrochó y la dejó caer al suelo, me quitó la camisa y el sostén que se encontraba de cualquier manera, excepto intentando sujetar las dos montañas de la talla 95 sobre las que, en teoría, debía situarse, me vendó los ojos, me tumbó suavemente sobre la cama y allí me dejó, ciega y a punto de llorar de emoción, de expectación, de placer o de no sé qué, durante unos instantes en los que tardó unos minutos en volver junto a mí, para besarme y acariciarme como si fuese su tesoro más preciado.

Sin quitarme la venda de los ojos, Sapiens me cogió con suavidad la cabeza para incorporarme en la cama y obligarme, dulcemente, a que me sentara en el borde. Abrió mis piernas y situó su cuerpo en medio de las dos, poniendo en mi boca su verga erecta, ya libre de pantalones y calzoncillos. De nuevo me encantó el gesto, y saboreé aquel miembro con olor a jabón, mezclado con perfume de feromonas, como si se tratase del único y más preciado manjar de la tierra. Mi lengua trabajó más que en los sueños eróticos que tuve con Sapiens tan a menudo, y creo que me excitaba cada vez más por el hecho de no poder ver nada de lo que estaba pasando. A su vez, el tacto de mis manos sobre las nalgas de Sapiens que no dejaban de presionarlas con ánimo de atraerlo hacia mi boca, el olor y maravilloso sabor de su verga erecta y, sobre todo, los preciosos y preciados jadeos que salían por la boca del AMO del norte, me llevaban a venerar internamente el sexo de aquel hombre y desear con fervor de novena religiosa que me cogiera pronto, muy pronto. Pero no lo hizo: parecía que Sapiens alargaba lo que mi cuerpo pedía a gritos desde hacía tiempo, disfrutaba negándomelo o estaba aplicando aquella máxima de impedir que la sumisa se viniera sin el permiso expreso del AMO.

De repente, Sapiens cogió mi mano y la situó en mi coño para que me hiciera una paja, cuyo orgasmo final, precedido de unos jadeos que tendrían que haberse escuchado en todas las plantas del hotel, coincidió con la que él, sin quitarme la venda de los ojos, se hizo tras sacar la verga de mi boca para terminar eyaculando sobre mi pecho. Sólo pude pensar una cosa tras los chorros de semen caliente que me regaron como si fuera una planta ansiosa de agua: me sentía tan sumamente bien que, a partir de ese momento, yo también agradecería infinitamente a ese

AMO y Señor cada uno de sus desprecios, de sus castigos, de sus humillaciones y de sus azotes, porque todo eran etapas de un camino que me conduciría hacia la virtud.

AMOSAPIENS me quitó la venda de los ojos y se tumbó a mi lado sin dejar de observarme emocionado, y pleno de ternura. Durante un tiempo estuvimos besándonos y mirándonos sin pronunciar palabra, sin reconocer la evidencia, sin poner etiquetas de AMOS o AMAS, y sin dejar de sonreír por esa complicidad que «en la vida real» acababa de multiplicarse, respecto de la que ya intuimos cuando nuestra relación sólo era cibernética, primero y, telefónica, después.

—Mi sumi está hermosísima y llena de luz.

—Gracias, AMO: ¡tú sí que estás hermoso!

—¡Tengo un hambre atroz! —dijo Sapiens, interrumpiendo aquella escena romántica con asuntos relacionados con la intendencia del estómago—. ¿Pedimos algo? El servicio de habitaciones funciona también por la noche, aunque a estas horas seguro que sólo nos pueden servir cosas frías. ¿Qué te parece?

—¡Estupendo! ¿Qué tal una copita de vino, AMO?

—Hummmmmmmmmmm. ¡Hecho, perrita!

Fui al baño mientras Sapiens hizo la llamada de rigor, y el hecho de ver en el espejo mis nalgas rojas como tomates, lejos de molestarme, se me antojó como el trofeo y la prueba de mi lujuriosa noche loca y desenfrenado sexo, repleto de esos «pelos y señales» que antaño tanto temí...

Cuando volví a la habitación tras una breve y refrescante ducha rápida, una mesita plegable vestida con mantelitos impolutamente blancos, y portadora de vino, jamón serrano y queso manchego, reposaba sobre la cama que antes había sostenido nuestra desaforada libido.

—¡Qué buena idea lo de pedir algo de comer, AMO!

—Pues la de pedir vino no se queda atrás. ¡Salud, sumi!

—¡Salud, AMO!

Terminamos de devorar los víveres ibéricos con más voracidad que antes habíamos devorado otras cosas, pero justo tras el último bocado, Sapiens retiró la mesita de la cama para tumbarme en ella con la misma ternura de antes. Creo que se aprovechó del abandono que me proporcionó aquel relax para, a traición, esposarme al cabecero de la cama. Mis protestas no impidieron que EL MAESTRO acudiera al baño y regresara de allí con varias toallas, cuchillas de afeitar desechables y una palangana llena de agua jabonosa. Es más: parecía que él respondía a mis protestas subiendo más y más el volumen de las óperas que minutos antes habíamos dejado casi al mínimo para cenar con tranquilidad. Y llegó un momento en el que ya no protesté, aunque una sátira sonrisa de Sapiens me hizo pensar que ese AMO del norte había resurgido de sus cenizas como el ave fénix.

—No quiero cogerte sin el rito iniciático que te mereces.

—No te entiendo, AMO. No te entiendo...

—Pronto lo entenderás, perrita. Muy pronto lo entenderás.

Mio babbino caro cantaba la soprano a todo volumen, cuando Sapiens me abrió las piernas con suavidad, haciéndome doblar las rodillas al tiempo que colocaba las plantas de mis pies sobre el colchón, a modo de turbadora visita al ginecólogo. El mimo y el cariño se le escapaba en cada gesto, como aquel en el que rompió el precinto que envolvía a una nueva, pero a la vez, brocha de barbero de las de toda la vida, para mojarla en el agua jabonosa de la palangana y posarla después por cada rincón de mi sexo, ya expuesto a su merced. Es cierto que hacía poco más de veinticuatro horas que la peluquera me había depilado con cera, pero pese a que le di permiso para que entrase también en los labios, faltaba la fina ristra de pelillos rizaditos que tapaba mi más íntima abertura.

Después del fascinante momento del jabón y el consecuente recreo de Sapiens posando la brocha por cada rincón de mi sexo, extendiéndola y hasta haciéndome unas cosquillas más que sospechosas, tuvo lugar el rasurado. Mi AMO cogió con la mano derecha una cuchilla de usar y tirar, pero no dudó en utilizar la izquierda para acariciar y masturbar la misma parte del cuerpo que acababa de enjabonar.

Me excité con la depilación casi más que con la larga secuencia que habíamos vivido antes de cenar. Porque Sapiens se detenía en cada rastro que dibujaba la maquinilla sobre mi pubis, tanto como se detenía en la presión de mi clítoris con su pulgar o en la penetración de mi vagina con los dedos índice y corazón que, a modo de brújulas, hurgaban por ese túnel cálido, y cada vez más húmedo, en busca de un punto que lleva por nombre la letra G. Los suspiros, rebeldes y ya descontrolados de nuevo, se volvían a escapar de mi boca cuando, sin sacarlos del coño, mi AMO presionaba los dedos como queriendo atraerlos hacia sí, o cuando me propiciaba, y no sé si queriendo o sin querer, unos casi imperceptibles cortes en el monte de Venus al dibujar pequeños puntos de sangre, artísticamente mezclada después con el jabón. Volví a desear con todas mis fuerzas que AMOSAPIENS me cogiera con todas las suyas, y la verdad es que en el momento que se levantó y acudió al baño a tirar el agua jabonosa de la palangana, pensé que, ¡por fin!, Santa Lujuria, San Orgasmo, o quienquiera que fuese, había escuchado mis súplicas.

Sapiens volvió del aseo con agua limpia que, cuidadosamente, echó sobre mi nuevo sexo de aspecto juvenil, pero secándolo después, con minuciosidad de madre preocupada por el culito de su bebé. Al instante siguiente me quitó las esposas, me agarró las manos levantándome con ímpetu de la cama, y me sujetó mientras me besaba desesperadamente una y otra vez, para terminar el que fue su último beso con otro giro espectacular:

—¡Date la vuelta, perra! Y ponte a cuatro patas.

—Sí, AMO —contesté sin que ÉL pudiera ver cómo me relamía, sólo de pensar en lo que podría ocurrir con aquella postura.

La verga dura de Sapiens entró en mi vagina que, más que hambrienta, parecía bulímica de ella. Fue de golpe, sin piedad y con esa brusquedad que nos gusta a las mujeres cuando la ternura y un extenso calentamiento previo han dado paso al deseo de un erotismo violento. Sentí cada sacudida y cada embestida de Sapiens en lo más profundo de mí, y mi placer, generoso, quiso regalar a mi AMO todos mis líquidos para deleitarlo a ÉL y a su miembro con un íntimo brindis.

Más, más y más... Cada vez más brusco, cada vez más fuerte, cada vez más profundo... Tanto que mis susurros se convirtieron en jadeos ordinarios, y hasta en un aullido desgarrador que salió de mi boca cuando Sapiens, aprovechando lo que yo sentí como cenit de mi delirio, se decidió a regar mi trasero con un lubricante pastoso y frío, para terminar haciéndome un daño atroz en el momento en que decidió introducir en mi culo uno de los dedos de su mano derecha.

No me dio tiempo a pensar, y mucho menos a catalogar las intensas emociones y diversas sensaciones que me asaltaban con las embestidas de Sapiens, con su maldito dedo haciéndome ese daño terrible que, inexplicablemente y por segundos, quería convertirse en placer, o con los nuevos manotazos en las nalgas que, con la izquierda, me propinó ese pulpo-AMO del norte. Entre tanto aturdimiento, parece que mi inconsciente decidió no dejarme atrás porque, aprovechando la libertad de mi mano derecha, la pasé debajo de mi cuerpo, agarré los huevos de Sapiens y los anillé como queriendo ahorcarlos con mis dedos pulgar e índice.

Sólo me dio tiempo a pensar una cosa: junto con el tema azotes, Sapiens acababa de cumplir una de sus promesas de antaño, y yo, en un momento en que me sentí reventar por dentro, pude recordarla al tiempo que un orgasmo apoteósico parecía buscarme con obcecación:

—Dime: ¿has sentido alguna vez una doble?

—¿Estás loco? ¿Doble? ¿Pero cómo iba a soportar el mundo a otra insumisa como yo?

—Jajajajajajajajajajaja. Me refiero a si has sentido una verga en tu culo y otra en tu coño; bueno, o algo que las sustituya, claro...

—Te odio. Te odio porque sabes que acabas de dejarme con la boca abierta. Pues no, no he sentido una doble y me maldigo por la respuesta. Primero porque me lo he perdido, y segundo, porque sé que encima te calienta más.

—La sentirás, no te preocupes que la sentirás.

—¿Es una amenaza?

—No, es una sentencia.

Ya no pude aguantar más y grité. Grité y volví a gritar, desaforadamente, sin poder evitarlo y sin poder parar de hacerlo:

—Me mueeeeeeeeeeeeeeeeeeeeeeeeeeeeeeeeeeee-errrrrrrrrrrrrrrrrrrrrrrrrrrooooooooooooooooooo.

—¡Espera, zorra!: Espera el orgasmo de tu AMO...

—Date prisa, AMO, date prisa: Me mueeeeee-
eeeeeeeeeeeeeeeeeerrrrrrrrrrrrrrrrooooooooo.

¡Menos mal que ese AMO no me hizo esperar más
que unos segundos! Es más, creo que mi grito fue el
impulso que necesitó para, más que calentarse, abra-
sarse definitivamente y sucumbir en los brazos de ese
orgasmo espectacular que nos abrigó al unísono.

Nunca me había pasado algo así: el grandioso
éxtasis vino acompañado de un llanto tan desgarrador como paradójico, porque nada me dolía ni me
hacía daño, sino todo lo contrario: me sentía plena,
liviana, bella, feliz y luminosa por dentro y por fuera, aunque me era imposible dejar de llorar.

—Niña, mi niña —dijo de nuevo un paternal Sapiens, sin dejar de abrazarme con ternura.

—¿Por qué, AMO? ¿Por qué?

—¿Por qué, qué?

—¿Por qué si me siento tan feliz no puedo dejar de llorar?

—Porque has llegado al éxtasis...

Algunos de los cirios ya estaban apagados cuando me
abandoné, sin remedio, a las delicias de un sueño profundo, muy profundo. Sólo recuerdo vagamente que
AMOSAPIENS me arropó y se quedó a mi lado un

tiempo, abrazándome y velando mi sueño durante unos minutos en los que, al oído, me adormecía diciéndome cosas muy hermosas.

Más tarde, y cuando Morfeo casi no me permitió escuchar lo que me susurraba, Sapiens prefirió marcharse con su enorme maleta, y dejarme tranquila para poder descansar con plenitud.

—Duerme, perrita, duerme. Descansa todo lo que puedas porque mañana te espera un día fascinante, pero muy duro. No te preocupes por nada: yo seré tu despertador. ¡Hasta mañana, mi niña!

Capítulo

12

Hoy es tu puesta de largo, perrita

Insolente y despiadado con mi rico y profundo sueño, el celular sonó con tenacidad a las diez y media de la mañana. No reaccioné, y mi pereza y yo nos dimos media vuelta con el beneplácito de un cómodo edredón. El aparato volvió al acecho una y otra vez, dejándome claro que no estaba dispuesto a permitirme descansar ni un minuto más. ¡Qué fastidio! Para una vez que duermo como un lirón después de no sé cuántos días... ¿Quién será el pesado?, pensé todavía medio adormilada. ¡Socorro!, ¿seré idiota? ¡Si es Sapiens!, me dije, reparando por fin en dónde estaba, por qué me encontraba allí, qué había pasado la noche anterior y por qué me llamaba AMO-SAPIENS a las diez y media de la mañana. ¡EL MAESTRO era mi despertador!

—Lo siento, AMO, estaba totalmente dormida —contesté, carraspeando para intentar aclarar mi voz dormilona.

—¡Buenos días, perrita! ¿Cómo estás?

—Bien, pero estaría mejor con una ducha y, sobre todo, con un café con leche. ¿Qué tal si te llamo en media hora, AMO?

—De acuerdo.

No quise bajar a la cafetería porque prefería charlar con Sapiens en la habitación y desayunar con tranquilidad, mientras hacía otra vez la maleta, me arreglaba para ir a no sé dónde o, simplemente, me deleitaba observando los restos posbélicos de la maravillosa batalla que había tenido lugar en esa habitación, hacía sólo unas horas: cirios apagados por todo el cuarto, agua jabonosa de la palangana y de la depilación, desparramada por el suelo del baño, sábanas con manchas difusas, pequeños indicios de un añejo aroma a cera, rastrillos desechables en una papelera y ese olor a sexo salvaje que, aun estando medio dormida y con los cinco sentidos bajo mínimos, podía percibir para colmo de mi recreo...

Tardarían alrededor de diez minutos en subirme jugo de naranja, por descontado natural, café con leche en cantidad, y el dulce que había pedido.

¡Perfecto, así me da tiempo a ducharme!, pensé. El potente chorro de agua a presión me refrescó instantáneamente el cuerpo y la memoria, sobre todo cuando me enjabonaba las nalgas doloridas o cuando mi cabeza, que optó por mantenerse perenne bajo el chorro de agua casi fría, se empeñó en hacerme recordar con meticulosidad de CD lo ocurrido la noche anterior. Me sentí bien: tanto mis nalgas como mis recuerdos me hicieron sentir más que bien...

El albornoz blanco y la toalla anudada que me recogía el pelo dieron la bienvenida a un recién exprimido zumo de naranja que hizo las delicias de mi estómago y de mi sistema inmunitario, ávido de vitamina C, aunque el placer por esa bebida matutina no podía compararse con el del cálido y tonificante café con leche que acompañé con un cruasán. ¡Hummmmmmmm! ¡Ya era persona otra vez! Recreándome en el gusto que me proporcionaba la segunda taza de café y el cigarro después del desayuno, llamé a quien debía llamar:

—¡Buenos días, AMOSAPIENS! ¿Cómo estás? Perdona lo de antes, pero aún estaba cruda. ¡Bufff!, a veces creo que no me convierto en persona hasta que no tomo un café y me doy una ducha.

—¡Jajajajajajajajajajaja!: ¿Y qué se supone que eres antes de eso?

—Depende del momento. Si se trata de mucho, pero mucho tiempo antes del café, tú ya sabes mejor que nadie quién y cómo soy...

—¡Hummmmmmmmmmmm, perra, no me recuerdes el paraíso!

—Sí, AMO, lo fue, pero no me hagas preguntas raras porque aún estoy intentando reaccionar, y si no sé quién soy después del café, ¡no pretendas que sepa quién soy minutos antes!

—Querida Mafalda: nunca es tarde. Igual hoy averiguas algo respecto a lo de ser o no ser... Cambiando de tema, ¿estás bien? ¿Has descansado?

—¡Ni te lo imaginas! Hacía tiempo que no dormía tan bien...

—Me alegro. El día de hoy puede ser agotador. Por cierto, ¿recuerdas que debemos coger un avión? Si te parece, a las once y media paso a recogeros a ti y a tu maleta, ¿OK?

—OK, AMO —asentí, siendo consciente de que los dos evitábamos hablar de anoche.

Saboreé con deleite y parsimonia el café, y hasta me recreé haciendo dibujos con el humo del cigarro antes de ponerme de nuevo en marcha con un sinfín de pequeñas, pero necesarias acciones: recoger la ropa que ayer saqué de la maleta, cepillarme los dientes, ponerme crema en el cuerpo incidiendo con cariño y cuidado en mis doloridas nalgas, secar el pelo, ponerme cómoda gracias a mis eternos pantalones vaqueros, acompañarlos de una camisa y unas botas rojas tan urbanas como cómodas, pintar mis labios con ese armatoste que nunca dura nada, aunque la publicidad televisiva insista en la mentira de que el pintalabios es un inseparable compañero de la boca, rociarme de colonia fresca, peinarme con esas dos coletas bajas y ligeramente onduladas que sobrepasaban mis hombros llegando casi hasta los pechos, y coronar esta imagen desenfadada con la gorra de cuadros en tonos rojos que combinaba a la perfección con mi nuevo color de pelo, y que tanto me gusta usar en esas mañanas en las que la gran ciudad exige rapidez y versatilidad.

A las once y veinticinco bajé al vestíbulo del hotel, y vi que Sapiens estaba saldando la cuenta en la recepción. Evitando la indiscreción, no quise acercarme, pero me encantó que cuando me vio de lejos, mi AMO me guiñase un ojo. ¡Bufff! Volvió a darme un vuelco el corazón porque, sin duda, de día también me gustaba mucho ese hombre que, hoy por la mañana, había decidido vestirse con unos vaqueros gastados, sus zapatos de cuero negro con los calcetines también negros y, para variar, una camiseta de manga corta del eterno color cucaracha, que le quedaba de maravilla bajo su chaqueta de hilo del tono de siempre. Por cierto, había sustituido la enorme maleta de anoche por otra exactamente igual, pero de tamaño fin de semana.

Esas cosas pasan: hay veces que la noche, con el alcohol y la desinhibición que proporciona la oscuridad, hace que todos los gatos parezcan pardos, pero no..., en mi caso no fue así: primero porque, salvo el vino que nos regalamos después de que Sapiens y yo estuviésemos «encantados de conocernos», no bebí alcohol, y segundo, porque ahora, en una mañana en la que Oviedo había querido mostrar su sol más radiante, sentí que Sapiens me gustaba igual o más que ayer, sobre todo cuando lo vi acercarse una vez que le devolvieron la tarjeta de crédito, y rodeó mi cintura al tiempo que me daba un beso en la mejilla:

—Hummmmmmmmmm. ¿Está preparada mi bella perrita? —me preguntó, sonriente y bromista al tiempo que me bajaba la visera de la gorra.
—¿Para qué?
—Para todo.

No me atreví a contestar a ese «para todo»; tampoco a preguntar hacia dónde nos dirigiríamos o para qué nos desplazábamos, quizás porque intuí que, aunque lo preguntase, Sapiens no iba a tener la delicadeza de responderme.

Subimos al coche negro del AMO del norte y me sorprendí riendo sola, quizás porque reparé en que EL MAESTRO no tenía un cochazo enorme o de los que a veces se me antojaban sustitutos y compensadores, bien de las vergas pequeñas de sus acomplejados dueños, o bien representativos de un excesivo gusto por los golpes y la agresividad de su conductor. El coche de Sapiens era mediano, casi pequeño, como esos utilitarios que se mueven como pez en el agua dentro de la ciudad. Todo estaba equilibrado en este sentido, y yo, sin dejar de reírme internamente, pensé que ya podía dar buena fe de este equilibrio, tanto por el asunto del tamaño como por el asunto de la agresividad y los golpes.

La calidad de vida de las pequeñas ciudades me sorprendió al ver que llegamos al aeropuerto en apenas quince minutos para tomar un vuelo hacia no sé dónde, aunque una vez más la incógnita, lejos de molestarme, me producía un morbo y una adictiva sensación de juego, sobre todo por la confianza casi ciega que, sin saber por qué, mi corazón depositaba en Sapiens.

Dejamos el coche en el aparcamiento del aeropuerto y, tras los típicos deambuleos por la pequeña terminal, nuestro avión despegó por fin. ¡Barcelona!, ¡qué suerte!, pensé cuando el comandante avisó del inminente aterrizaje en la ciudad de destino. ¡Estamos llegando a la bella y mediterránea Barcelona!

En la preciosa ciudad de la Costa Brava, el clima era totalmente diferente al de la ciudad que rimaba con miedo: cálido y primaveral hasta el punto de poder transitar por sus calles en mangas de camisa. El olor a mar de la Barceloneta o el antiguo barrio de pescadores donde estaba situado el hotel en el que dejamos nuestras maletas me conmovió; quizás porque quienes vivimos en el interior nos comportamos como niños ansiosos de playa cuando olemos y miramos esa interminable y milagrosa mole de agua salada.

Sapiens y yo fulminamos la mañana con paseos, complicidad, cariño, besos manoseos al por mayor por cada esquina y, en definitiva, como una pareja cualquiera a la que acaba de sorprender la pasión y no puede, ni quiere, evitar abrazarse por la cintura o cogerse de las manos, mientras pasea por las Ramblas oliendo las maravillosas variedades de flores u hojeando libros de todo tipo.

Todo me emocionaba: Sapiens, el sol, las flores, los libros antiguos de temática variopinta, el clima cálido, la libertad, la grandiosa Sagrada Familia o la Barcelona de Gaudí que salpicaba el fantástico Paseo de Gracia. ¡Bufff! En el aspecto artístico de este tour turístico, sólo me faltaba Figueras y Cadaqués para empaparme de la vida y obra de otro de mis genios preferidos: Dalí.

De nuevo en la Barceloneta, y ya bien entrada la tarde, comimos una ensalada y pescado a la plancha, que acompañamos con un estupendo vino blanco, en una terraza con vistas al mar, de esas que tienen el sabor de varias generaciones que han ido heredando el pequeño negocio familiar, por cierto mil veces más cálido, sabroso y mágico que cualquier restaurante de lujo; al menos para mí, que soy amante del sabor e historia de las corralas de Lavapiés y, en general, de todo el casco antiguo de Madrid, o de la judería de ciudades como Gerona y Córdoba o, por ejemplo, del barrio de Santa Cruz en Sevilla. Sin duda, este tipo de lugares son los que incitan a tararear, aunque fuese mentalmente, que un manjar puede ser cualquier bocado si el horizonte es luz y el mundo un beso, y yo, en ese momento mágico, podía gozar del beso, del horizonte, de la luz y del manjar. ¡Qué suerte la mía!

—Lo de anoche fue increíble. De nuevo mi sumi me hizo el hombre más feliz de la tierra —comentó Sapiens distrayéndome de aquella sensación de plenitud, pero queriendo adentrarme en el recuerdo de otro tipo de plenitud.

—Para mí también fue estupendo, AMO: viví experiencias maravillosas anoche; tanto que creo que me relameré de nostalgia y de gusto cuando esté sola y las recuerde...

—No hace falta que las recuerdes: podemos repetirlas cuando quieras. ¿Querrá mi bella sumisa volver a sesionar esta noche conmigo?

—¿Es una proposición deshonesta?

—No, es muy honesta: a las claras y en la cara.

—Jajajajajajaja, perdona que me ría: es la primera vez que alguien me propone sesionar, cuando está pensando en...

—¿En coger? ¿Crees que lo de anoche fue sólo coger?

—No, AMO, por favor: no quería decir eso —contesté agobiada ante el malentendido.

—¡Bufff!, ¡me habías asustado!

—Yo sesiono, tú sesionas, ellos sesionan, nosotros sesionamos —dije, saliendo por la tangente con el juego de palabras y la broma de turno.

—Jajajajajaja. No lo dudes, perrita, no lo dudes: ellos sesionan, nosotros sesionamos y, además, nosotros sesionaremos con ellos...

—¿Cómo?

—Nada, perrita, nada: hablaba solo...

Aunque no entendí nada, obvié lo que acababa de escuchar porque Sapiens zanjó la conversación con ese tonillo irónico y cortante que le salía cuando no quería incidir en un tema determinado. Además, el sol estaba dándome de lleno en la cara y parecía que me provocaba para cerrar los ojos y sonreír o sonreírle, mientras daba pequeños sorbitos a ese fantástico vino blanco. ¡Éste es otro instante de placer infinito!, pensé, agradeciéndoselo a la vida con mi sonrisa.

Me apetecía acercarme al mar y disfrutarlo todo lo posible; es más, porque hacía un poco de fresco, pero sabía que con tres o cuatro grados más, ya estaría en el agua medio desnuda y todo lo salvaje que me permitieran las circunstancias y el entorno. Comenté a Sapiens mis ganas de arrimarme a la orilla y le pareció una idea estupenda, que al instante materializamos en una preciosa caminata por la arena y por el paseo marítimo.

—Espérame aquí —me comentó Sapiens cuando vio una cruz verde, indicadora «de farmacia».

AMOSAPIENS salió del comercio con un paquete que depositó en mis manos. Por cierto, ¡era otro enema!

—Es para ti. Sé que puede ser un incordio, pero ya has tenido pruebas más que evidentes de sus beneficios. Lo siento, perrita, pero esta noche, más que nunca, necesitamos beneficiarnos de este invento...

—¡Jooo! Me vas a deshidratar —protesté malcriada.

—Todos los días no se debe hacer algo así, pero estamos viviendo nuestro momento de gloria, y una tontería de éstas no nos lo va a enturbiar, ¿no te parece?

—Cago ennnnnnnnnnn......

—Eso es, perrita, eso es, ¡pero qué obediente es esta sumi mía!

—Grrrrrrrrrrrrrrrrrrrrrrrr.

El asunto enema volvió a quedarse atrás, cuando nos decidimos a tomar un café en otra terracita con vistas al mar, de esas que parecía estar siglos esperándonos. Sapiens y yo seguimos recreándonos comentando cosas de la noche anterior, aunque, poco a poco, iban apareciendo dudas y temas nuevos que, rápidamente, incorporaba a mi extensa lista de por qué, por qué y por qué.

—¿Por qué has dicho antes eso de ellos sesionan, nosotros sesionamos, y nosotros sesionaremos con ellos? ¿Por qué quieres que utilice otra vez un enema? ¿Por qué esta noche necesitamos más que nunca beneficiarnos del invento? ¿Por qué me has traído a Barcelona?

—¡Bufff, qué incordio! ¡Ya se ha despertado Mafalda!

—Menos bromas, Sapiens: sabes que necesito saber...

—Te equivocas: ayer vi claramente que necesitas sentir y olvidarte de racionalizar. Créeme: en el fondo te hago un favor si no te respondo.

—Grrrrrrrrrrrrrrrrrrrrrrrrrrrrrrrrr.

—Además soy tu AMO, tú eres mi sumi, y debes obedecer sin que tenga que explicarte nada.

—¡Negativo! ¡Error! ¡Error! ¡Error! —dije, imitando una especie de tonillo mecánico «tipo robot»—. He pasado una noche estupenda contigo y la volvería a vivir mil veces, pero no olvides que te llamo AMO porque es un jueguecito que te excita, pero no porque yo sea tu sumisa o la sumisa de nadie. Ya te dije una vez que si el mundo es yin y también yang, es un desperdicio tener que elegir entre Jane y Tarzán. Además, lo de ser AMA-zona también me atrae un montón.

—Jajajajajajajaja: sigue así y verás. Sigue sin reconocer la evidencia. Sigue pidiendo a gritos más pruebas que ese santo que no se creyó nada hasta que no vio y tocó. No te preocupes, ¿necesitas más? Sabes que tengo paciencia y te daré esas pruebas, perrita: esta noche seré generoso y te daré esas pruebas, lo tuyo y lo del inglés...

—Me está entrando un hormigueo con esta noche que ni te cuento. ¿Qué pasa? ¿Perderé el zapato de cristal? ¿Te convertirás en sapo? ¿Algún coche se volverá calabaza?

—De momento te diré algo: son las seis y debo irme ya porque necesito hablar con algunas personas, precisamente de esta noche. Ya ves: tu AMO te da la tarde libre.

—Pero...

AMOSAPIENS se percató de mi nuevo agobio y creo que se decidió a abrazarme para infundirme tranquilidad.

—Sabes que nunca haría nada que te hiciese daño.

—Lo sé.

—Entonces, ¿para qué sufres? ¡Vive el momento! Aprovecha el mar, la luz y esta tarde maravillosa. Yo voy al hotel a darme una ducha y volveré a por ti, no sé: ¿qué tal a eso de las diez?

—Tienes razón, AMO. Y está bien: las diez me parece una hora estupenda.

—¡Ésta es mi sumi optimista! Por cierto, es sólo una sugerencia, pero sé que en el sitio al que iremos esta noche te sentirías especialmente bien con ese precioso corsé negro que encontré ayer encima de la cama, cuando subí a encender los cirios. ¡Hummmmmmmmmmm!, ¿cómo sabías que me encantan los corsés?

—¿Y tú cómo sabías que pensaba estrenarlo hoy? ¿Eh, AMO fetichista y curioso?

Sapiens y yo nos despedimos, y sin distinguir si era desconsiderada o no, lo cierto es que me gustó mi ratito de soledad y libertad. Seguí paseando por la orilla del mar, toqué varias veces el agua e incluso me senté en la playa, sin miedo a embadurnarme de arena y mancharme los vaqueros, porque una maravillosa puesta de sol me sugirió aquel gesto rústico, salvaje y hasta un poco hippie.

Alrededor de las ocho decidí comerme un chocolate y tomar otro café con leche por un bar que me quedaba de paso, aunque no sé si necesitaba cafeína o si, simplemente, pretendía acudir al hotel con la dosis necesaria de cafeína, para relajarme en todos los sentidos, y arreglarme después con tranquilidad.

En esta ocasión, y como llevando la contraria al estilo del hotel de ayer, el de hoy sí era antiguo, de techos altos, inmensas y rocambolescas barandillas de forja negra, suelos de madera que crujen y pasillos fantasmagóricos. ¡Me encantó! Quizás porque, al igual que la terracita con vistas al mar, prefiero una y mil veces los sitios con sabor que el lujo de lo que ahora llaman diseño a todas horas, aunque sepa reconocer que todo tiene su momento y su razón de ser.

La habitación ya no parecía «mi habitación», sino «la nuestra», porque las toallas usadas por Sapiens en la ducha, más las chucherías de hombre tipo masaje, más objetos varoniles como las maquinillas de afeitar, más la maleta negra tamaño fin de semana que permanecía tranquilamente dormida en un rincón, no dejaban lugar a dudas. Claro que, si no dejaban lugar a dudas, supuse que eso significaba que dormiríamos juntos esa noche. Mi AMO era imprevisible, pero ¡me encantaba la idea!

Repetí una secuencia que me resultaba familiar: leer unas instrucciones absurdas para utilizar correctamente un artefacto tormentoso, tumbarme de costado esperando a que hiciera su efecto y, ¡zas!, estrenar el baño de la habitación 217 de un hotel con vistas al mar, situado en la Barceloneta.

Después de esto, y exceptuando el jacuzzi, tampoco cambió demasiado la siguiente secuencia con respecto al día anterior: baño de espuma, crema, desodorante, perfume, cepillado de dientes, rímel y delineador negro, pintalabios rojo de larga duración, que nunca sobrevivía a los besos de verdad, y, por último, enésimo secado de pelo. Novedades: dolor en las nalgas e intento de masaje para aliviarlo, más peinado y ropa interior y exterior diferente. Pelo: esta noche opté por recrear el peinado que llevaba en la foto que antaño le envié a Sapiens y, para ello, tuve que alisar el cabello como si lo hubiese lamido una vaca, subirlo hasta la nuca y recogerlo en una cola de caballo larga y lacia que me rozaba la mitad de la espalda y hasta me hacía cosquillas en los hombros cada vez que movía la cabeza. Adorno: dos enormes aros de plata. Ropa interior: tanga negra también, pero con unos graciosos remates de broches plateados. Vestimenta: pantalones negros ajustadísimos de culo, aunque acampanados en los bajos, y por los que, en otro orden de cosas, sobresalían mis inmensos zapatos de tacón de aguja o esos fetichistas zancos con los que me cuesta horrores andar sin torcerme los tobillos. Toque maestro: corsé de cuero modelo antiguo que, anudándose por detrás, dejaba los hombros sin adornos al descubierto y realzaba las tetas hasta el punto de hacerlas parecer amígdalas. Papel de regalo: mi eterno y gastado abrigo de cuero negro...

Sapiens, puntual como siempre, dio unos golpecitos en la puerta a las diez en punto. Abrí, claro, y los ojos de El MAESTRO se me antojaron vidriosos por segunda vez.

—A tu AMO le encantaría que te quitases el abrigo —comentó, haciendo la broma de repetir el mensaje que me envió ayer por el celular, cuando acababa de llegar a El Torreón.

—Claro, AMO —dije, obedeciendo su orden.

—Niña, mi niña, ¡estás preciosa! ¡Bufff! Dan ganas de no salir de aquí en toda la noche.

—Gracias, AMO. Por cierto, ¿quién nos obliga a salir?

—Tu puesta de largo, perrita.

—¿Mi qué?

—Escúchame bien —me dijo casi susurrando EL MAESTRO, mientras me agarraba de los hombros y me miraba fijamente a los ojos—. En cuanto crucemos esa puerta no tendré ocasión de repetir lo que voy a decirte ahora. Por favor, presta atención: necesito que, pase lo que pase, veas lo que veas y oigas lo que oigas, confíes en mí en todo momento. Sabes, y te lo repito por enésima vez, que nunca haría nada que te hiciera daño. Sabes también que debes abandonarte a tu AMO, aunque en algunos momentos no entiendas ciertas cosas. Te prometo que todo lo que ocurra esta noche lo he preparado sólo para ti. ¿Está claro?

—Sí, AMO, está claro —contesté un poco asustada ante tanta advertencia extraña.

—Bien. Ahora debes prestarme mucha más atención. Necesito que busques una palabra fácil, muy fácil de recordar, pero que no sea hola, gracias, adiós u otra que pronuncies siempre.

—No te entiendo, ¿por ejemplo?

—Por ejemplo, no sé: ¿qué tal papel, árbol, esquina, túnica, cuento, foto, palabra, estrella...?

—Árbol. Me gusta mucho árbol. Es fácil, natural, llana, campestre...

—¡Estupendo! Mírame bien —dijo Sapiens, cogiéndome de nuevo por los hombros—. Si esta noche te sobrepasa alguna situación, di fuerte y claramente ÁRBOL. ÁRBOL, ¿entiendes? Pero sólo en el caso de que alguna situación te sobrepase, ¿vale?

—OK, AMO —respondí más asustada que nunca.

—Está bien, perrita. La palabra ÁRBOL será nuestra contraseña...

Un taxi nos condujo por una nocturna, amplia y luminosa Barcelona, hacia la dirección que Sapiens indicó y, por supuesto, yo no fui capaz de memorizar. Al cabo de poco tiempo reconocí fácilmente las Ramblas, y por una de sus calles paralelas, el taxista terminó su carrera en un local revestido de ladrillo mate. Tras pronunciar no sé qué contraseña, EL MAESTRO entró y, sin rechistar, le seguí por los pasillos de ese lugar que, según me pareció leer en un pequeño letrero de la entrada, creo que se llamaba Rosas, Rosa's, Roses o algo parecido. Es cierto que no me esperaba luces de verbena, pero el ambiente me resultó demasiado lúgubre, en tanto que la música, que no pude calificar dentro de un estilo concreto, me fascinó envolviéndome con estridentes y parsimoniosos acordes, además de solos que, en cuestión de segundos, pasaban de ser muy agudos a muy graves, y al mezclarse con los eróticos acordes de un saxo decadente, me parecieron perfectos para aquel entorno aún no catalogado por mis antenas.

Llegamos a una barra de bar, que bien podría ser una barra cualquiera de los millones de bares que andan repartidos por el país, si no fuera por los cuadros que adornaban la pared con fotos de instrumentos de tortura como sacados de una película sobre la Inquisición, o por las bellas mujeres que caminaban desnudas por allí, tomaban una copa y exhibían con orgullo unos collares de perro, del que tiraban con fuerza sus AMOS, únicamente vestidos, por cierto, con minúsculas tangas y antifaces de cuero negro.

No sé si Sapiens se dio cuenta o no, pero sentí que los ojos se me iban a salir de las órbitas, igual que a esos asquerosillos bichos cazainsectos que muestran los documentales de televisión, solidarios, sin duda, con nuestra latina necesidad de echar un sueñecito después de comer. ¡Y no era para menos! Porque además de las fotos de las torturas, las mujeres del collar y los que tapados con un extraño antifaz tiraban de él, junto a la estantería en donde se exhibía todo tipo de bebidas alcohólicas, leí un letrero que me dejó aún más perpleja:

SE ALQUILAN MAZMORRAS.
Interesados preguntar en la barra o llamar al
658309877

¿Mazmorras? Sabía que en este mundo consumista se vende y se alquila casi todo: departamentos, ropa, apartados de correos, juguetes, disfraces, vajillas y prácticamente cualquier cosa, pero mazmorras, lo que se dice mazmorras, ¡no! ¡Socorro! Creo que intenté distraerme a propósito del escabroso tema alquiler de la mazmorra porque irremediablemente un ánimo agobiante y agobiado, tipo *Conde de Montecristo* o *Fuga de Alcatraz*, se estaba apoderando de mí...

¿Habría algo que pudiese desconcertarme más que el alquiler de la mazmorra?, pensé. Al instante, yo sola, sin necesidad de preguntar ni hablar con nadie, me respondí afirmativamente cuando sentí que la sorpresa por la decoración del lugar fue nimia, comparada con ese pequeño escenario, situado a la derecha de la barra, en el que una mujer altísima en parte gracias a unos interminables zapatos de aguja y vestida sólo con un tanga de látex azotaba con fuerza a un japonés. Pese a la difícil posición, aquel hombre, que estaba completamente desnudo y caído de bruces en el suelo, parecía mostrar con orgullo tanto su espalda marcada por un látigo, como ese trasero por el que su autoritaria y déspota AMA le daba patadas sin piedad, para deleite de ambos.

¿Sorpresa? No, sorpresa no fue exactamente lo que sentí, aunque tampoco encontré una palabra que pudiese describir la turbación y la estupefacción que me producían, no sé si aquellas escenas o la indolencia de cuantos charlaban, tomaban sus copas o deambulaban por allí, como si viesen y viviesen esas realidades con la misma asiduidad que un plúmbeo y repetitivo programa de televisión...

Capítulo
13

Ellos sesionan y nosotros sesionaremos con ellos

Entre tanto asombro, sólo una cosa me pareció real: cuando Sapiens acababa de pedirse un gin tonic y yo mi refresco de té con limón y hierbabuena, una extraña pareja se acercó hacia nosotros...

Él era muy alto, delgado, intensamente pelirrojo y no como yo que, desde hacía más o menos un mes, había coloreado mi pelo con unos difusos reflejos entre caoba y rojizos. Le calculé unos treinta y ya muchos años, aunque no creo que hubiera inaugurado aún la década que empieza por cuatro. Llevaba una perilla que se me antojó demoniaca y hasta divertida, e iba vestido, como no podía ser menos, de negro de la cabeza a los pies. Ella, en cambio, parecía un ángel que, con movimientos gráciles, proporcionaba vaporosidad a una túnica blanca que, a veces, sobre todo si coincidía que en su cuerpo se posaba algún hilillo de luz, transparentaba su intimidad sin rubor. Creo que tendría unos treinta años como mucho, y era hermosa, realmente hermosa con su cabello negro, lacio y de corte recto estilo francés que, unido a sus enormes ojos negros, le daba un aspecto parecido al de la cinematográfica y conocida Amélie.

—¿Así que ésta es la nueva perra de tu cuadra, Sapiens? —comentó el hombre pelirrojo, mirándome obscenamente de la cabeza a los pies.

—Sí, Justiciero, ésta es mi nueva perra, aunque está tan verde que ni siquiera he podido empezar con su doma —contestó Sapiens.

—Te felicito, Sapiens, está realmente rica tu zorrita. ¿Y dices que aún no has podido empezar con su doma?

—Así es, Justiciero.

¿Justiciero? ¿Sapiens había dicho Justiciero? ¿Acaso hablaba con un tal AMO-Justiciero y se estaban tratando de tú a tú, y obviando la palabra AMO del principio como los que tienen confianza y obvian el usted? ¿Será posible? ¿Pero cómo un AMO podía llamarse Justiciero? Mi cara debió gesticular un rictus de desconcierto que tuvo que ser captado por la mujer de la túnica blanca o, para mí y desde el principio, un ángel, quizás mi ángel. Imagino que tuvo que ser así porque la mujer a la que acababa de denominar internamente como Amélie, sin dejar de bajar la cabeza pero aprovechando el entretenimiento de su AMO con Sapiens, me guiñó con timidez un ojo. El gesto me pareció un símbolo de complicidad femenina y como la señal que una buena amiga intentaba hacer para tranquilizarme, poniendo cara de: No te preocupes, yo también he pasado por lo mismo. Lo superarás y todo será maravilloso. Ánimo: estoy contigo...

No sé si fue mi cabeza la que se imaginó todo esto, pero lo cierto es que ese demonio Justiciero, como también denominé al hombre pelirrojo, ya no me asustó tanto cuando seguía mirándome de arriba abajo, sin dejar de preguntar a Sapiens cosas sobre mí:

—Las más ricas no suelen ser dóciles. Le pasa esto a tu perra, ¿verdad, Sapiens?

—Sí —contestó un chivato y asquerosamente traidor Sapiens—. Lo mismo juega a ser insumisa, AMA, switch, sumisa o de todo un poco.

—¿AMA? Jajajajajaja. ¡Eso habrá que verlo! Todas dicen lo mismo, ¿o no, Sapiens?

—Ya ves, Justiciero, ya ves. Y la ironía es que, desde el principio, supe que esta perra sería una de las mejores, aunque lo del collar le queda lejos aún.

—¡Ay qué dura es la vida del AMO! Las domas no acaban nunca... En fin. Esta noche, amigo Sapiens, promete. Gracias por invitarme.

—De nada, Justiciero. Gracias a ti por venir —respondió Sapiens, cortés.

—Cuando quieras empezamos —dijo ese pelirrojo grosero, frotándose las manos.

—De acuerdo, empecemos cuanto antes.

Los dos AMOS caminaban delante sin hablarnos o dedicarnos una mirada indicadora de algo, ni al ángel ni a mí que, prácticamente, no pronunciamos una sola palabra en toda la noche. No comprendía nada. Sólo sé que seguí a un Sapiens totalmente distinto del que había conocido hasta ahora, aunque no dejé de pensar que, como venía siendo habitual, todo era parte de una nueva etapa de este extraño juego.

Atravesamos dos pasillos largos y bajamos una escalera que nos condujo a una cueva estilo bodega y como las de las antiguas casonas de pueblo. Unas luces indirectas y camufladas estratégicamente tras los ladrillos de la pared apenas dejaban observar con claridad un entorno cuajado de sombras. ¿Cómo? ¿Estaba viendo bien? Sí, estaba viendo bien: la cueva, perfectamente acondicionada respecto a los asuntos de la luz tenue y temperatura ambiente, contaba con instrumentos de tortura como los de las fotos de la barra, aunque esta vez eran reales. Delante de mí podía ver un potro, cadenas enormes, poleas de hierro suspendidas en distintas alturas, una silla con torniquetes espectaculares y otro tipo de artilugios que no había visto en mi vida.

Me asusté de verdad, sobre todo cuando por sorpresa Justiciero se puso detrás de mí para sujetarme con fuerza los brazos, hasta conseguir que los juntara delante del cuerpo. Me resistí, pataleé al aire, y hasta le aticé más de una patada en las piernas o en sitios peores, acompañada de unos insultos que, automáticamente, causaron pavor en el rostro de Amélie:

—¡Suéltame ahora mismo, idiota!

—¿Ah, sí, puta? ¿Conque idiota, eh? —respondió aquel hombre que, quizás motivado por el insulto, me apretó con tanta fuerza los brazos que hasta llegué a creer que me los podría romper—. Veremos si dentro de un minuto te atreves a decir lo mismo.

Sapiens aprovechó mi posición de indefensión para amarrarme las muñecas con las argollas que colgaban de una cuerda que, a su vez y debido a un curioso efecto óptico, parecía nacer del mismo techo. Después, aunque ya no pude distinguirlo muy bien, me pareció que presionaba una especie de palanca que servía para tensar despacio aquellas cuerdas y elevarme los brazos por delante del cuerpo, hasta conseguir dejarme completamente suspendida en el aire. Sentí pavor, grité y pataleé de nuevo a la nada sin dejar de insultar, pedir o exigir que me bajaran de allí. Odié a Sapiens con todas mis fuerzas y le dediqué una mirada más que furiosa, pero la cara de bondad y a la vez de autoridad de EL MAESTRO sólo me hizo recordar nuestra complicidad y la advertencia de sus últimas palabras: Necesito que, pase lo que pase, veas lo que veas y oigas lo que oigas, confíes en mí en todo momento.

Entonces me tranquilicé. Sólo por un momento, pero me tranquilicé, pese a estar indefensa, suspendida en el aire y con un demonio Justiciero merodeando alrededor.

Me pareció que ante una especie de chasquido casi imperceptible de dedos, Justiciero avisaba a Amélie de alguna cosa porque coincidió que aquel ángel, al toque del pelirrojo, se quitó la túnica blanca y se presentó completamente desnuda y con la cabeza baja frente a su AMO.

¡Increíble! Es cierto que Sapiens me había repetido una y mil veces que «perra» era sinónimo de estar siempre caliente y dispuesta para el AMO, pero para mí, en ese instante en el que acababa de observar perpleja la actitud de Amélie, «perra» era el mejor sustantivo que podría describir el nivel de respeto y obediencia que una sumisa demostraba y tenía para con su Dueño. Por no hablar, claro está, del adiestramiento que un AMO podría lograr con respecto a su esclava que, sorprendentemente, acataba las órdenes dadas a través de extraños gestos y como si, en vez de una persona, fuese un animal.

¿Podía pensar lo contrario si Amélie, además de aparecer cabizbaja y sin mirar a Justiciero a los ojos, se quitó la vaporosa y casi transparente túnica blanca, justo cuando su AMO chascó los dedos? Por otro lado, ¿cómo no asociar y recordar a través de esa señal, otro de los famosos archivos que me escandalizaron en su día? En particular, el titulado *El arte de la entrega* y, más concretamente, aquel párrafo que mostraba cómo una esclava debía reaccionar ante ciertos indicios como palmadas y chasquidos, del mismo modo que un perro bien domado obedecía, saltaba, buscaba, se sentaba, dejaba de ladrar y hasta traía entre sus fauces las pantuflas de su dueño, tras la respectiva orden y correlativo gesto de aquél:

La esclava o sumisa debe aprender a expresar con su cuerpo su sometimiento total al Amo, su pertenencia a su dueño, su humildad y permanente disponibilidad para ser usada. Para ayudarla en dicho aprendizaje, es importante que sea entrenada en adoptar

*determinadas posiciones corporales, correspondiendo
al tipo de situación en la que se encuentre.*

Creo que fue inevitable recordar esa información que,
por otro lado, era de las pocas que aterrizaron en
mi compu acompañada de dibujos ilustrativos de su
texto. Por cierto, un texto que, al estar escrito completamente en negrita, parecía hacer especial hincapié en una frase que siempre me dejó boquiabierta:

*Con tan sólo unos chasquidos y unas palmadas, pue-
de disponerse de la esclava tanto para infligirle castigos corporales como para utilizarla sexualmente.*

Ocho posturas diferentes mostraban aquellas estam-
pas pero, sin duda, la actitud de Amélie era un claro
reflejo de la primera o la que, según su pie de foto,
debía utilizarse para las situaciones en las que la sumisa debía oír algo de su Dueño o prestarle atención
visual, pese a que, irónicamente, no permitía, ¡bajo
ningún concepto!, mirar al AMO a los ojos. Además,
y al igual que Amélie, en la foto también la esclava se
presentaba desnuda, de pie ante su Dueño y con las
piernas ligeramente abiertas.

En cambio, posturas más complejas, asimismo
surgidas de palmadas y chasquidos, se utilizaban para otro tipo de prestaciones: servir oralmente al Amo,

no oponer resistencia a ninguno de sus mandatos, facilitar la inspección de los genitales, recibir azotes en nalgas y espalda, ser utilizada sexualmente, y aquella pose en la que la esclava, a cuatro patas y tras mover ligeramente las nalgas hacia un lado, indicaba a su Amo que estaba excitada y deseaba sexo, sin que ello significase, como expresamente constaba en el texto, que el Amo tuviese que atender tales demandas.

No dejé de mirar a Amélie, pero logré apartar por fin de mi cabeza aquella gimnasia BDSM, pensando que ese ángel tenía un cuerpo perfecto. Es más, aunque se diga por ahí que los ángeles no tienen sexo, Amélie me parecía un ángel bellísimo que, como yo, también tenía el sexo depilado.

No sé si entre Justiciero y Amélie hubo más chasquidos, palmadas o miradas delatoras e indicadoras de lo que ocurrió después. Sólo sé que la escena cambió completamente cuando el ángel se posó frente a mí, agarró mis piernas al tiempo que echaba el cuello hacia atrás con ánimo de poder encontrarse con mis ojos, para terminar mirándome con un gesto de ternura que me conmovió.

Sapiens, que observaba la estampa sin inmutarse ni participar en nada, pronunció de las pocas palabras que, prácticamente, le escuché decir en toda la noche:

—Fíjate bien en lo que hace ella. Puede que algún día tú debas hacer lo mismo con otra perra como tú, igual que a ella, hace tiempo, también le hizo algo parecido otra esclava.

Ahora sí entendí, o más bien intuí, lo que estaba pasando. Definitivamente, «el ángel» era la esclava oficial de Justiciero, y conmigo estaba cumpliendo una de sus órdenes; en concreto, algún mandato relacionado con este rito que parecía transmitirse de una esclava a otra, si sus AMOS así lo ordenaban. Al menos me vino esta explicación a la cabeza, cuando la extraña situación me recordó, de nuevo, una de las cincuenta y cinco reglas de oro de una esclava:

Llegará el día en que tu Amo y Señor te prestará a otros Amos, a sus amigos o incluso a otros esclavos. Sírvelos tal como tu Amo y Señor desee.

Me relajé pensando que otras mujeres habían estado donde me encontraba yo ahora; al menos, y en concreto, la hermosa mujer que, frente a mí, no dejaba de mirarme con mezcla de devoción, complicidad femenina, protección lujuriosa y tierna amistad. Tras este pensamiento que duró décimas de segundo, me percaté de que acababa de perder de vista a Amélie para pasar a notar, primero su aura detrás de mí y después sus manos sobre mis pantorrillas y muslos, cubiertos aún por mi ropa. Los AMOS eran simples espectadores de cómo esa mujer me rodeaba de un lado a otro hasta que se decidió a quitarme los zapatos, desabrocharme los pantalones e izar sus brazos para poder bajármelos más fácilmente, sobre todo si yo, solícita, colaboraba con ella girando suavemente la cadera y la cintura para que pudiera maniobrar mejor. Después, Amélie coronó mi casi desnudez con un toque tan femenino como fetichista porque, tras quitarme los pantalones, aquel ángel no dudó en volver a calzarme con mis interminables zapatos de aguja, aunque estaba claro que, al estar suspendida en el aire, no tendría que pisar o caminar por ningún sitio.

Y allí estaba yo: colgada del techo, con un doloroso tirón en los hombros y casi desnuda porque Amélie, quizás solidaria con mi extraña situación, no me había quitado la tanga negra con remates plateados, el corsé que tanto gustaba a Sapiens y, por descontado, mis inoperantes zapatos de tacón alto.

Creo que permanecí así unos minutos en los que tuve la extraña sensación de que tanto los Amos como Amélie me miraban como si fuese una pieza de colección, una especie de joya expuesta en una singular vitrina o un animal salvaje recién cazado. Pero no, en ese momento aún no me di cuenta de que, en realidad, no era nada de eso. Era, o al menos allí pretendían que así fuera, la nueva perra de Sapiens que, en una ceremonia de iniciación BDSM, iban a intentar domar tres extraños seres, a través de una peculiar sesión sadomasoquista.

El dolor de hombros y mi desnudez pasaron a un segundo plano cuando aquella mujer, de nuevo frente a mí, volvió a quitarme los zapatos para comenzar a lamerme cada dedo de los pies, del mismo modo que antaño y en el chat hizo una tal ramera con un tal solitario. Su lengua pasaba de dedo a dedo, de pie a pie, de pierna a pierna, hasta que tras haber recorrido por completo con esa capa de saliva mis dos extremidades inferiores, se detuvo en el vértice que unía a ambas. Ese ángel, del que desde aquella posición sólo me permitía verle la coronilla, miró hacia arriba para apartar la tanga negra de mi pubis, abrir suavemente mis labios mayores con sus manos y pasar al instante siguiente a presionar mi clítoris, como sólo una mujer sabe que debe presionarse ese botoncillo juguetón.

No podía verlo en la oscuridad del rincón en el que supuse que permanecía impasible y a modo de espectador, pero me imaginé a Sapiens tan excitado como estaba empezando a excitarme yo que, irónicamente, tanto había asegurado y hasta afirmado con rotundidad que no me gustaban las mujeres. Nuestras conversaciones sobre «tríos» invadieron mi cabeza mientras disfrutaba los regalos de Amélie:

—Lo siento, perrita, pero no te permitiría tener un sumiso porque no me gustan los tipos.

—¿Y a ti qué más te da? ¿No sería sólo para mí?

—Sólo si yo te lo autorizase puedo darte permiso para disfrutar sesiones a solas con otra sumisa o sesiones conmigo delante.

—Ya, claro, y me imagino que sería lo segundo, ¿verdad?

—Sí. Me encantaría ver cómo te coge o cómo te la coges tú. ¡Me muero de morbo!

—¿Tantas vueltas para esto? Mira, Sapiens, tú, como todos, sólo quieres ver cómo se enrollan dos mujeres... ¡Haberlo dicho sin excusas de BDSM!

—Es cierto, pero no olvides que aquí también se utilizan los juguetes...

—¿Y cómo los consigues? ¿Se los pides a los reyes todos los años? A Baltasar, supongo, porque «el negro» es el color del BDSM... Venga, AMO, que te ayudo a escribir la carta del próximo año: Querido Baltasar: mi AMO quiere unas esposas de Famosa, un látigo de Playmóbil y una fusta de Toy-saras... ¡Ya estás, AMO, ya estás!

De acuerdo, había dicho una y mil veces que no me gustaban las mujeres, pero además de nada, ¿qué pasaba si acababa de cambiar de opinión? ¿Y si por fin mi vida no era un desperdicio porque el mundo era yin y también yang, y ya no tenía que elegir entre Jane y Tarzán? En cualquier caso, Amélie no me parecía una mujer, sino un ángel que empezaba a darme mordisquitos en el clítoris y a lamer mi vagina con ternura y lujuria a la vez, despertando esos jadeos tímidos que salían por mi boca. Mi cueva estaba cada vez más húmeda, no sé si por efecto de la saliva o ya de otras cosas, y deseé con fervor que alguien me bajara de allí para corresponder con mi lengua y mis caricias los gestos eróticos de Amélie.

Pero nadie me bajó, quizás porque al igual que la noche anterior, mis súplicas o no podían ser escuchadas por quien podía hacerlas realidad, o bien, y precisamente por suplicar, aunque fuera internamente, me negaban lo que estaba deseando en cada momento con todas mis fuerzas. Con esta actitud de recelo, creo que mi inconsciente también resolvió una recurrente, antigua y rocambolesca duda: definitivamente, si a una sumisa le encanta, por ejemplo, que le acaricien el clítoris, el AMO que quiere darle placer hará cualquier cosa excepto acariciárselo porque la humillación, la dominación y hasta cierto despotismo priman en BDSM sobre el placer fácil.

Es más. No sólo no me bajaron de allí, sino que cuando me relajé y abandoné al placer de esas caricias y ese maravilloso cunnilingus, que un ángel me estaba regalando sin que supiera por qué, el demonio pelirrojo, a traición, me propinó un golpe rápido y como de culebra que cayó en mi espalda y mis nalgas. Grité, me mordí los labios, tensé y endurecí mi cuerpo como si fuera una piedra, hasta el punto de que me parecía que iba a estallar, e incluso crucé las piernas que ya se habían relajado y entreabierto para colaborar con las acciones de aquel ángel; un ángel que, de nuevo comprensivo con la extraña y dolorosa situación, me las abrió con suavidad para regalarme otra vez sus mimos.

Intenté abandonarme de nuevo a las caricias, presiones y lametazos que Amélie ejercía sobre mi sexo, al tiempo que recibía aquellos golpes que ya supe con certeza que venían de un látigo y no de un simple cinturón. Me moría de dolor y, varias veces, estuve a punto de pronunciar la palabra ÁRBOL, pero un extraño amor propio me impedía dejar salir ese vocablo de mi boca.

Se me saltaron las lágrimas y puse todo de mi parte para soportar aquello, o bien excitándome cuando bajaba la cabeza para ver las acciones de aquella mujer sobre mi pubis, o bien pensando que quizás Sapiens estaría disfrutando con todo esto o, por último, recordando e intentando aplicar, para mi beneficio, una de las ya para mí sagradas cincuenta y cinco reglas de oro de una esclava:

Desarrolla tu capacidad de autocontrol sobre las sensaciones dolorosas para mejorar progresivamente tus prestaciones. Verás gozar a tu Amo y Señor y te sentirás satisfecha de conseguirlo.

Aunque intuía su dolor por mi dolor y, contradictoriamente también, su placer por ese dolor que me resultaba casi insoportable, no podía ver gozar a mi AMO y Señor porque de Sapiens sólo me llegaba una sombra escondida en algún rincón del habitáculo. Además no podía pensar en ÉL porque sentí que mi espalda sangraba y me abrasaba con una quemazón brutal, directamente proporcional a cada golpe y chasquido seco que seguía retumbando en aquella cueva.

Tuve que sufrir varios latigazos, y quizás porque aunque no la pronuncié en voz alta, la palabra ÁRBOL fue dibujada por mis labios cuando estuve a punto de desmayarme, Sapiens se decidió, ¡por fin!, a aparecer en la escena para presionar de nuevo esa palanca y terminar con mi suspensión, al tiempo que con una esponja húmeda mojaba sin cesar mi cara. Me sentí aliviada por el agua, pero mucho más aún porque pude divisar al demonio pelirrojo: sin duda, ver a aquel bicho delante de mí era señal de que ya no se encontraba detrás para azotarme de nuevo.

Caí de bruces al suelo, exhausta, aunque libre de ataduras y, a los pocos minutos, sólo tuve el impulso de levantarme como pude para abrazar a aquella mujer, no sé si como agradecimiento por lo que me había hecho, por la excitación que me produjeron sus caricias, por la necesidad de ese afecto de adulto que tiene un niño cuando se ha hecho una herida o con ánimo de calmar el dolor o el terrible miedo que sentía y, sin rubor, delataban mis lágrimas difusas.

Ella me abrazó también y al ritmo de mis casi imperceptibles quejidos, comenzó a darme besos por cada herida y por cada rastro de látigo que había pasado por mi espalda como un relámpago certero. Eché las manos hacia atrás intentando dar con ella, cogerla y así poder tenerla delante para besarla, porque eso fue lo único que me apeteció hacer cuando conseguí mi propósito: reposar mi cabeza en su hombro, abrazarla, besarla, acariciarle los cabellos, lamerle los lóbulos de las orejas, tocarle unos hermosos, turgentes y redondos senos, para terminar jugando con su sexo húmedo, con ánimo de seguir humedeciéndolo más y más.

Nos besamos, nos acariciamos, nos masturbamos las dos, despertando unos orgasmos suaves que se acompañaban de esos susurros que, seguramente, estarían calentando más que una estufa a unos AMOS que estarían divisando la escena en algún rincón de la lúgubre cueva. Nuestra complicidad debió de despertar la envidia del diablo pelirrojo porque rompió violentamente nuestro tímido éxtasis, agarrando a Amélie del pelo y llevándola a la fuerza hacia una mesa sobre la que la obligó a flexionarse horizontalmente, haciéndola reposar la cabeza y los brazos en el tablero. Después se dirigió a mí:

—Vamos, zona: haz lo que un AMA tiene que hacer —me increpó autoritariamente, poniendo en mis manos una fusta.

    —¿Zona? No te entiendo...

    —¿No entiendes? ¡Jajajajajaja! ¡Vamos! ¡Azótala! ¿O tú no eras AMA-zona? ¡Jajajajajajaja!

Pese a la incomodidad de tenerla reposada sobre la mesa, el ángel giró la cabeza, creo que con ánimo de hacerme un gesto de asentimiento y de: ¡Adelante, por favor, pégame!, no te preocupes por mí: me encanta que me hagas esto.

    ¡La fusta me asusta!, recordé cómo le dije una vez a Sapiens, cuando me insinuó que algún día tendría que acudir a la sex shop para comprar una. ¡Socorro, la fusta!, ¡pero si yo siempre dije de broma lo de AMA-zona y Barbie BDSM! ¡Quiero irme!, ¿qué hago aquí si ni quiero, ni me siento capaz de pegar a nadie? ¡Y menos a un ángel! Fue inmedible el nivel de angustia que me invadió, cuando noté entre mis manos ese artilugio que sólo había utilizado, por cierto muy torpemente, una vez; en concreto, cuando con un grupo de amigos, Pedro y yo hicimos una excursión a caballo por un bucólico paisaje y me tocó montar un percherón tan vago, que tuvieron que dejarme una fusta para conseguir que esa mole equina se moviera de vez en cuando, y no retrasase el trotecillo novato del grupo...

¡Es increíble la cantidad de registros que todos llevamos dentro! ¿Quién dijo que no iba a ser capaz de pegar? ¡Claro que fui capaz! Es más, pegué a aquel ángel porque era lo que exigían las circunstancias del momento, aunque también es cierto que no podría haberle propinado aquellos golpes con la fusta si no hubiera visto esa cara de placer que parecía pedírmelos con devoción.

Intenté hacerlo lo mejor que pude: despacio, torpe y tímidamente primero, aunque al tercer o cuarto intento, de mi mano salieron golpes rítmicos, precisos y tan secos, que se escucharon en toda la habitación como los latigazos que unos minutos antes acababa de recibir yo.

No era capaz de entenderlo, pero me excité mucho pegando a Amélie, quizás porque, sin hablar, supe con toda seguridad que esos golpes le daban más placer que cualquier otra cosa a esa mujer. ¿De verdad era AMA-zona?, me pregunté en medio de mis líos de AMAS y sumisas. ¿Sí? ¿No? ¿Por qué estaba disfrutando causando dolor a otra persona? Es más, ¿por qué me producía dolor su dolor, al tiempo que sentía placer, por el placer que a Amélie le causaba mi fusta? ¡No me lo puedo creer! ¿Cómo podía ser? En apenas un día y medio, había disfrutado obedeciendo a Sapiens, rogándole, diciéndole AMO a todas horas, abandonándome a ÉL como si quisiera dejarle el control de mi vida y hasta haciéndome venir con sus despotismos y dominaciones. Pero ahora, ¡socorro! ¿Qué me estaba pasando ahora? ¿Por qué disfrutaba haciéndole a otra persona lo que Sapiens me había hecho a mí? ¿Y si no fuera AMA ni sumisa, sino una switch o como me dijo EL MAESTRO una vez?

—Lo siento, Sapiens, pero ya te he dicho mil veces que no soy sumisa porque si el mundo es yin y también yang, es absurdo tener que elegir entre Jane y Tarzán...

—¡Jajajajajajajaja! ¿Y?

—Pues que también quiero jugar a ser AMA-zona, aunque tuviera que enamorarme de un masoquista faquir y de su cama de clavos. ¿Te imaginas qué mona iba a estar con un corsé de cuero negro, una tanga a juego y un latiguito o un cinturón en la mano?

¡Vamos, esclavo! ¡Dame tu espalda, que me tiembla la fusta!

—¡Jajajajaja! ¡Me encanta tu inocencia! Mira, el problema es que el BDSM es muy jerárquico. Esto quiere decir que nunca puede haber relación entre dos amos porque debe estar claro dónde está el mando y dónde la obediencia...

—Sí, el mando a distancia siempre es una lucha a muerte, ya te digo.

—Para lo que tú dices está la figura de la switch o una persona que adopta los dos roles.

—¡Hummmmmmm! ¡Ésa quiero ser yo! ¿Quieres ser mi esclavito, AMO? ¡Vamos sumiso! ¡He dicho que te pongas a cuatro patas! ¡Hoy vas a probar mi látigo!

—¡Jajajajajajajaja! Me muero de risa contigo, de verdad que me matas... Mira, perrita, yo no puedo ser tu esclavito, pero tú puedes ser sumisa y tener una esclava, claro que si yo fuera tu AMO, también sería esclava mía. ¡Qué bien! ¡Otra perra para mi cuadra!

—GUAU, ¡pero qué descaro! Yo prefiero un esclavo...

—Lo siento pero ya te he dicho que no te permitiría un sumiso porque no me gustan los hombres.

—¡Ni a mí las mujeres! No te fastidia...

Al cabo de unos diez fustazos, y sin que nadie me lo ordenara, el dolor por el dolor de Amélie me llenó de ternura, compasión y hasta una especie de remordimiento de conciencia que traduje en el gesto de ir a abrazarla por la espalda, para girarla y volverla a besar como la estaba besando antes del momento cuero o antes de excitarme sintiendo un desconocido y enorme placer: el placer del poder, de dominar y llevar a mi antojo las riendas de un juego erótico a través del sadismo, la autoridad y el mando.

No sé si los AMOS se sorprendieron o no por esta reacción; no sé si estaban excitados o confusos. Sólo sé que Sapiens, ya desnudo completamente, pareció animarse a participar por fin, acercándose para ponerse detrás de mí y restregarme su verga por las nalgas, mientras yo, quizás porque me sentía culpable por los golpes que acababa de propiciar, haciendo caso omiso de la provocación de EL MAESTRO, no dejaba de besar y acariciar a Amélie con un amor que me explotaba desde lo más profundo.

Por su parte, el diablo pelirrojo, después de desnudarse y mostrar su verga erecta, hizo lo mismo con su esclava, aunque pronto se cambiaron las tornas, y me quedé excitadísima y fuera de juego, viendo cómo Amélie se inclinó para chupar con devoción la verga de Sapiens, al tiempo que Justiciero empezó a encularla sin piedad.

Observé completamente sorprendida aquella escena... También observé sorprendida la cara de placer de esos AMOS. Observé más sorprendida todavía cómo el ángel mutaba la ternura inicial de su gesto por una lujuria desaforada, quizás porque mientras hacía aquella mamada a un AMO que no era el suyo, aunque por orden de Justiciero imagino que debía tratar a Sapiens como si en realidad fuera su Dueño, tenía muy presente otra de las ilustrativas cincuenta y cinco reglas de oro de una esclava:

Cuando participes en escenas en las que además de tu Amo y Señor intervengan otras personas o esclavos, demuestra a todo el mundo que tu Amo y Señor es el mejor y que ha hecho de ti la más sumisa, la más guarra y la más puta de las esclavas. Haz que se sienta orgulloso de ti.

Vi, además, cómo el diablo pelirrojo se sentía orgulloso de haber conseguido que Amélie fuera la más sumisa, la más guarra y la más puta de las esclavas. Por eso observé también cómo su orgullo y, sobre todo, el agradecimiento infinito a su sumisa se traducían en unas embestidas brutales a las que ella, a veces, respondía gritando sólo cuando el placer la desbordaba y se animaba a sacar la verga de Sapiens de su boca. Asimismo observé, para colmo de indicios, que una de las paredes de la cueva estaba adornada con un enorme botón como de casaca antigua, aunque no era sino un trisquel que dividía su representativo círculo en tres partes. El símbolo BDSM también contaba con tres agujeros que, ahora, en el momento que estaba viviendo, me parecieron los tres orificios por los que, indistintamente, cualquier AMO podía cogerse a su esclava. Claro, que si me daba por aplicar aquellos huecos a lo que estaba ocurriendo en aquella cueva, y a las tres personas que estaban dando rienda suelta a su pasión, el primero de esos huecos se me antojaba, sin duda, la boca de Amélie mamando la verga de Sapiens; el segundo, el culo de ese ángel que estaba siendo sodomizado por un AMO Justiciero, y el último, la vagina que a oscuras y en silencio masturbaban los dedos de una excitadísima AMA-sumisa-insumisa, que tenía el lujo de presenciar aquella escena.

Observé, en fin, una estampa que me regalaban en vivo y en directo dos AMOS y una sumisa, quizás para que aprendiera, ¡por fin!, que todo forma parte de un viaje al éxtasis, incluyendo las diferentes paradas por el lado doloroso de la vida que, en vez de negarse como si no existiera, debería incitarnos a hacer un alto en esa punzante parte del recorrido, por el simple hecho de existir. Aprender a disfrutar del dolor era un fragmento importante del camino, y aceptar este hecho no era sino una ventana de luz que servía para que AMO y sumisa se comunicasen en busca de la virtud, poniendo al servicio del ARTE BDSM una complicidad milagrosa, una simbiosis mágica y una religiosa entrega, tan grandiosa como mística.

Con estas ideas nadando y aflojando las antaño rígidas etiquetas que había forjado mi encorsetada cabeza, observé también cómo Sapiens eyaculó en la boca de aquella hermosa mujer, que veneró los fluidos de EL MAESTRO como si el cielo le mandase maná o como, en otro orden de cosas, me dio a entender Sapiens respecto al tema de la leche en otra de nuestras innumerables charlas:

—Por cierto, ¿te gusta la leche?

—¿La leche? ¿Te refieres a esa... leche? ¡Puagggggggggggg!

—Hummmmmmmmmmmmmmmmmm —exclamó Sapiens.

—¿Hummmmmmm o Uffffffffffff? No me digas que te gusta que no me guste la leche.

—Me encanta que no te guste.

—No te entiendo. ¡Y yo que creía que había perdido cien puntos!

—¡Al contrario! —exclamó un, para mí, contradictorio AMOSAPIENS.

—¡La leche! ¿Y se puede saber por qué te gusta que no me guste la leche?

—Mira, hay cosas que son retos, tienen más ciencia... Si todo fuera demasiado fácil pierde interés.

—O sea, que te gusta que no me guste para darte el gusto de que termine gustándome la degustación... ¡Ya te veo, MAESTRO, ya te veo!

—Jajajajajaja. ¡Premio! ¡La bici para esta señorita que, además de poeta y ludópata gramatical, es jodidamente lista!

Tras entender aquellos «milagros lácteos», observé cómo el diablo pelirrojo también derramó sus fluidos en las interioridades de Amélie, al tiempo que le concedía un permiso expreso para que ella dejase salir su placer, ya sin inhibiciones. El ángel obedeció, coronando una sinfonía de orgasmos que, a capela, derramaron con su voz tres seres, al menos para mí, absolutamente luminosos.

Por cierto, no sé si Amélie o cualquiera de los AMOS pudieron percatarse de que yo también acababa de venirme, cuando tuvo lugar el final de la chaqueta que me hice, esta vez sin necesidad de imaginar nada y sí, en cambio, gracias a la escena que acababan de sesionar y representar frente a mí un MAESTRO, un ángel y un demonio pelirrojo.

Creo que ninguno de los tres se dio cuenta de mi masturbación porque cuando terminaron con sus juegos se miraron satisfechos, haciendo caso omiso de mi existencia y como si esta indiferencia formase parte de su recreo. Sólo cuando se vistieron y comentaron que les apetecía tomar una copa, Sapiens me cogió con brusquedad del brazo, arrastrándome hasta una especie de jaula enorme que, tenebrosa, descansaba en un rincón de aquella cueva. Caí de rodillas cuando EL MAESTRO me empujó al interior de esa mazmorra que cerró con llave, mientras aprovechaba el espacio existente entre barrote y barrote para colocar su verga desnuda en medio de estos hierros, orientarla hacia mi cara y, ¡por muy increíble que parezca!, mearse encima.

Un minuto después y como si nada hubiera pasado, Justiciero, Sapiens y Amélie apagaron las luces de la cueva y salieron de allí como si nada...

Mear... Mear... Mear... ¡Aquello era el colmo! Estaba tan aturdida, magullada, cansada, dolorida, sobresaltada o incómoda de rodillas dentro de una jaula oscura y con ese complejo de irrealidad que surge cuando no se puede dar crédito a una experiencia demasiado intensa que sí está ocurriendo de verdad, que respecto al sentido de la micción de Sapiens en mi cara, sólo alcancé a recordar, quizás por la imperiosa necesidad de entender ese humillante gesto, el último párrafo del famoso contrato, que personalmente nunca firmé, aunque poco a poco había entrado en vigor en mi vida sin que, al parecer, hubiera podido evitarlo:

Y como prueba de aceptación de todo lo estipulado en el presente documento y de mi entrega y sumisión absoluta a mi Amo, Dueño, Señor y Maestro, me entrego hoy totalmente a él y arrodillada le expreso mi sumisión.

La conformidad de mi Amo y Señor a este pacto me será dada en el momento en que él derrame su orina sobre mi cara.

¡No puede ser! ¿Sapiens me vio de rodillas y me creyó su sumisa? ¿Por eso se meó encima? No, no puede ser. Yo de rodillas, expresándole a Sapiens, sin querer, mi sumisión con este gesto, y ÉL dando su conformidad a mi supuesta sumisión, derramando su orina sobre mi cara. ¡¡¡NO PUEDE SER!!! Esto no me está pasando a mí. ¡Yo soy Paula! ¡Socorro! Esto es sólo un sueño, intenso, pero sueño... ¡¡¡NO PUEDE SER!!! ¡¡¡NO PUEDE SER!!! ¡¡¡NO PUEDE SER!!!

Todo me resultó tan intenso, que intentando no pensar más porque de lo contrario parecía que iba a marearme, me abandoné en ese habitáculo como si fuese la suite de un hotel de lujo con la cama más cómoda del mundo.

No sé cuánto tiempo debí permanecer enjaulada en ese zulo con rejas y de tamaño tan enorme que hasta me permitía tumbarme en posición fetal. Sólo sé, para mi sorpresa, que al poco tiempo de estar allí apenas sentí repugnancia por la meada de Sapiens o miedo por la extraña situación. Más bien al contrario: una especie de risilla nerviosa me asaltaba cada dos por tres, no sé si como desahogo del horrible y zozobrante secuestro, como sublimación de la tremenda sensación de irrealidad o como muestra de cinismo porque «mi colegio interior» sabía que todo era una etapa más de este escabroso juego, sobre el que Sapiens me advirtió con sus frases de padre protector:

Necesito que pase lo que pase, veas lo que veas y oigas lo que oigas, confíes en mí en todo momento. Sabes, y te lo repito por enésima vez, que nunca haría algo que te hiciera daño. Sabes también que debes abandonarte a tu AMO, aunque en algunos momentos no entiendas ciertas cosas.

Creo que debía de estar medio dormida cuando me sorprendió un ruido. Abrí los ojos, y esta vez más que nunca, Amélie me pareció un ángel que hacía malabares intentando abrir el cerrojo de mi jaula con una inmensa llave negra. Mi ángel me tendió una mano para ayudarme a desentumecerme y salir de allí. Sin pronunciar palabra me besó de nuevo y, tras quitarme con sumo cuidado la tanga negra y el corsé de cuero que se encontraba pegado a mi espalda y sus heridas, guardó toda mi ropa en una especie de saco blanco para vestirme, lentamente y con parsimonia de rito, con una túnica tan inmaculada como la suya.

Después, volvió a darme la mano y salimos de allí como dos musas de Sorolla: cómplices y, sobre todo, etéreas gracias a unos casi transparentes y vaporosos vestidos blancos.

Por cierto, no sé si Amélie pudo ver las lágrimas que me brotaban sin remedio, mientras me conducía entre pasadizos y escaleras hasta la puerta del local, para depositarme con un guiño de ojo y tierno beso final, al que correspondí más que gustosa, en un taxi en cuyo interior se encontraba Sapiens...

Capítulo
14

Mi AMO me ama

El vehículo arrancó sin que durante el trayecto al hotel de la Barceloneta, ni Sapiens ni yo pronunciásemos una sola palabra. Tampoco hablamos una vez que llegamos a la habitación de ese hotel de paredes fantasmagóricas, rocambolescas barandillas de forja negra, techos interminables y suelos de madera que crujen. Ni siquiera charlamos mientras EL MAESTRO se dedicaba a realizar nuevas tareas que, por descontado, no pude comprender, como, por ejemplo, la de llenar la bañera cuidando que el agua no estuviese ni demasiado caliente ni demasiado fría, y rociarla con jabón líquido de glicerina para crear un maravilloso efecto de nube con las pompas de jabón y la espuma.

AMOSAPIENS me miró con los ojos vidriosos de nuevo mientras me quitaba la túnica blanca y me daba la mano para ayudarme a introducirme en el agua. Hice un gesto de dolor que acompañé con un leve quejido cuando el líquido alcanzó por fin mis nalgas doloridas y, sobre todo, una espalda que con toda seguridad y viendo el insoportable escozor que estaba sintiendo, sería portadora de unas heridas más que considerables. Supongo que Sapiens, sin necesidad de mirarla, sabía de mis contusiones y llagas, y quizás pretendía desinfectarlas o calmarlas con ese baño. Un baño, por cierto, en el que estuve muy cerca de desmayarme otra vez, aunque no sé si de hambre, de dolor, de escozor o de cansancio por tanta y tanta emoción, desconocida y ya incuestionable por mi gastada cabeza.

Cerré los ojos un tiempo largo, aunque Sapiens no quiso dejar que me abandonase a ese letargo y me echó suavemente agua por la cara como queriendo evitar mi sueño. Después me agarró de los brazos, me levantó de la bañera, me ayudó a salir de ella, y una vez fuera, cogió toallas limpias y empezó a secarme con la mayor de las ternuras que le había visto hasta ahora. Noté de nuevo vidriosos sus ojos cuando otro aullido se me escapó, sin querer, justo en el momento en el que EL MAESTRO echó una toalla por mi espalda y me dio de lleno en la fuente de un dolor insoportable. Entonces decidió retirar ese paño de suave felpa blanca del dorso y llevarme en brazos hasta la cama, cargándome sobre su hombro, cuidándose de no rozarme las heridas y poniendo especial hincapié en tumbarme boca abajo.

Allí, sobre un colchón revestido de sábanas impolutamente blancas y con parsimonia de enfermero meticuloso, Sapiens utilizó en mi cura un paquete entero de algodón que, poco a poco, iba posando por mi espalda tras haberlo empapado de un líquido que, además de oler a hospital, me producía más escozor que los latigazos de antes. Contuve las lágrimas mordiéndome los labios, aunque no sé si en realidad los mordí para no llorar, para soportar esa quemazón profunda o para evitar pronunciar, siquiera irreflexivamente, la palabra ÁRBOL.

Mordiéndome la lengua y los labios, evitando las lágrimas en la medida de lo posible y tensando los músculos faciales, giré hacia atrás y todo lo que pude la cara para poder observar a Sapiens, y sorprenderme al ver que mi AMO lloraba como un niño, quizás por culpa de unas heridas que, personalmente, parecían aliviarme porque me resultaron equitativas o como una justa correspondencia a mi rebeldía, además de una ofrenda a su paciencia infinita, al amor que ÉL había demostrado siempre, y ahora, más que nunca, delataban o bien sus ojos de vidrio, o bien cada tierno gesto tan de algodón, como aquella preciosa planta que me dio la bienvenida en el hotel de Oviedo.

Pude experimentar por fin, en mi propia piel —y nunca mejor dicho—, lo que suponía el milagro de las heridas y el secreto de la cura del que Sapiens me había hablado tanto. Sus palabras volvieron a mí, al tiempo que mi AMO besaba mi espalda magullada con compasión y cuidado de tesoro preciado, o como, a fin de cuentas, me hacía sentir aquel hombre siempre que me tenía entre los brazos.

—Yo sé que no pasará nada de lo que hay en mi cabeza, pero mis azotes, con toda la saña del mundo, son lo que calmaría mi rabia y tu culpa: ya ves, todo a la vez, ¡y tú sin quererlo ver!

—¿Nos calmaríamos a costa de que me hicieras mucho daño?

—Es que te haría mucho daño, pero lo mejor del dolor ya sabes lo que es: es el premio que viene después. Todo está dividido en un proceso místico de tres o como un trisquel, que es el símbolo del BDSM: No hay cura sin herida, y no hay herida sin látigo o similar...

—¡O sea, que el secreto está en la cura!

—Sí, siempre. Es cuando un AMO sufre con las heridas que ha hecho. Es cuando demuestra el amor y sufre por el dolor de su sumisa, al tiempo que siente el placer de su dolor.

—¿Y ella? Además de un dolor rabioso, ¿qué siente ella?

—Ella siente placer con su dolor porque ese dolor es el placer de su AMO y el placer de su AMO es su mayor recompensa.

—¡Son más retorcidos que un manojo de cables!

—No, Marta, retorcidos no: intensos, complejos y completos sí. ¡El éxtasis se merece un viaje por todas las emociones humanas y el dolor es de las más profundas!, ¿no?

Dos ideas se agolparon en mi cabeza: me pareció que Plutón y su guardián de los tesoros del infierno había decidido regalármelos, quizás como premio por no haberme bajado de un Talgo Madrid-Oviedo y haberme atrevido, sin entender por qué, a acercarme un poquito al mundo BDSM de la mano de AMO-SAPIENS. Pero el mayor de los tesoros, sin duda, era poder entender, ¡por fin!, el milagro del Bondage, la Dominación, el Sadismo y el Masoquismo, hasta el punto de que la conclusión a la que unos minutos antes había llegado a través de tanta y tanta experiencia extrema ya parecía vivir en mí:

Todo forma parte de un viaje al éxtasis, incluyendo las diferentes paradas por el lado doloroso de la vida que, en vez de negarse como si no existiera, debería incitarnos a hacer un alto en esa punzante parte del recorrido, por el simple hecho de existir. Aprender a disfrutar del dolor es un fragmento importante del camino, y aceptar este hecho no es sino una ventana de luz que sirve para que AMO y sumisa se comuniquen en busca de la virtud, poniendo al servicio del ARTE BDSM una complicidad milagrosa, una simbiosis mágica y una religiosa entrega, tan grandiosa como mística.

Otra vez se me cerraban los ojos, aunque no por sueño y sí por una serie de sensaciones que, como el sol de la tarde, me incitaban a bajar los párpados. Sapiens se tumbó a mi lado y cogiéndome de la mano los cerró también, aunque al poco tiempo escuché que se levantaba y salía de la habitación. No me moví. Ni siquiera cuando la puerta volvió a abrirse y mi AMO apareció con una botella de cava, dos copas y dos paquetes que desembaló cuidadosamente, mostrando, el primero de ellos, unos apetitosos pantomacas, y el segundo, dos sabrosas y dulces cremas catalanas.

—¡Hummmmmmmmmmmmmmmm! Creo que me sentarían más que bien esos platos típicos —comenté con la boca hecha agua, provocando la sonrisa de Sapiens.

Me incorporé, comí jamón serrano con tomate y pan bañado en aceite de oliva y hasta reviví cuando el azúcar de la crema catalana entraba por mi estómago junto con el buenísimo cava.

El problema es que Sapiens también debió de revivir con aquellos manjares. Al menos eso me pareció cuando observé que ya no me daba más tregua porque, decidido y sin siquiera dejar que terminase el último sorbo de cava, optó por derramar parte del preciado líquido en mi sexo desnudo.

Después empezó a lamérmelo por primera vez y yo volví a abandonarme. Volví a excitarme. Volví a venirme y me importó nada y menos que me diese permiso o no porque necesitaba gritar y sacar fuera en forma de orgasmo cada emoción, cada sensación, cada golpe, cada persona y cada novedad que, en sólo día y medio, había tenido la suerte de conocer y vivir por no haberme bajado de ningún tren.

Después de venirme, ya no pude soportar más la lengua de EL MAESTRO sobre mi coño y, bruscamente, me levanté de la cama para ser yo la que con un empujón hiciese a Sapiens tumbarse en ella, desabrocharle la bragueta, quitarle los pantalones y comerme su verga con más voracidad que ayer y con más avidez de la que me había llevado a saborear aquellos platos regionales.

En un principio creí que el AMO del norte no podía hacer otra cosa más que dejarse hacer, dejarse besar, dejarse mamar, dejarse querer y abandonarse al disfrute, pero sólo en un principio...

¿Abandonarse? ¿Sapiens? ¡Imposible! El AMO no podía evitar controlar, mandar, someter, dominar y supuse que, precisamente por esa razón, se vengó inconscientemente de mi iniciativa anterior, levantándose y obligándome a ponerme frente a la cama, de espaldas a ÉL, apoyando los brazos en el colchón, y con una posición idéntica a la que mostraba la mujer de la portada de *La buena sumisa*. Un segundo después de esta postura forzada, EL MAESTRO rebuscó entre su maleta y volvió con un líquido frío y viscoso que restregó por mi trasero. Creo que era el lubricante de ayer, aunque enseguida dejé de creer, pensar, analizar, racionalizar o llevar a cabo cualquier otra acción con la cabeza porque sólo pude sentir, sentir y sentir. Entre otras cosas, la brusquedad del dedo que Sapiens introdujo súbitamente en mi culo, girándolo y como queriendo dar de sí al orificio. Grité de nuevo, pero poco le importó a ese hombre que sólo sacó su dedo para volverlo a introducir cada vez con más ímpetu. Creo que me moría de no sé qué, aunque, para variar, no pude creer o racionalizar nada porque Sapiens sólo me permitió volver a sentir cómo sacaba su dedo para, preciso, vehemente y autoritario, decidirse a cogerme como si lo hubiese estado haciendo toda la vida, al tiempo que con más cuidado que ayer repetía los ya perennes manotazos, en mis también ya perennes doloridas nalgas.

Esta vez grité más que nunca, quizás porque también más que nunca pensé que me marearía de un momento a otro. Por suerte, durante esa sensación que sólo duró segundos, Sapiens tuvo la delicadeza de no moverse ni un milímetro, aunque pasados esos instantes, sus caderas empezaron a regalarme unas suaves oleadas que acompañó con un regalo maravilloso: sus hábiles dedos que con una mano acariciaban mis pezones y, certeramente con la otra, mimaban mi clítoris provocando su aumento de tamaño, así como pequeñas contracciones vaginales y esa corriente eléctrica que, tarde o temprano, me haría explotar sin remedio.

De nuevo grité cuando el placer de mi pecho, y sobre todo de mi clítoris, pareció extenderse también a otras zonas, cogidas ya sin piedad por Sapiens que, con no sé qué tipo de habilidad casi mágica, transformó el insoportable dolor de antes en un placer expansivo y totalmente nuevo para mí.

—Vamos, perra. Sé que te encanta cómo te estoy enculando. ¿O no?

—....................................

—¡Contesta!

—Sí, AMO.

—No te he oído, esclava. Dile a tu AMO qué eres para ÉL. Ruégale lo que quieres.

—Soy tu esclava, AMO. Fóllame sin piedad, AMO. NO dejes de hacer lo que haces, AMO.

—¡Así me gusta, zorra! Así me gusta. Quiero que nunca te olvides de esto.

Más, quería más: más insultos, más humillación, más presión en mis pezones, más golpes si fueran necesarios, más clítoris y hasta más culo, aunque me doliera horrores esa parte de mi anatomía que Sapiens acababa de desvirgar. Más, más, más: por primera vez y como si fuera un regalo tardío deseado desde siempre, mi AMO complació mis súplicas dejando que sus caderas entraran y salieran y se movieran más y más deprisa, en busca de un final que estaba a punto de llegar.

Mi clítoris ya no aguantaba mucho: aquella corriente eléctrica se tornó tan insoportable que volví a gritar al tiempo que explotaba, incomprensiblemente, en un llanto incontrolable y desgarrador:

—Me voy a veeeeeeeeeeeeeeeniiiiiiiiiiiiiiiiirrrrrrrrrrrrrrr.

—Espera, puta, espera el orgasmo de tu AMO.

—No puedooooooo. Me mueeeeeeeeerrrrrrrrrrroooooooooooooo.

Sapiens me regaló de nuevo todos sus fluidos, aunque esta vez no tuve oportunidad de verlos porque se quedaron guardados en algún rincón de mis recién petadas —como hubiera dicho ÉL— o recién estrenadas y desvirgadas intimidades.

Un segundo más tarde, MI AMO volvió a su papel de padre protector o meticuloso coleccionista que cuida su tesoro preciado, acariciando mi cara y mi pelo y hasta bebiendo las lágrimas de mi nuevo éxtasis; esas lágrimas tan extrañas como todo lo que había vivido en los últimos dos días de mi vida, porque ni había forma de entender que me hubiera causado placer tanto y tanto dolor, ni tampoco podía comprenderse que tanto y tanto placer desembocara en un llanto desgarrador.

Me sentí plena, llena de luz, agotada, bella, dolorida, magullada, exhausta, orgullosa y, sobre todo, feliz, muy feliz de ser la sumisa insumisa y ese tesoro tan valorado por AMOSAPIENS. De nuevo la idea de Plutón y esas joyas de su infierno que acababa de regalarme en forma de una particular conclusión sobre el éxtasis BDSM volvió a mí:

Todo forma parte de un viaje al éxtasis, incluyendo las diferentes paradas por el lado doloroso de la vida que, en vez de negarse como si no existiera, debería incitarnos a hacer un alto en esa punzante parte del recorrido, por el simple hecho de existir. Aprender a disfrutar del dolor es un fragmento importante del camino, y aceptar este hecho no es sino una ventana de luz que sirve para que AMO y sumisa se comuniquen en busca de la virtud, poniendo al servicio del ARTE BDSM una complicidad milagrosa, una simbiosis mágica y una religiosa entrega, tan grandiosa como mística.

Rebosé de plenitud al entender, ¡por fin!, esta especie de teatro anímico-erótico que limpiaba las almas, curaba complejos, desataba pasiones y, sesionando en busca de un éxtasis místico y casi religioso, complementaba la personalidad de sus protagonistas como el botón y el ojal. Sí, era fascinante sentir que, en cuanto se abría el telón, todo era distinto: AMOSAPIENS representaba el rol de dominar, mandar y domar, en tanto que yo, voluntariamente, transformaba mi salvaje, rebelde e insumisa habitual en el complemento que personificaba la obediencia y la sumisión.

Fue más fascinante aún sentir placer con el placer infinito que parecía sentir AMOSAPIENS tras haber podido materializar todo lo que durante días fantaseó su cabeza. No, mi AMO ya no tendría que enfermar —según me dijo una vez— por la ansiedad de no poder poseer, someter, dominar, sodomizar, besar por todo el cuerpo, follar y azotar, azotar y azotar a su sumisa...

¡Para todo eso y mucho más, había llegado yo a su vida!, pensé mientras buscábamos una postura que permitiese dormir cómodamente a un AMO que amaba a una sumisa-AMA con la espalda y las nalgas magulladas, y a una insumisa que también amaba a su AMO.

Nota de la autora

Deseo agradecer, de todo corazón, primero a los Premios Literarios Ciudad de Irún 2006, y después a la Editorial Suma de Letras, la apuesta por *La sumisa insumisa* o para mí, como perfectamente entenderá cualquier escritor, un auténtico regalo de las musas que me ha permitido adentrarme espiritual, anímica, psicológica y, sobre todo, literariamente en un mundo repleto de matices.

Sin duda, también en las realidades más difíciles y a veces hasta oscuras para muchos pueden encontrarse la belleza, porque la belleza no depende de lo que se mira, sino de la actitud inocente de los ojos que miran, quizás porque como indica un antiguo refrán: Nada es verdad. Nada es mentira: todo depende del color del cristal con que se mira.

Por otro lado, la profundidad, dificultad, supuesta oscuridad y hasta negación de esas realidades no va a hacer que desaparezcan, y es un fascinante reto sacarlas a la luz, mostrarlas al lector y, sin juzgarlas, intentar entenderlas hasta el punto de poder desarrollar el corazón y la mente de sus personajes. ¡Cualquier excusa es buena para realizar un viaje profundo por los distintos rincones del alma humana!

Hay miles de pruebas de que, aunque muchas veces nos neguemos a verlas, estas realidades existen. Primero, su propia existencia en sí. Segundo, su carácter milenario que, en mi opinión, debe hacernos pensar en la razón de que ciertas prácticas se mantengan latentes durante siglos. Tercero, porque ahora, en el siglo xxi, han sabido adaptarse a los nuevos tiempos y gozan de un buen número de páginas en Internet.

Por esta razón, también deseo agradecer desde aquí las maravillosas referencias que he encontrado en trabajos tan clásicos como, por ejemplo, la peculiar y extensa literatura del marqués de Sade, pasando por publicaciones relativamente recientes, como Once Minutos de Paulo Coelho, así como novelas eróticas varias y los ya clásicos Cuentos eróticos de verano de Tusquets Editores, especialmente Mó y yo, de Juan Abreu.

Pero sería injusto por mi parte no agradecer y reconocer que, tanto para la inspiración como para la documentación de La sumisa insumisa, me he nutrido fundamentalmente de la fantástica biblioteca erótica y sadomasoquista que proporciona la red. Desde la antigua y ya inexistente sala de Amos y sumisas del chat de Wanadoo a, entre otras muchas, las siguientes páginas:

— http:www.clubrosas5.com
— www.gratisweb.com/Ama_Nadia/contrato
— http://www.sade.iwebland.com
— www.sexosintabues.com
— http://informacionbdsm.blogspot.com
— www.unrincondelparaiso.galeon.com/relacion/12simbolo
— es.wikipedia.org/wiki/Anexo
— Lista_de_términos_BDSM
— myblog.es/tuperritasumisa/page/2524/El_collar
— sinceposmentales.blogspot.com/2007/07/mi-ama.html
— www.unrincondelparaiso.galeon.com/relacion/14contratos
— www.marqueze.net/relatos/relatos803/opinion-sumision_sado.html
— unasumisa.blogia.com/2005/050701-contratos.php

— www.clubsumision.com/showthread.php
— dominacionsumision.blogspot.es/
— www.masterdom.net/entrega
— es.geocities.com/bdsm_canarias/textos/
Los_derechos_de_la_sumisa.htm

Suma de Letras es un sello editorial del Grupo Santillana

www.sumadeletras.com

Argentina
Avda. Leandro N. Alem, 720
C 1001 AAP Buenos Aires
Tel. (54 114) 119 50 00
Fax (54 114) 912 74 40

Bolivia
Avda. Arce, 2333
La Paz
Tel. (591 2) 44 11 22
Fax (591 2) 44 22 08

Chile
Dr. Aníbal Ariztía, 1444
Providencia
Santiago de Chile
Tel. (56 2) 384 30 00
Fax (56 2) 384 30 60

Colombia
Calle 80, 10–23
Bogotá
Tel. (57 1) 635 12 00
Fax (57 1) 236 93 82

Costa Rica
La Uruca
Del Edificio de Aviación Civil 200 m al Oeste
San José de Costa Rica
Tel. (506) 220 42 42 y 220 47 70
Fax (506) 220 13 20

Ecuador
Avda. Eloy Alfaro, 33-3470 y Avda. 6 de
Diciembre
Quito
Tel. (593 2) 244 66 56 y 244 21 54
Fax (593 2) 244 87 91

El Salvador
Siemens, 51
Zona Industrial Santa Elena
Antiguo Cuscatlan - La Libertad
Tel. (503) 2 505 89 y 2 289 89 20
Fax (503) 2 278 60 66

España
Torrelaguna, 60
28043 Madrid
Tel. (34 91) 744 90 60
Fax (34 91) 744 92 24

Estados Unidos
2105 N.W. 86th Avenue
Doral, F.L. 33122
Tel. (1 305) 591 95 22 y 591 22 32
Fax (1 305) 591 91 45

Guatemala
7ª Avda. 11-11
Zona 9
Guatemala C.A.
Tel. (502) 24 29 43 00
Fax (502) 24 29 43 43

Honduras
Colonia Tepeyac Contigua a Banco Cuscatlan
Boulevard Juan Pablo, frente al Templo
Adventista 7º Día, Casa 1626
Tegucigalpa
Tel. (504) 239 98 84

México
Avda. Universidad, 767
Colonia del Valle
03100 México D.F.
Tel. (52 5) 554 20 75 30
Fax (52 5) 556 01 10 67

Panamá
Avda. Juan Pablo II, nº15. Apartado Postal
863199, zona 7. Urbanización Industrial
La Locería - Ciudad de Panamá
Tel. (507) 260 09 45

Paraguay
Avda. Venezuela, 276,
entre Mariscal López y España
Asunción
Tel./fax (595 21) 213 294 y 214 983

Perú
Avda. Primavera, 2160
Surco
Lima 33
Tel. (51 1) 313 4000
Fax. (51 1) 313 4001

Puerto Rico
Avda. Roosevelt, 1506
Guaynabo 00968
Puerto Rico
Tel. (1 787) 781 98 00
Fax (1 787) 782 61 49

República Dominicana
Juan Sánchez Ramírez, 9
Gazcue
Santo Domingo R.D.
Tel. (1809) 682 13 82 y 221 08 70
Fax (1809) 689 10 22

Uruguay
Constitución, 1889
11800 Montevideo
Tel. (598 2) 402 73 42 y 402 72 71
Fax (598 2) 401 51 86

Venezuela
Avda. Rómulo Gallegos
Edificio Zulia, 1º – Sector Monte Cristo
Boleita Norte
Caracas
Tel. (58 212) 235 30 33
Fax (58 212) 239 10 51

Este libro terminó de imprimirse en junio de 2008
en Editorial Penagos, S.A. de C.V., Lago Wetter
núm.152, Col. Pensil, C.P.11490, México D.F